Impressum

AF667643

Layout: Tina Krauss

Cover : Tina Krauss

Autor : Tina Krauss

2023, Dreamc@cher Verlag, Tina Krauss, 66125 Saarbrücken-Dudweiler

Website Dreamc@cher Verlag: jugendbuecher-tina-krauss.jimdo.com

Kathan-Goo

II

Ex - o - dus

TINA KRAUSS

DREAMCOCHER

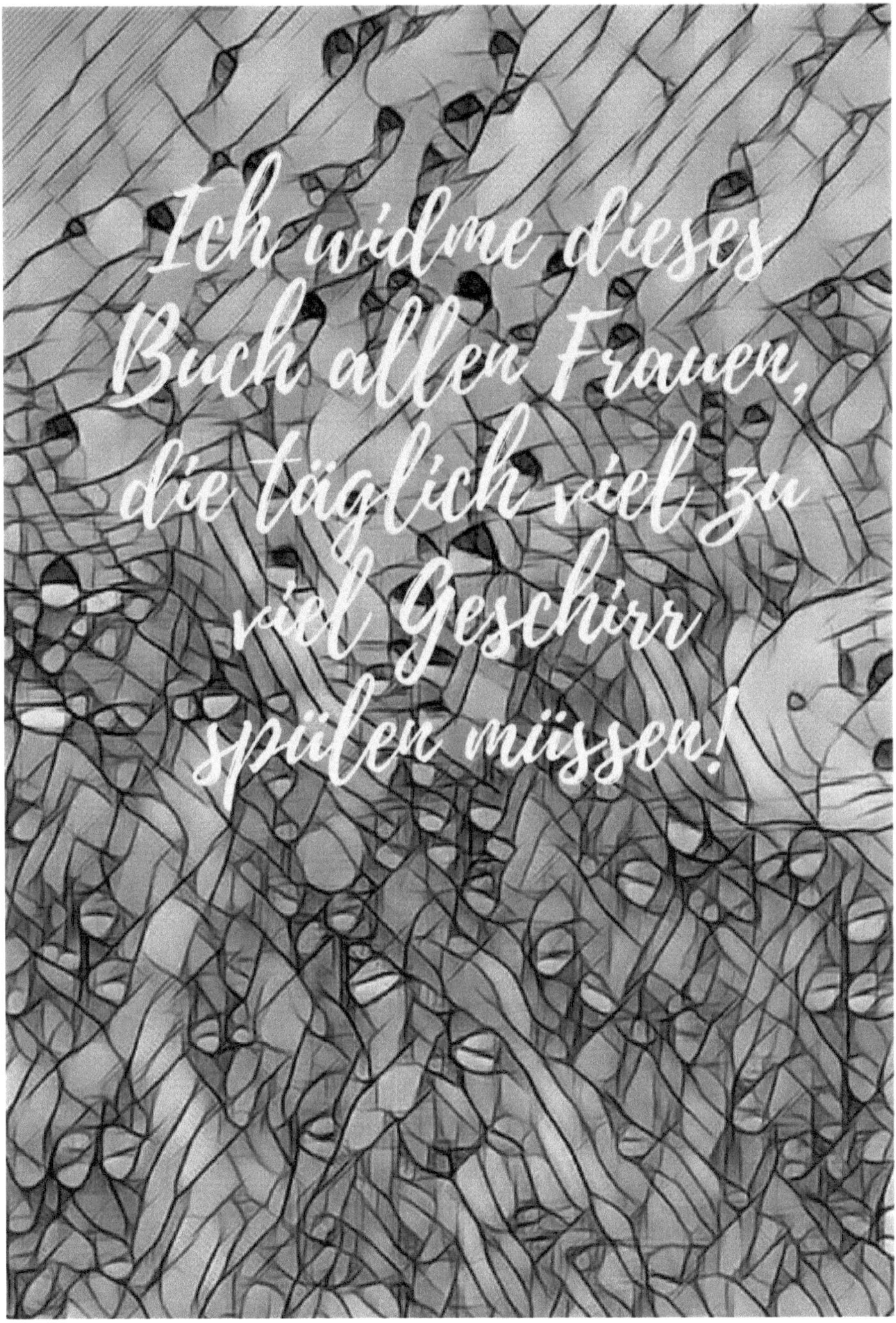
Ich widme dieses
Buch allen Frauen,
die täglich viel zu
viel Geschirr
spülen müssen!

Inhaltsangabe:

Bilder:

Alle Bilder stammen von Tina Krauss.

Vorwort:

Hi Leute,

auf ein Neues! Wieder einmal hat mich ein Thema nicht losgelassen. Ja, ich gebe es zu, manchmal habe ich das Gefühl, den Personen, den fiktiven Figuren, die ich erschaffen habe, verpflichtet zu sein.

Kathan-Goo-Kult war natürlich eines von meinen Büchern mit einem sehr brutalen Thema, das Brutalste daran ist - so finde ich - die `Willst du leben?-Frage´, ich nenne sie gerne Piratenfrage, also so nach dem Motto: »Fährst du mit uns oder du bist tot!«

Natürlich fährt man mit, außer, wenn man ganz grauenvoll seekrank würde. Ne, Spaß!

Diese Frage wollte ich noch einmal aufs Neue stellen und diesmal einem ganz besonders attraktiven Jungen, der beliebt und wohlhabend ist. Was wäre sein Preis?

Ich ließ mich in diesem Teil ein wenig von dem orientalischen Märchen `Zwerg Nase´ inspirieren, in welchem ein edler Jüngling in einen hässlichen Zwerg verwandelt wird. Bei mir ist es tatsächlich so, dass Fly, wie der neue Kandidat ursprünglich heißt, kein allzu moralisches Leben geführt hat. Zunächst verliert er seine jugendliche Gestalt und wird wieder klein - so klein, dass ihn niemand ernst nimmt. Er bekommt eine unmögliche Aufgabe gestellt, nämlich die Spülküche in der verzauberten Daer-Schenke zu bewältigen.

Das kann natürlich keiner schaffen, so ein kleiner, verzogener Bengel zumal, schon mal gar nicht. Beim Bild von der alten Spülküche mit Pumpe, hatte ich tatsächlich die Burgküche von `Die Hexe und der Zauberer´, in der der kleine Arthur, alias Floh, mit unzähligen, völlig versifften, Bechern, Tellern und Kochgeschirr jongliert, vor Augen. Inspiriert wurde ich jedoch auch von meinem eigenen Los und wie es ist, als Frau und Mutter jeden Tag aufs Neue den Haushalt zu stemmen. Mal angenommen, ich wäre einmal fertig – was nie passiert – wüsste ich, dass ich nicht lange anhalten kann.

Das Gute daran, dass Fly so klein wird, ist, dass er wachsen kann. Ich wollte, dass es ihm erst schlecht geht, er dabei aber einen neuen Fokus, nämlich sich auf andere einzulassen, entwickelt. Natürlich bin ich kein Unmensch und erfinde eine Person, um sie dann nur leiden zu lassen. Da kommt die Magie und - by the way - eine alte Bekannte aus der Mutterlandtrilogie ins Spiel, nämlich Martha. Mit ihrer Hexerei versucht sie den Jungen vor dem Mafiosi, Don und seiner Truppe zu beschützen. Außerdem erhält auch er nach einer gewissen Durststrecke einen ganz besonderen Freund zur Seite gestellt.

Und sozusagen am `Arsch der Welt´ erkennt der junge Egomane plötzlich wie es ist, jemand anderen wahrhaft zu lieben.

Das wirft nach einiger Zeit für ihn die Frage auf, wo er eigentlich hingehört: In die moderne Schickimicki-Welt oder aber in die grausam wundersame Welt der Daers.

Ob er es herausfindet?

»Na, schau ma mal!«

Eure Tina

Prolog

Der Vulkan ist ausgebrochen. Kathangoo wurde zerstört und du glaubst, sie sind nicht mehr da? Ausgelöscht!

Die, deren Namen man nicht nennt.

Die, deren Gesichter man nicht kennt.

Denkst du, sie sind für immer fort? Gehe nicht zu jenem Ort!

Höre, so flüstert heute der Wind: Wer weiß, wo ich die Kinder von gestern find?

Gehe nicht in den Wald bei Nacht! Das ist ein Ding, was man nicht macht!
Bist du allein, mein armes Kind?

Weißt du, wo die Daers jetzt sind? Willst du leben? Ja oder Nein!

Sollst immer du mein Eigen sein. Wirst du mit mir als Sklave gehn, kannst du nie mehr die Deinen sehn!

Ja, Kathangoo wurde ausgelöscht, doch die Alten am Feuer, die sehen sich noch verstohlen um, wenn sie von jenen reden, die der Blutgöttin dienen, machen sie ein Kreuz vor ihrem Kehlkopf, um sie nicht zu erzürnen.

Denn spricht man ihren Namen aus, so beschwört man sie noch aus der Hölle heraus.

Denkst du, dass man sie vergisst, weil ihre Heimat vergangen ist?

Nein, es ist umso schlimmer, denn nun sind sie unter uns, sie tragen die Maske des Alltäglichen, dennoch sind sie auf einer unseligen Suche.

Sie gieren nach Kindern, allzu unvorsichtigen Kindern, deren Blut sie ihrer Göttin opfern können. Und sie suchen nach einem passenden Ort, um ihre ewige Stadt neu zu errichten.

Denkst du, du bist sicher?

Das bist du nicht und selbst wenn sie dich gehen ließen, selbst wenn du nach Hause kämst – was niemand schafft.

Du selbst wärest nie wieder gleich, weil sie fordern stets einen hohen Preis.

1 - Schöner Schein

Meinen Vater hatte ich nie wirklich gekannt. Er blieb in meiner Vorstellung jemand in einem dunklen Anzug mit hellem Schlips. Ein Schatten mit dem Handy am Ohr und einer angenehmen Baritonstimme. Er konnte einem alles erzählen, man hätte es ihm abgekauft.

Meine Mutter sagte: »Ja, verarschen das kann er. Das macht er echt gut.«

Ich wusste nicht, warum sie sich aufregte. Sie hatte doch schon längst wieder einen Neuen. Ich hasste die Typen, ich hatte sie schon immer gehasst. Als ich noch klein war, hatten sie mir durch die Haare gewuschelt und meiner Mama gleichzeitig auf den Arsch gestarrt.

Wir lebten nicht schlecht von dem Geld meines Alten, denn meine Mutter machte Kunst. Mehr musste ich nicht dazu sagen.

Ich hätte ihn gerne besser kennengelernt.
Die Wochenenden, an denen ich bei ihm war und mit ihm etwas unternommen hatte, konnte man an einer Hand abzählen und immerhin war ich schon vierzehn. Als ich die Nachricht erhielt, vibrierte mein Handy. Es machte einen Summton wie immer und nichts ließ mich ahnen, was danach passieren würde. Denn sonst hätte ich das Telefon in die Ecke geworfen und mich umgedreht.

Dort stand: »Hi Sohn, hast du Bock mit mir zwei Wochen Urlaub zu machen? Wir fliegen nach Xan-Xan in ein Resort. Ich habe da auch beruflich zu tun, aber das nimmt nicht viel Zeit in Anspruch. Wir machen die Insel unsicher. Pack die Badehose ein!«

Man sollte im Leben nicht zu oft nein sagen und es war Sommer und die Ferien standen bevor, also schrieb ich: »Ja, ja, ja!«

Meine Freundin Lou, wurde ungeduldig, wir hatten uns in der zweiten Pause in eine Nische unter der Treppe zurückgezogen und geknutscht. Nun motzte sie, weil ich ihr keine Aufmerksamkeit mehr schenkte.

»Was hast du denn immer mit dem Handy? Agnetha hat gleich gesagt, ich solle nicht mit dir anbändeln. Sie sagte: `Dieser Fly ist viel zu sehr von sich eingenommen.´«

Ich war der beste Parkourläufer in meiner Stufe. Die Mädchen standen drauf und wenn ich richtig dabei war, dann könnte man meinen, ich würde fliegen. Deshalb nannten sie mich Fly. Mein richtiger Name war echt scheiße. Ich hieß Jean-Luc. Als ob es nicht ein einzelner Schrottname getan hätte! Gleich noch zwei von der Sorte zusammen getackert. Und dann noch der Nachname meiner Mutter Siebold. Das ging gar nicht. Ich ließ mich noch nicht einmal von ihr so nennen. Sie traute sich das allerhöchstens, wenn ich Mist gebaut hatte.

Lou sah mich mit ihren blonden Locken und dem Puppengesicht auffordernd an. Wir waren noch nicht lange zusammen und ich wusste jetzt schon, wir würden nicht mehr lange zusammen bleiben. Obwohl, sie echt nicht schlecht knutschte.

»Ach scheiß auf Agnetha! Ich gehe eine rauchen!«

»Verdammt Fly! Du Blödmann!«, keifte sie mir nach.

Weiber! Ich dachte an die sonnige Insel und als ich im Schulflur meinen Kumpel Mike traf, da grinste ich wie ein Honigkuchenpferd.

»Ey Digger, was geht?«

»Läuft bei mir! Läuft!«

Zwei Wochen später saß ich in der First-Class eines Jumbos und hinter mir waren die Leute gequetscht, wie ich das normalerweise auch gewohnt war. Mein Vater hatte mich im Benz abgeholt und wir waren über die Autobahn geheizt, als ob es kein Morgen gäbe. Aber das konnte man ja auch nie so genau wissen.

Die Bordkontrolle hatte genervt, fast so wie meine Alte. Sie war ausgerastet, als sie von dem Angebot gehört hatte.

»Fly, das geht nicht! Du kannst nicht zwei Wochen bei ihm bleiben! Du kennst ihn doch überhaupt nicht.«

»Das ist es ja, ich will ihn ja kennenlernen.
Er ist mein Vater.«

Sie sah hilfesuchend zu ihrem Lebensabschnittsgefährten und fuhr sich nervös durch ihre dunkelblonden Locken.

»Madelaine, schau, was soll groß passieren?«, meinte der in beschwichtigendem Ton. Also, ich konnte diesen Roberto echt nicht leiden, aber gerade in diesem Moment mochte ich ihn beinahe.

»Sieh, der Junge hat ein Recht…«

»Komm mir nicht mit Recht! Wir Frauen werden unterdrückt seit die Welt sich dreht und immer, wenn es euch Kerlen passt, kommt ihr daher mit Recht.«

»Aber sieh mal, Fly macht sich ne schöne Zeit mit seinem Erzeuger und wir beiden Hübschen machen das Gleiche. Da kann doch nichts falsch daran sein.«

Roberto zwinkerte. Ich wusste nicht, ob wegen mir oder meiner Mutter, was ich wusste war, dass er mich nur los sein wollte und das war genau in meinem Sinne.

»Ach, ich hab einfach so ein ungutes Gefühl!«, seufzte sie.

»Das ist normal, Schatz. Dein Sohn wird erwachsen und das tut weh.«

»Meinst du? Na gut, Fly, aber du rufst mindestens zweimal die Woche an und schreib mir nen Brief. Ich bin ein bisschen oldschool.«

»Mama! Echt jetzt?«

Mein Vater saß zum Gang hin und er hatte ein Glas Whisky in der Hand. Ich trank Cola aus einem Strohhalm und schielte auf sein buntes Hemd. »Alles in Ordnung?«

Ich nickte. Er bemerkte meinen kritischen Blick und fasste an den bunten Stoff. »Ich wollte mal etwas Neues ausprobieren. Findste sieht scheiße aus?«

»Ne, ne! Alles gut!«

»Du lügst doch, Kleiner!«

Wenn ich etwas hasste, dann wenn man mich Kleiner nannte. Ja, ich war nicht der Allergrößte. Aber es war vollkommen normal, dass manche Jungs erst etwas später wuchsen und bei den Mädels hatte ich so oder so einen Stein im Brett. Nein, ich hatte nicht gelogen. Mein Vater sah saugut aus, fast so gut wie ich selbst. Er war ziemlich glatt rasiert, hatte hellbraune Haare und eine tolle Figur. Vielleicht ein wenig zu viel Brustbehaarung für meinen Geschmack.
Aber sonst!

»Das Hotel ist mega!«, versprach er. »Die haben sogar einen eigenen Rutschen-Park und man kann Quad fahren.
Das wird dir gefallen!«

»Sicher! Hört sich geil an!«

Vierzehnte Legende

Die Götter sollten den Ook-Ahn zum Vorbild gereichen. Doch, wenn man unsterblich und unglaublich hübsch ist, dann ist es sehr schwer - nennen wir es einmal - auf dem Boden zu bleiben. Das Leben auf dem Sambal war für die hellen Götter ohne Sorgen und gerade deswegen konnte es verdammt öde sein.

Lia, die Göttin des Lichts wünschte sich seit langem Nachwuchs, aber der wollte sich nicht einstellen, obgleich sie es versuchte und versuchte. Sie flanierte, wie jeden Tag in einem schillernden, blühenden Hain im Norden des Sambal-Plateaus. Lia schaute über die junge Welt. Doch obgleich sie der Anblick immer mit Freude erfüllt hatte, blieb ihr Herz leer.

Außerdem erkannte sie am Fuße des Berges Seth-Kathengis Hütte und sie wusste darum, dass sie dort ihren Spross aufzog. Da stieg Wehmut in ihr auf. Lia fühlte etwas, was sie bis dato nicht kannte. Man nennt es Eifersucht.

»Was ist mit dir, Schwester?«, fragte Dillaria, die Göttin des Mitgefühls. »Du bist heute so still!«

»Ach, es bedrückt mich, dass die Ook-Ahn sich gegenseitig bekriegen. Es fehlt ihnen an Einsicht«, log Lia.

»Gräme dich nicht! Es sind nur Ook-Ahn. Sie kommen und gehen wie die Blumen auf dem Feld. Wir aber sind wahrhaft edel und für die Ewigkeit!«, meinte Uma, die Göttin der Schönheit.

Lia seufzte und stellte sich die Ewigkeit ohne Kinder recht öde vor: »Ihr, meine Freundinnen habt recht gesprochen. Doch wenn ihr von Blumen redet, so geht doch und pflückt mir einen Strauß von Buschwindröschen und Kornblumen, auf dass mein Herz bei dem Anblick wieder heiter werde. Ich aber will hier die Sonne erstrahlen lassen und mich an der Aussicht erfreuen.«

»So sei es!« Lia stand hoch in der Götter-Hierarchie, so senkten die Freundinnen die Köpfe und eilten, ihr Wort zu erfüllen.

Lia aber wandelte unschlüssig umher und sie überstieg ein paar umgefallene Stämme, danach schob sie etwas Gestrüpp zur Seite und mit einem Mal hörte sie ein Gluckern und Gurgeln. Es hörte sich so einladend an, dass sie ihm folgte.

Da war ein Rinnsal auf dem Boden, es ergoss sich in ein rundes Becken. Das Wasser schien von Gold. Die Göttin des Lichts staunte.

»Seid willkommen, Herrin!«

2 - Böses Erwachen

»Bereuen tut man alles, erst dann, wenn es zu spät ist. Man bereut das Leben, was man geführt hat, kurz bevor man stirbt. Man bereut, dass man der Einen nicht gesagt hat, dass man sie liebt, erst dann, wenn sie fort ist. So ist das mit dem Bereuen, es ist in der Regel ein verspätetes Ding.«

Mein Vater hatte nicht zu viel versprochen, ich hatte nie etwas Luxuriöseres gesehen. Die Eingangshalle war hell, der Boden aus Marmor, die Wand mit Stuck. Die Kinder der Reichen und Schönen schrien und plantschten in der Badelandschaft und die Oberschicht hatte auch ein paar Mädels in meinem Alter zu bieten. Ich riskierte einen Blick und schob die Sonnenbrille höher, als zwei Chikas, die nur wenig älter als ich waren, auf High-Heels und in Bikini vorbeistaksten. Die Blonde hatte ein Tuch um die Haare, sie drehte sich um und kicherte gekünstelt in meine Richtung.

Einer Dunkelhaarigen war ihr Schoßhund ausgebüxt und das kleine, weiße Frettchen rannte quer durch die Lobby auf mich zu. Ich wollte helfen und hielt das Fellknäuel auf. Die Besitzerin kam, wirkte aber `not amused´. Sie sprach aufgeregt auf Spanisch mit mir.

»Hier, dein Ausreißer!« Gerade wollte ich ihn ihr geben, da biss mir der Köter in den Daumen. Ich erschrak und er plumpste auf den Boden. Ich rieb meinen Finger. Sie verfolgte den Staubwedel. Mein Blick hing an ihr, wie sie zum Spa lief und ich verlor beinahe das Gleichgewicht.

Mein Vater lachte und klopfte mir auf die Schulter.

Wenig später öffnete der Kofferjunge die Zimmertür mit einer Karte und mein Vater steckte ihm einen gerollten Schein zu. Er flüsterte ihm etwas ins Ohr, als ich auf den Balkon ging. Ich verstand nur, wie er später: »Pronto!«, sagte. Der Schwarze linste nach dem Schein und machte große Augen.

Er nickte und war fort.

Da klingelte Papas Telefon. Er ging ran und drehte sich weg. Er redete leise, einmal meinte ich sogar, er würde eine fremde Sprache sprechen. Eines jedoch war klar:
Er diskutierte.

»Ja, doch! Ja, doch! Ich bin schon unterwegs!«

»Alles gut?«

»Ja, sicher. Ich muss nur etwas klären. Meine Geschäftspartner sind ungeduldig«, beteuerte er. »Wie wäre es, wenn du an den Pool gehst? Zum Abendessen bin ich zurück!«

Das hätte ich gerne getan, aber unendliche Müdigkeit stieg in mir hoch und ich schielte Richtung Kingsize Bett:
»Ich glaub, ich hau mich n bisschen hin. Jetlag und so!«
»Oder so!«, meinte er und steckte sich im Laufen eine an.

Seltsamerweise fiel ich in einen tiefen Schlaf und ich war an einem eigentümlich dunklen Ort. Ich fühlte mich scheiße und hörte meine Mutter weinen. »Warum weinst du, Mama?«

»Ich weine, weil du fort bist und nie wieder kommst.«

»Ach, Mama! Ich mache doch nur einen kleinen Trip mit Papa.« Dann löschte jemand das Licht und ich hörte einen Schlüssel im Schloss drehen.

Ich hatte Schmerzen – Höllenschmerzen und ich hatte Angst.

»Hey, was macht ihr denn? Wieso sperrt er mich ein? Ich hab doch gar nichts getan.«

»Das ist doch scheißegal. Schicksal ist Schicksal! Oder glaubst du noch an Gerechtigkeit?«

Lou war da und schimpfte. Ihre blonden Locken flogen: »Das geschieht dir recht. Du hättest bei mir bleiben sollen, aber ich war ja nicht gut genug für Mister Perfekt. Pass nur auf du: Hochmut kommt vor den Fall!«

»Lou, bitte! Lass mich raus! Das kannst du nicht bringen!«

Mit einem Schlag wachte ich auf. An der Wand tickte eine Uhr plötzlich so irre laut, als ob sie mich warnen wollte, wie die Zeit verrann. Draußen wurde es dunkel und ich hielt es für das Beste erstmal duschen zu gehen. Als ich mich abrubbelte, hörte ich die Tür.

»Fly! Fly?«

»Ich bin hier!«, antwortete ich etwas genervt.

Er steckte seinen Kopf durch die Badezimmertür. »Hey!«

»Ich dachte schon, du wärst mit einem der Mädchen durchgebrannt.«

»Papa!«

»Wieso? Du bist doch fast schon ein Mann.«

Er sah nach dem Handtuch, dass ich mir um die Taille gewickelt hatte.

Ich wurde ein wenig rot. Was sollte der Mist?

»Na, lass mal los, sonst ist der Shrimps-Salat alle.«

Er stand also auf Meeresfrüchte. Ich nicht so. Aber hier war ja auch überall Wasser - kein Wunder. Irgendwie wirkte er verschwitzt, aber er sprühte sich nur mit Deo ein.

Das Buffet war umwerfend. Mein Dad bestellte große Cocktails und wir schaufelten uns die Teller voll. Eine Band spielte hawaiianische Rhythmen und eine Bauchtänzerin zeigte, was sie konnte. Ich roch an dem Getränk - Alkohol. Er zwinkerte. Scheinbar nahm er es nicht so genau. Nach dem halben Glas ging es mir super und Feuerspucker betraten die Bühne. Die Musik wurde immer besser und ich hatte einen der schönsten Abende ever. Aber irgendetwas im hintersten Winkel meines Gehirns sagte mir, dass etwas nicht stimmte. Mein Dad war so nervös. Er rauchte und bestellte noch etwas.

»Hey Dad, hat dein Chef sich beruhigt?«

»Hm«, er fuhr auf, als ob ich ihn geweckt hätte.

»Ja, ja, er ist nun viel ruhiger«, flüsterte er mehr zu sich selbst und auf der Bühne spuckte der Kerl eine

Riesenflamme. Die erste Reihe zuckte richtig zusammen und auch ich war perplex. Der Typ auf der Bühne war wohl Gipsy. Er war ganz braun, muskulös und stämmig. Seine schwarzen Locken wirkten, wie der Nacht selbst entrissen und alles in allem hatte er etwas Wildes. Da trat ein Mädchen zu ihm sie hatte einen blumigen, orangenen Rock und drehte sich, dass er um ihre Beine flog. Ihre braunen Augen trafen meinen Blick und ich vergaß, was ich meinen Vater fragen wollte. »*Komm zu mir, wir warten auf dich!*«

Was war das gewesen? Sicher nur der Cocktail. Ich schüttelte den Kopf. Der Feuerspucker nahm die Fackel. Sie begann sich wieder zu drehen und er blies das Feuer in ihre Richtung. Plötzlich stand der Saum ihres Kleides in Flammen und ich erschrak. Ein Raunen ging durch die Menge. Sie tanzte und sah mich traurig an: »*Komm zu mir!*

Ich brauche dich!«

»*Wie brauchen? Kommen? Ich?*«

»*Du kannst deinem Schicksal nicht entgehen!*«

Da stand sie in Flammen und ein Schreckensschrei ging durch die Menge. Sie drehte und drehte sich, die Flamme wurde höher, da blies der Gipsy seinen heißen Atem gegen sie und es machte Puff.

Das Mädchen und das Feuer waren verschwunden. Er verbeugte sich. Dann klatschten alle. Ich klatschte ebenso. Plötzlich trat die Assistentin unversehrt auf die Bühne und verbeugte sich mit ihrem Partner. Wieder schien ihr Blick in meine Richtung zu gehen.

»Papa, die Show hier ist gar nicht schlecht!«

Ich applaudierte immer noch.

»Ja, verblüffend!«

»Ich hatte das Gefühl, sie hätte mich angesehen.«

»Das haben wir alle. Das haben wir alle.«

Doch die traurigen Augen des Mädchens verfolgten mich in der Nacht und ich wälzte mich von A nach B, obwohl ich doch so ein tolles Bett hatte und nicht wie zuhause in einem Kinderhochbett schlief. Ich erwachte kurz und hörte meinen Dad reden. Ich dachte mir nichts dabei und schlief noch einmal ein: »Komm zu mir. Wir warten!«, verlangte das Zigeunermädchen die ganze Nacht.

Den nächsten Morgen verbrachten wir in der Badelandschaft. Es war traumhaftes Wetter und wir hatten viel Spaß. Ich quatschte mit ein paar Mädels und wir verabredeten uns zu einer Runde Eis. Nach dem Mittagessen ruhten wir eine Weile und mein Vater verkündete: »Wir machen später einen Ausflug in die Nähe des Vulkans. Ich treffe mich mit ein paar Leuten. Wenn das nicht zu lange dauert, können wir noch zum Krater hochfahren.«

»Hm, okay!« Ich hätte eigentlich lieber mit den Girls abgehängt, hatte jedoch Angst das zuzugeben.

Es war eine ellenlange Fahrt und bald verließen wir die befestigten Straßen. Wir fuhren über Schotterwege und die Pflanzen des Urwaldes schienen rechts und links nach dem Jeep zu greifen. Ich hörte viele Vögel, manche piepsten nur die Lieder, die wir Menschen sowieso nicht verstehen, andere schienen zu schreien. Die Reifen fuhren sich im Matsch des letzten Regengusses fest und mein Dad gab verzweifelt Gas. Er schaffte es irgendwie wieder freizukommen.

»Scheiße, ich glaub, ich habe mich verfahren!« Er schlug gegen das Navi: »Du blödes Mistding!«

Mein Vater schwitzte, ich sah nur seinen Nacken und der war schweißnass. Immer nervöser gab er Gas und bremste Es war unerträglich schwül. Meine Zunge klebte an meinem Gaumen und dieses Geruckele führte mich an die Schwelle des Schlafes.

Wieder sah ich das Gypsi-Mädchen. Ihr Kleid stand in Flammen: »Komm zu uns! Sträub dich nicht! Du bist einer von uns, Fly!«

Dann brannte sie, brannte wie Paulinchen[1] im Struwwelpeter. Es machte Puff und ein rot-gelber Vogel flog fort. Lachen!

»Was willst du hier, junger Fly? Willst du lernen? Bist du bereit? Und willst du das andere auch?«

»Nein, nein! Ich bin nicht bereit! Lass mich bloß in Ruhe! Ich will heim!«

Ein Schlagloch und ich war wach.

»Wir sind da!«, verkündete mein Dad. »Bisschen zu spät! Ich gehe mal schauen. Bleib du bitte im Wagen! Die müssen nicht wissen, dass du dabei bist.«

»Oh Dad, ernsthaft jetzt?«

»Ja, Großer! Ist besser so!«

Er schnappte sich eine Sporttasche aus dem Fußraum und stapfte in Richtung eines Holzhauses. Außen war eine

---

[1] berühmtes Buch des Zeitalter der sogenannten „Schwarzen Pädagogik"

Schautafel, auf der der Vulkan abgebildet war, angebracht. Hier gab es nichts, als so eine Hütte zum Rasten für Touristen. Allerdings war hier keine Sau. Was wollte er also hier?

Ich trank den letzten Schluck aus meiner Wasserflasche und war immer noch durstig wie ein Beduine. An mir klebte alles, als hätte ich tatsächlich einen Parkour-Lauf absolviert. Und das pisswarme Zeug erinnerte mich daran pinkeln zu gehen. Ich stieg aus dem Auto und sofort fielen die Moskitos über meinen schwitzigen Körper her. Ich wurde gleich dreimal gestochen und schlug mir selbst in den Nacken.

Endlich war ich hinter einem großen Baum mit schuppiger Rinde. Ich hätte mich locker davor stellen können, denn es war ja niemand da. Allerdings pinkelte ich lieber hinter Bäume. Es war eine Art Tradition. Meine Haare fielen mir nass in die Stirn und ich strich sie weg und wollte meine Zigaretten und das Handy aus meiner Short fummeln.

Das Handy war nicht da, es lag wohl auf dem Rücksitz.

Da passierte irgendetwas mit dem Licht. Gut, es wurde Abend, das war klar. Aber das Licht änderte seine Farbe. Es wurde so gelblich, wie das manchmal vor einem Unwetter passiert. Ich steckte mir eine Kippe in den Mund und noch bevor ich sie anzünden konnte, zuckte ich zusammen. Denn eine ganze Horde Affen fing zu brüllen an. Mir fiel das Feuerzeug aus der Hand und ich tastete auf dem düsteren Boden. Alles war feucht und widerlich. Nun hörte ich jemanden flüstern und ich fühlte mich beobachtet.

Irgendwie hatte ich echt ein flaues Gefühl in der Magengrube. Gerade bedauerte ich, nicht auf meine Mutter gehört zu haben. »*Du kennst ihn doch gar nicht*«, *hatte sie gesagt.*

Wieder das Flüstern. Als ob jemand einen Psalm liest oder einen Zauberspruch sagt. Ob die auf dieser Insel Voodoo machten? Scheiße!

»Daaad?«, rief ich in Richtung Hütte.

Ich qualmte und plötzlich wurden Stimmen richtig laut. Eine davon gehörte meinem Vater. Ich verstand nicht, was er sagte, doch er wurde angeschrien und er erwiderte in jammerndem Tonfall.

Etwas in meinem Kopf sagte: »Bleib beim Wagen, versteck dich! Das ist ein übles Ding und du willst noch fünfzehn werden.«

Die andere mutigere Stimme schimpfte:

»Du Schisser! Willst du deinen eigenen Vater im Riss lassen? Pfui Deiwel, wie billig!«

Ich hörte auf den letzteren Rat. Meine Füße gingen immer weiter bis ich hinter der Holzhütte war. Da standen Typen in schwarzen Anzügen. Einer war riesig und hatte gar keinen Hals. Ich erkannte, dass der Riese ein Gewehr im Anschlag hatte. Einer mit einer schlanken Figur und dunklen, glatten Haaren sah zu und telefonierte:

»Er hat nicht alles, er weiß angeblich nicht, wo der Rest ist«, sprach er in das Smartphone.

»Ich kann nichts dafür! Pedro hat es mir so gegeben!«, beteuerte mein Vater. Jetzt erst sah ich, dass er kniete. »Du sollst uns sagen, wo Pedro und der Stoff geblieben sind, sonst bist du am Arsch!«

»Die Bullen müssen her«, dachte ich.

Aber wie - ohne Telefon?

Neben meinem Dad stand einer mit unrasiertem Kinn, er hatte eine dicke Goldkette um den Hals. »Sag, wo der Rest ist! Letzte Chance!« Er schlug meinen Vater und mein Herz setzte aus. Ich musste ihm helfen, musste sie ablenken. Der mit der Kette richtete meinen Dad wieder auf und der hielt sich die Lippe.

»Bist du wirklich so dumm, Paul?«

»Bosco, ich bitte dich! Ich würde euch nie linken. Hab ich nicht immer gute Dienste geleistet? Nie hat etwas gefehlt.«

»Irgendwann ist immer das erste Mal. Ich finds schade, Paul. Echt!«

»Vielleicht hat Pedro sich was abgezweigt und die Kurve gekratzt. Kann doch sein.«

»Zu viele Vielleichts!«

Dieser Bosco hielt ihm die Pistole an die Schläfe. Auch der Typ ohne Hals entsicherte seine Wumme. Ich konnte da nicht zusehen. Da fiel mir mein Feuerzeug ein. Es hatte so eine Art Discofunktion. Das war ein Scherz. Lou hatte es mir geschenkt. Wenn man einen winzigen Hebel verschob, spielte es ein Technolied und zwei Powerpointer gingen los. Also atmete ich ein: »Er mochte ein Scheißkerl sein, aber er war mein Dad!« Ich verschob den Hebel und warf das blinkende, laute, kleine Ding über die Männer ins Gebüsch. Die drehten sich instinktiv zu dem Geräusch um. Da trat ich aus der Deckung und rief meinem Vater: »Hey!«

Er nutzte den Moment und rannte zu mir. Ich schlug mich, wo ich war, in die Büsche und hörte meinen alten Herren in meinem Rücken japsen. Das Schreien und Brüllen kamen näher!

»Ich bin hinter dir, Fly. Ich danke dir!«, keuchte er.

»Bitte tu mir einen Gefallen: Lauf und dreh dich nicht um - egal was passiert. Versprich es mir!«, verlangte er.

»Komm schon, wir schaffen es!«

Ich hörte die Männer rufen. Mehrere Lichtkegel zerteilten die heraufsteigende Dunkelheit. Zweige brachen - mein Herzschlag in meinen Ohren. Ich bekam Panik!

»Lauf! Versprich es! Es tut mir leid!« wiederholte er. Adrenalin beflügelte meinen jungen Muskeln - Adrenalin und Angst. Ein Schuss fiel, dann noch einer. Ich wusste nicht, was ich tat, aber mein Körper wusste es wohl. Nie war ich schneller gerannt.

Ohne Zögern sprang ich über einen umgestürzten Baum, als ob es nichts wäre. Ich überschlug mich ein paarmal auf einer Böschung, kam auf die Füße und plötzlich sah ich im Mondlicht, dass vor mir eine Spalte klaffte. Ein paar Meter vor mir erstreckte sich ein Riss im Waldboden, der könnte fast sechs Meter breit sein. Gerade noch so konnte ich bremsen. In der Dunkelheit war der Graben nur schwer auszumachen.

Ich schnaufte und dachte nach. Ich hörte die Mörder meines Vaters kommen. Dann nahm ich Anlauf.

Sie kamen - dicht hinter mir und ich hörte sie keuchen und durch die Vegetation brechen.

Doch ich war auf sie zugelaufen, denn ich brauchte genug Speed. Mein Atem überschlug sich.

»Komm schon, Kleiner, lass es! Du hast keine Chance! Bleib

stehen und wir können über alles reden.«

Ich drehte mich um, erkannte den Typ mit der Goldkette und er zielte auf mich. Aber ich wusste, wie schwer es war bewegliche Ziele zu treffen. Einmal Luft holen und ab geht es. Ich hörte meinen Kumpel Mike in meinen Ohren und nahm Anlauf.

»Fly, der Sprung war scheiße! Das muss weiter und cooler! Zeig mal, warum du Fly heißt, Digger!«

Ich sprang. Ich hielt die Luft an. Da fiel ein Schuss und ich fühlte den Luftzug der Kugel neben meinem linken Ohr. Mir wurde heiß und kalt - alles gleichzeitig. Ich streckte die Beine aus und machte auf der anderen Seite eine Rolle, so wie ich es im Parkour hundertmal geübt hatte. Doch der Aufprall war zu hart gewesen. Es war schon recht dunkel geworden, so dass ich nicht mehr viel erkennen konnte. Aber ich spürte, dass mein Knie blutete.

Mein Atem überschlug sich.

»Sie können dich nicht sehen, Fly! Bleib ruhig!«, sagte ich mir selbst. Denn die Nacht war unaufhaltsam wie Ruß herabgefallen. Sie verbarg die Lücken zwischen den Bäumen. Wenn ich in ihrem Schatten blieb, nahmen sie mich nicht wahr.

Die Lichtkegel auf der anderen Seite des Grabens tanzten.

»So eine Scheiße, Bosco! Wo ist der kleine Wichser?«

»Ich weiß es nicht, Boss. Er ist abgehauen.«

»Sieh mal, Bosco! Entweder dein Arsch liegt morgen früh in einem Graben oder seiner. Das kannst du dir aussuchen!«, hörte ich den Anführer.

»Sie haben meinen Papa umgebracht und sie wollen mich umbringen. Was soll ich tun?«

Erstmal bewegte ich mich nicht.

Da schrie Bosco: »Vamos! Wir gehen um den Graben rum. Wir müssen den Kleinen kriegen! Er kennt unsere Gesichter.«

»Mama, ich hab Angst! Ein Monster ist unter meinem Bett!«

»Ach Jean-Luc, Monster gibt es doch gar nicht.«

»Doch unter meinem Bett und es will mich fressen.«

»Glaub mir, niemand frisst dich und niemand wird dir jemals etwas tun!«

Doch, Mama! Diese Kerle da auf der anderen Seite.

Als ich dachte, dass die Lichtkegel sich entfernen würden, rappelte ich mich auf. Ich kam auf die Füße und wollte rennen. Aber alles war duster und plötzlich trat ich auf einen Stock. »Da ist er!«, schrie eine Stimme und fast zeitgleich knallte es. Es war nicht ein Geschoss, das mich traf, sondern ein immenser, scharfer Schmerz.

Ich war am Oberschenkel getroffen, aber irgendwie wankte ich immer weiter.

Auch wenn sich um mich die ganze Kulisse drehte und ich zehnmal in den Humus fiel, ich musste unbedingt hier wegkommen. Ich dachte beim Laufen an meine Mutter. Ich durfte nicht in einem Graben landen. Sie wüsste dann nicht, wo ich wäre und auch, wenn ich nun abtreten musste, wollte ich, dass sie zumindest einen Platz zum Trauern hätte.

»Es tut mir so leid, dass ich nicht auf dich gehört habe. Entschuldige, dass ich sterbe!«

»Lauf weiter, mein Sohn!«, sagte sie.

Ich gehorchte und alle Palmenwedel auf dieser Welt schlugen mir in dieser Nacht ins Gesicht. Dazu kam, dass ich über Unmengen an Wurzel stolperte. Irgendwann tastete ich an meinem blutenden Oberschenkel herum und ich machte mir einen Verband aus einem Halstuch, das ich als Stirnband getragen hatte. Anschließend fiel ich auf den feuchten, glitschigen Untergrund und weil ich auf dem Rücken landete, konnte ich hinter den Wedeln der Yuccapalmen den vollen Mond sehen.

Fest stand: Hier war Ende, denn ich konnte nicht mehr. Und sie würden mich kriegen, weil hier war keine Menschenseele war, um mir zu helfen. Außerdem war ich kreuz und quer durch das Dickicht gerannt, ich würde hier nie wieder heraus kommen. Ich würde verrecken. Dazu machte ich schon einmal die Augen zu.

Da war das Gipsy-Mädchen und der Saum ihres Kleides brannte wieder wie bei der Show: »Komm zu uns, Fly! Es ist nicht mehr weit. Du bist bald da!«

»Ich kann nicht, ich bin fertig! Verstehst du, schöne,

brennende Tänzerin?«

»Das denkst du nur! Steh auf, es steckt mehr in dir, als du denkst. Komm schon, überschreite deine eigene Grenze!«

Ich blinzelte, irgendetwas krabbelte über meinen Arm. Da bemerkte ich Fackeln und plötzlich war da eine Art Weg. Ich hätte schwören können, dass der vorhin nicht da gewesen war.

Ein Wispern war um mich her und wieder die leise Stimme, die den Psalm aufsagte. Nein, die Betonung war anders. Das hier hatte nichts mit Kirche zu tun.

»Alder, ich hab so Schiss! Was wenn sie diese Spur gelegt haben, um mich zu kriegen?« Ich war völlig durch den Wind, ich sprach mit Mike, obwohl der gar nicht da war. Ich sprach mit meinem Vater und sah ihn durch die Zwischenräume meiner zitternden Finger Lächeln, obwohl mein Kopf genau wusste, dass er tot war

Ich kroch auf allen Vieren durch den Humus und ich betrachtete, als ich an einer Fackel vorbeikam, meine

Hände. Sie waren mit Blut und Erde verkrustet. Ich musste wie ein Zombie aussehen und ich fühlte mich auch so.

Ich bin Fly gewesen, der der Kohle und eine coole Künstler-Mum gehabt hatte. Ich bin der gewesen, der die Mädchen abgeschleppt und fallen gelassen hatte, wann es ihm gepasst hat.

Das war noch nicht lange her - vielleicht kaum drei Stunden. Aber nun war nichts mehr mit Fliegen. Kriechen fiel schon schwer.

Dennoch konnte es so nicht sein. Es konnte doch nicht einfach so enden. Ich kroch am Arsch der Welt durch einen verfickten Urwald, mir schlotterten die Knie, weil irgendwelche Bewaffneten mich ausschalten wollten.

»Bitte, Gott! Lass mich doch nach Hause. Ich will auch kein solches Arschloch mehr sein. Ich werde mich bessern!«

Gott antwortete nicht und ich hatte das Feeling, dass er nicht im Spiel war. Ich zog mich an einem Baum am Wegesrand zum Gehen hoch und ich sah, dass am Ende des Weges ein Tor stand. Auf den Säulen des Tores brannten ebenfalls Fackeln. Ich taumelte mehr schlecht als recht den Pfad entlang und kurz vor dem Tor hatte ich das Gefühl, dass die Luft sich veränderte, sie war irgendwie um einiges kühler, als vorhin und es stank nicht mehr so modrig. Ich biss mir bei jedem Schritt vor Schmerz auf die Lippe und keuchte wie ein alter Mann.

»Komm schon, du bist immer noch Fly!

Sicher helfen sie dir hier.«

Hier gab es irgendwo ein Feuer, ich konnte es riechen. Es duftete nach gebratenem Fleisch und Stimmen und Musik wurden laut. Ich wunderte mich, aber ich war an einer Schwelle angekommen, wo man sich praktisch kaum mehr Fragen stellt.

Nun stand ich zitternd an der Eingangstür einer Spelunke[2]. Ich zog sie auf. Hier drinnen war es sehr düster. Ich tappte ein paar Schritte in den Raum. Und einige Typen sahen mit unfreundlichen Gesichtern von ihren Bierkrügen auf. Einer hatte einen Schlapphut und sehr viele Haare im Gesicht. Die

---

[2] abwertender Begriff für Wirtshaus mit zweifelhaftem Ruf

Kerzen auf den Tischen flackerten, die gelben Butzenglasfenster waren blind vor Dreck und ich hatte auf einmal das Gefühl, dass ich vom Regen in die Traufe käme. Ein paar Mal knickten meine Beine beinahe weg. Ein Typ mit hervorstehendem Gebiss, kicherte. Ich schenkte ihm kaum einen Blick und ging tapfer weiter Richtung Theke. Dort hantierte eine ältere Frau mit dunklem Haar und einer Augenklappe an einem Zapfhahn.

»Was willst du?«, fragte sie unfreundlich und fixierte mich mit ihrem einen Auge.

Fünfzehnte Legende

Lia sah auf. Da stand ein junger Mann, stattlich, mit gebräunter Haut und dunklem, glänzendem Haar. Hier duftete es nach Blumen jeglicher Art und das Tirilieren der Vögel wirkte melodischer als sonst wo.

»Herrin?«

»Seid ihr nicht die Göttin des Lichts und die Herrin aller, die an das Licht gebunden sind?«

»Sicherlich! Die Frage ist: Wer seid ihr?«

»Oh, entschuldigt! Ich bin der Nyx, Peresce!«

Er verbeugte sich etwas und zauberte, woher auch immer einen bronzenen Becher.

»Was tut ihr hier, Peresce? Und wie kommt es, dass ich euch nie sah?«

»Ich behüte Ladrista, die Quelle der ewigen Jugend und sie ist meistens verborgen. Ein Glas Blütenwein zur Erfrischung?«

Lia überlegte. Jetzt, wo er es sagte, war es ihr ganz schön heiß. Peresce reichte ihr den Kelch und Lia trank. Niemals in ihrem ellenlangen Götterleben hatte sie etwas Besseres getrunken. Da hatte der Nyx ein Glas in der Hand und stieß mit ihr an. Lia leerte ihren Kelch bis zum Grund.

»Willst du baden?« Tatsächlich hatte die Göttin wärmer und wärmer. Sie vergaß ihre Freundinnen, vergaß ihren Mann und prüfte mit ihrem göttlichen Zeh das goldene Wasser. Es lief nicht nur aus dem Rinnsal im Wald in das steinerne Becken. Es ergoss sich ebenfalls aus einer Wand, in die ein Froschmaul eingelassen war. Das Wasser umschmeichelte ihre Haut und es schien sie zu rufen.

»Wünschst du mit mir zu baden?«

»Tatsächlich ist es nicht das, was ich mir wünsche«, flüsterte sie und band ihr Kleid los.

»Ich bin stets zu Diensten, Herrin! Und ich habe auf dich gewartet.«

»Woher wolltest du wissen, dass ich kommen würde?«, fragte sie und glitt in das Becken.

»Ich besitze einen der drei magischen Spiegel von Prysca.«

»Ist das nicht etwas viel für einen Nyx, der nur eine Quelle bewacht?«

»Das ist genau richtig«, entgegnete Peresce und gesellte sich zu ihr.

3 - Mausefalle

»Manchmal ist man Leuten ausgeliefert, meistens solchen, die man nicht mag. Diese Personen haben viel Macht und sind in der Lage diese auch auszunutzen. Mit der Macht ist es wie mit Geld. Hat man ein bisschen, dann will man immer mehr, denn es ist ein geiles Gefühl die Strippen zu ziehen, und die Angst in den Augen der anderen zu sehen, macht es noch interessanter.«

Da stand ich nun und die einäugige Tante starrte mich an.

»Na! Was denn?«

»Hilfe!«, stammelte ich und blutete ihren Holzboden voll.

»Hm!« Sie fasste mir mit ihren ekelhaften Nägeln unter mein Kinn.

»Da sind Typen hinter mir her, die wollen mich killen. Bitte versteckt mich. Bitte! Ich bin Fly.«

»Du bist niemand, Kleiner! Das weißt du nur noch nicht.«

Sie drehte sich zu einem Vorhang: »Jorik, komm mal!«

Ein schmieriger, mittelalter Typ kam heraus und wischte ein blutverschmiertes Messer an der Schürze ab.

Er trat nah hinter mich. Ich wusste, dass er das Messer noch hatte und ich zitterte immer mehr.

»Was meinst du? Ist er es?«

Ich wusste nicht, was der Koch oder was immer der war, hinter mir für eine Geste machte und mir war schlecht.

»Okay, Junge! Niemand wird dich finden. Zuvor aber eine obligatorische Frage«, meinte die Alte.

Alle im Gastraum standen plötzlich auf, der Schmierlappen hinter mir hielt mir das Messer an den Hals. Scheiße, was sollte das? Sie sollten mir doch helfen.

»Ich stelle dir diese Frage nur einmal, sagst du Nein, macht er es kurz und erspart deinen Verfolgern die Arbeit. Sagst du Ja, wird dich niemand finden, denn du wirst einer von uns und du musst uns als Sklave dienen.«

Ich spürte, wie mir Tränen über die Wange rannen und sich auf dem Boden mit meinem Blut vermischten. Der Typ hielt das Messer so nah an meinen Kehlkopf, dass ich kaum atmen konnte.

»Willst du leben?«, krächzte die Alte ziemlich laut.

Ich wollte antworten, konnte aber nicht.

»Jorik!«, schimpfte sie.

Er nahm das Messer etwas weiter weg.

»Ja!«

»Na, also! Ich vergaß es zu erwähnen, du bezahlst einen hohen Preis. Aber das Gute ist, sie werden dich nicht erkennen, denn dein Preis ist deine Gestalt!«

Summen und Wispern überall. Die Alte schrieb mit ihren krummen Fingern etwas in die Luft:

»Alertan, omastros, n da se! Sazi!«, flüsterte sie.

Plötzlich bekam ich Schmerzen am ganzen Körper. Das Bein war gar nichts dagegen. Ich hatte das Gefühl, ich würde mich von innen nach außen auflösen. Meine Finger glitten vom Tresen und ich fiel auf die Knie.

»Sie sind auf dem Weg. Bring ihn weg, die Verwandlung wird dauern!«

Der Typ nahm mich am Arm und zog mich grob hoch.

Er brummte, sagte aber nichts.

»A-a-a-ber i-i-ich, aber ich...«, sagte ich zu der Frau.

»Aber ich gibt es nicht mehr. Ich war gestern. Du warst gestern. Verschwinde, sonst finden sie dich doch noch.«

Ich konnte nicht gehen, ob der Typ mich zog oder nicht. Schließlich sah er es wohl ein und trug mich in eine Kammer. Obwohl ich heulte und bibberte wie ein Schlosshund, lud er mich emotionslos ab und sprach mit einer interessanten, heißeren Stimme: »Bleib hier und kein Mucks, wenn es vorbei ist, lassen wir dich raus!«

Ich krümmte mich am Boden: »V-v-vor-bei?«

Ich nahm alles nur noch verschwommen wahr. Ich befand mich offenkundig in einem Abstellraum. An den Wänden standen Regale mit Flaschen und Gläsern, scheinbar gab es auch ein paar Klamotten und Farbeimer dazwischen. Da machte dieser Scheißkerl die Tür zu und ich hörte einen Schlüssel drehen.

Hernach war alles schwarz, dunkel und hoffnungslos. Eine Welle des Schmerzes überrollte mich. Er nahm mir den Atem. So fühlte sich sicher Sterben an! Aber bei der dritten oder vierten Schmerzattacke, wäre mir das Sterben schon recht gewesen. Hauptsache es würde aufhören. Hauptsache Ende!

Mein Mund fand keine Worte mehr, doch in Gedanken versuchte ich Gott noch einmal zu erreichen: »Bitte, falls du da bist: Ich weiß, dass ich oft eingebildet und nicht fair zu meinen Mitschülern gewesen bin, aber deswegen brauchst du keine solche Nummer abzuziehen. Willst du mich bei dir, dann nimm mich jetzt mit fort von diesem verdammten Ort! Und wenn du denkst, ich sollte hier bleiben, dann erlöse mich endlich von meiner Qual!«

Ob Gott mich hörte oder mein Körper es einfach nicht mehr ertrug, wusste ich nicht. Fest stand, dass ich nach der fünften Schmerzattacke in eine warme, weiche Schwärze fiel.

Ich hörte meinen Papa: »Tu mir den Gefallen, lauf!«

»Es tut mir so leid, Papa. Konnte ich dich retten?«

»Nicht wirklich! Aber, danke für den Versuch.«

Meine Mutter war da: »Fly, ich wünschte du wärest hier geblieben. Nun sehe ich dich wohl nie wieder!«

»Das befürchte ich«, gab ich zu.

Lou schimpfte: »Das machst du nur extra mit dem Abkratzen! Du bist so ein arroganter Fatzke, Fly! Immer machst du nur, was du willst.«

Moni, meine Perle von letztem Jahr war auch am Start:

»Fly, du Spacko! Du bildest dir was auf dein gutes Aussehen ein. Lass dir was sagen: Das ist nur äußerlich und du solltest dein Verhalten ändern. Sonst kommst du in die Hölle!«

»Moni, ich ändere mich. Ich schwör. Echt jetzt?«

Da tauchte das tanzende Zigeunermädchen auf. Sie kam auf mich zu, mein Atem ging schneller. Sie fasste mir ins Gesicht und sie roch nach Honig. »Ich freue mich, dass du den Weg gefunden hast! Kommst du mich besuchen?«

»Ja«, hörte ich meine eigene Stimme im Dunkeln. Da brannte das Mädchen und ihre Finger lösten sich vor meinen Augen in Asche auf. Mein Gesicht aber war ein einziger Flächenbrand. Ich schrie und war wach.

Mir ging es immer noch ziemlich schlecht, ich war klatschnass geschwitzt und mein Shirt schien plötzlich viel zu groß. Ich hatte solchen Durst. Ich hätte die Pfützen vom Boden geleckt, falls welche da gewesen wären.
Ich kroch zu Tür, wo sich ein Lichtstrahl erahnen ließ.
»Hey«, versuchte ich es mit Klopfen. Aber plötzlich gab es auf der anderen Seite einen Riesenradau, etwas zersplitterte und ich hörte Glas brechen. Ich schreckte zurück und wartete. Was war das? Es hörte sich wie eine Herde Elefanten im Porzellanladen an. Ich konnte das nicht zuordnen.
Da funkte es im hintersten Winkel meines Gehirns. Die Mörder meines Vaters hatten mein Versteck entdeckt. Ich war am Arsch. Selbst wenn mich diese zwielichtigen Gesellen hier nicht um die Ecke brachten. Diese mordlustigen Irren vom Rastplatz würden mich nie leben lassen. Denn Fakt war, dass ich ihre Gesichter kannte.
»Fuck! Fuck! Fuck!« Ich konnte nirgends hin.

Sechzehnte Legende

Nachdem der Äther ausgebrochen und Tarturos Heimat zerstört worden war, flogen auch die drei kleinen Drachen - der orangene Corry, der grüne Yani und der blaue Hardener -ziellos durch die junge Welt. Alles war durcheinander geraten. Die Lava hatte breite Schneisen durch die Wälder gepflügt und es sah hässlich und grau aus. Doch die Zeit war vergangen und der Wind hatte Erde über das Gestein geweht, so streckten einige Blüten ihre Gesichter bald in die Höhe.

Die Drachen seufzten, denn ihnen fehlte das Bad in der Lava und manchmal vermissten sie sogar den motzigen Tarturo.

Abends flogen sie immer unter den Ginster, wo sie damals Seth-Kathengi fanden, dann kuschelten sie sich zusammen, denn sie waren ja noch klein.

Vom hohen Berg sahen sie die junge Welt, wie sie im Dunkel der Nacht versank und sie schickten ein Gebet zu jener, die alles lenkt. Niemand hatte den Drachen den Namen einer Gottheit, an die man sich wenden konnte, genannt, denn Corry, Yani und Hardener waren auf sich alleine gestellt.

Corry erklärte eines Abends: »Brüder, ich bin traurig!« Er war der Vorwitzigste und Yani, der nur etwas sagte, wenn es sehr wichtig war, ergänzte: »Ich habe Hunger!«

Hardener machte die Augen zu.

»Zuzu hat gesagt, dass wir die Bestesten sind und gewonnen haben. Aber was haben wir davon, wenn unser schönes Zuhause futsch ist?«

»Hab immer noch Hunger!«, stöhnte Yani.

Hardener grübelte, dass Zuzu eventuell nicht ganz ehrlich mit ihrem Spiel gewesen war. Doch er sagte es seinen Brüdern nicht und deckte Corry mit seinem Flügel zu.

Das war das Beste an Hardener - dass er nicht immer alles aussprach.

In der Nacht trat Eradi, die Erdmutter, zu den Drachen. Hardener war sich später nicht mehr sicher, ob er ihren Besuch nur geträumt hatte. Doch im Grunde genommen war es einerlei. Denn vor allem unsere Träume sind es, die letztendlich unser Leben verändern.

»Warum seid ihr so betrübt, ihr kleinen Feuerkinder?«, fragte Eradi.

»Nun, weil ich Hunger habe«, erklärte Yani.

»Weil ich unser Zuhause vermisse«, ergänzte Corry.

»Weil ich mich von den Großen veräppelt fühle«, fügte Hardener hinzu.

»All das soll nicht mehr euer Problem sein! Fliegt hin, ihr Feuerkinder, denn ich erkläre euch drei zu den neuen Hütern des Vulkans.

»Uuuiiiuuui, das bedeutet, wer nun in der Lava

baden darf, bestimmen wir«, freute sich Hardener.

»Ja, das bedeutet es«, bestätigte Eradi, »doch ihr müsst auch versprechen, dass ihr Ordnung macht.«

»Auweia! Ordnung? Ich habe keine Ahnung, wie das geht«, gab Corry zu.

»Reicht es nicht, wenn wir Feuer machen und den Äther entkorken?«, fragte Yani.

»Das wäre schon mal ein Anfang!«, meinte die Erdmutter und sie war verschwunden.

4 - Identität

»Das ist so eine Sache mit der Identität, denn man konnte sie schneller verlieren, als man dachte. Ein Schläger musste nur einmal in die Fresse bekommen und ein Übereifriger stellt das auf Youtube, schon ist das ganze Image futsch. Oder so ein reicher Schönling verliert seinen Job, da läuft es nicht mehr mit den Bräuten. So ist das und man kann dankbar sein für jeden Tag, an dem einem das nicht passierte. Manchmal allerdings hatte man Pech.«

»Ich muss mich verstecken!«, schoss es mir durch den Kopf. Aber wie sollte ich das nur bewerkstelligen? In meinem Inneren hämmerte es, alles hier war dunkel und ich war absolut nicht Herr meiner Sinne.

Da hörte ich von draußen aufgeregte Stimmen. Es war dieser Bosco. Wie hatte er mich finden können, wo ich doch kreuz und quer durch den Urwald gerannt war?

Von draußen hörte ich ebenso die rauchige Stimme der Wirtin: »Was sucht ihr? Raus aus meinem Haus!«

»Du hast hier gar nichts zu melden, blöde Tante!

Wir suchen nen verletzten Jungen.«

Es rumpelte und gab eine Erschütterung. Ich glaubte, sie hätten die Barfrau geschubst. Nun kam der heisere Jorik zu Wort: »Was macht ihr mit Martha? Und wenn der Kleine verletzt ist, kann er ja wohl nicht weit gekommen sein.«

»Eben doch!« Das war der Big Boss und er war angepisst.

Einer hämmerte mit Wucht gegen die Tür, hinter der ich saß.

Mein Herz stand still. Ich musste daran denken, wie die Alte `*und wenn du Nein sagst, dann macht er es kurz*´, *gesagt hatte*. Vielleicht war es auch besser, es ab und zu kurz zu machen.

Womöglich sollte ich einfach hier sitzen bleiben, wo ich war und auf die Kugel im Kopf warten.

Doch ein kleiner Rest Überlebenswille zwang mich rückwärts zu rutschen, bis ich an eines der Regale stieß. Abermals ein heftiger Aufprall. Ich tastete nervös, meine Finger zitterten.

»Bitte lieber Gott, lass es etwas geben, wo ich mich verstecken kann!«

»Mach die Tür auf, Alte! Sonst trete ich sie ein!«

»Wartet, ich suche den Schlüssel!«

Da erfühlte ich einen kurzen Webstoff. War das ein Teppich? Zu Tode verängstigt, wickelte ich mich in das Teil ein und hielt den Atem an, so gut es ging.

Die Tür wurde aufgerissen und Helligkeit überschwemmte mich. Ich hörte schwere Stiefel. »Hier ist nichts!«, behauptete Martha. Über mir wurde an den Regalen gerissen, Gläser und Dosen fielen herab. Auf dem Boden verteilten sich die Splitter.

»Hey, was soll das? Pfeif deine Gorillas gefälligst zurück!«, beschwerte sich Jorik. »Halts Maul, sonst fällst du auch gleich, du Stinktier!«

Nun fiel ein ganzes Regal mit Werkzeug, Metall schepperte Dosen rollten, eine landete auf meinem Kopf und ich hörte mich schreien. Allerdings war es eher so ein kleines Quieken, wie von einem Frischling. Die Geräusche erstarben sofort.

»Na, was haben wir denn da?«, witzelte der Boss.

Ehe, ich mich versah, war der Teppich auf dem Boden und sie rollten mich aus. Ich lag da und blinzelte gegen die Lampe. Die Gesichter der Gangster erkannte ich wie Schatten und ich hielt sie Hände schützend vor die Augen. Ich hörte Martha stöhnen.

»Er ist es nicht! Der hier ist kleiner, Boss!«

»Ich sehe es, Bosco!« Da war auch noch der dritte Typ in dem kleinen Abstellraum, der Riese ohne Hals. Er qualmte. Als ich noch einmal zu ihm linste, erkannte ich die Mündung seiner Pistole.

»Boss?«, fragte er und ich hörte, wie er sie entsicherte.

»Wer ist dieses kleine, dreckige Kerlchen hier! Erklär mal!«

Martha quetschte sich an dem bulligen Bosco vorbei: »Er ist nichts, er ist niemand. Es ist nur unser Stiefelknecht. Wir haben ihn vor zwei Jahren am Wegrand aufgelesen und weil wir mitleidigen Herzens waren, nahmen wir ihn mit. Er verrichtet die niederen Arbeiten für uns. Wir betreiben Viehzucht!«

Der Big Boss kam zu mir und bückte sich. Ich roch Aftershave. Immer noch waren meine Augen zu. Ich hielt den Blick gesenkt. Da spürte ich kalte Finger, die mein Kinn hochhoben:

»Junge, wie heißt du?« Ich blieb steif, sah dem Verbrecher jedoch in die schwarzen Augen. »Wie heißt du?«, flüsterte er und es lief mir kalt den Rücken hinunter.

»Herr, macht euch keine Mühe! Der Kleine hat bedauernswerterweise nicht mehr alle Blätter an der Rose. Es hat keinen Zweck!«, behauptete Martha.

Ich öffnete den Mund: »Blll subblll dat. Blll tete mmm!«, blubberte ich zur Bestätigung und verdrehte die Augen.

Der Big Boss schreckte zurück und stand auf.

Er klopfte seine Hose ab. »Es ist nicht der Junge, lasst uns gehen! Stiefelknecht, dass es das noch gibt! Muss ich mir auch zulegen!«

Irgendetwas musste mit mir geschehen sein. Etwas, das mein Aussehen verändert hatte.

»*Dein Preis soll deine Gestalt sein!*«, erinnerte ich mich an die Worte, die Martha gesprochen hatte. Sie gingen und ich sah wieder zu Boden. »Eine Frage noch«, der Big Boss wirkte nachdenklich. »Warum ist er denn hier eingesperrt?«
Martha zuckte zusammen: »Nun, was will man machen, wenn die Untergebenen nicht gehorchen?«
»Ja, was will man machen?«
Sie waren weg und Jorik ging zuletzt.
Er hatte den Schlüssel in der Hand.
Ich kroch zu ihm: »Bitte, lass mich hier heraus! Ich hab Durst! Bitte!«
»Was denkst du dir? Das kannst du knicken. Wegen dir sind sie hier her gekommen. Sie haben Martha geschlagen. Eine Schande!«
Verzweifelt fasste ich seinen Hosensaum wie ein Kleinkind: »Bitte!«
Er gab mir einfach einen Tritt, dass ich auf den Rücken fiel.

Er spuckte aus und die Tür fiel zu.

Ich landete auf dem Teppich. Ich schmeckte Blut und später, als ich genug geweint hatte, Salz.

»Was waren das nur für Menschen? Bin ich wirklich in der Vergangenheit so schlimm gewesen, dass ich das verdient hatte?«

Ich drehte mich auf die Seite und zog die Knie hoch.

Den Teppich klappte ich über mir zusammen:

»Du bist mein einziger Freund!«

Siebzehnte Legende

Die Blutgöttin, Seth-Kathengi, lebte glücklich mit ihrem besonderen Baby in ihrem besonderen und von den Tieren gebauten Haus, das ihr auch zum Tempel gereichte.
Ihr Gefährte, Terester, kehrte bald in den Sumpf zurück, denn er musste sich, da er ja der Totengott war, um die sterbenden Ook-Ahn kümmern.

Tarturo wohnte in der Wüstenei in einem hohlen, roten Felsen, denn auch in dieser Gegend gab es vielerlei Leid, an dem er sich ergötzen konnte.
Allerdings erfreute er sich nie wieder so an irgendetwas wie an der Gesellschaft von Seth-Kathengi. Manchmal stöhnte er und sein Stöhnen wehte wie Wind über die Einöde.

Der Gott der Qual hatte eine Schwester, die Göttin der Eifersucht, die nannte man Synthis.

Von Ewigkeit zu Ewigkeit hatten sie sich nicht mehr gesehen. Doch obgleich Synthis am anderen Ende der jungen Welt weilte - sie wohnte in einem gläsernen Palais und vor ihm ergoss sich ein Wasserfall in einen glänzenden See, in welchem allerlei bunte Wasserwesen wohnten. An dessen Ufern wuchsen schillernde und saftige Blüten, dass man sich nicht satt sehen konnte - langweilte sie sich gerade.
Die Göttin der Eifersucht hatte alles, was man nur begehren konnte: Sie war schön, sie war intelligent, sie war unermesslich reich. Doch auch sie litt unter dem Leiden, das die Reichen und Mächtigen oft verzehrt - einer gewissen Leere und Betrübnis. Sie vernahm das Echo von Tarturos Schrei und dachte: »Ich sollte doch

einmal meinen Bruder besuchen!«
Als Reisemittel wählte sie einen fliegenden Teppich, der hieß Flick. Dieser Teppich hatte ein Geheimnis. Eigentlich erschien er alt und abgewetzt. Aber seinem wahren Gebieter zeigte er sich in seiner wunderschönen, tadellosen Musterung. Das war ein magisches Ding.

Flick hatte eine Seele und er wählte den Besitzer selbst.
Synthis ließ ihre Gespielen im gläsernen Schloss zurück: »Gehabt euch wohl meine Lieben! Sorgt für mein Anwesen!«
Ihre Gespielen nickten nur. Leider waren sie allesamt strohdoof und die Göttin wählte einen Trick. Sie besaß die drei magischen Spiegel von Prysca. Die zeigten demjenigen, der in sie hinein sah, sein Begehr.
Einen deponierte sie in ihrem großen Salon, in welchem sich die meisten Dinge des Alltags

abspielten. Die beiden anderen Spiegel nahm sie mit und steckte sie mit ein paar Saphiren, einer Flasche Wein und einem weichen Brot in einen Beutel. Bevor sie flog, sah sie in den einen Spiegel und er zeigte, wie gewünscht, Tarturo.
Der sah schlecht aus und er war an einem trostlosen Ort. Allerdings kannte Synthis diesen Ort nicht, da sie aber, wie alle Frauen, keine Scheu hatte, nach dem Weg zu fragen, beschloss sie einfach loszufliegen. Sie streichelte Flick:
»Veni! Veni!«
Der Teppich schüttelte sich und bäumte sich etwas auf. Dann erhob er sich mit ihr und er schillerte in den wunderschönsten Farben, die sich mit jeder seiner Bewegungen veränderten und flugs war er zur Tür hinauf und hoch über der jungen Welt.

5 - Überleben

Mit dem Überlebenswillen war es ja so: Die einen hatten ihn mehr, die anderen weniger. Ich war wohl schon immer ein Kämpfer gewesen, denn meine Mutter hatte mir oft erzählt, dass ich nach meiner Geburt nicht geatmet hatte und fast zwei Minuten fort war. Dann schrie ich aber aus Leibeskräften.

»Du hast die andere Seite gesehen und bist zurückgekehrt. Das können nicht viele von sich behaupten. Das ist ein Zeichen, dass das Leben selbst dich braucht.«

Aber ich war nicht immer gut gewesen zum Leben und den Mitmenschen, die es teilten. Meine Mutter hatte mich großzügig mit dem Zaster meines Alten bedacht und in der Schule hatte ich begonnen Geld zu verleihen und es mit Zinsen zurück zu fordern. Ich hatte gewusst, wie es *schmeckt, auf der anderen Seite, auf der mit der Macht zu stehen.*

Einmal hatte ich einem Siebtklässer Geld geliehen. Ich selbst war in der Achten und am Zahltag trafen wir uns unter der kleinen Brücke beim Schulteich. Er wedelte mit drei Fünfzigern und ich zog meine Kapuze hoch.

»Ich hab dir gesagt, ich will zweihundertfünfzig!«

»Ey, Alder, bitte gib mir noch drei Tage! Ich habe meine Playstation verkauft.«

»Ich bin nicht dein Alter!«

»Fly, hör, es war für den Tierarzt! Ich hab mein Rennrad auf Ebay. Du kriegst die Kohle, versprochen!«

»Mike!«

Mein Kumpel, Mike, hielt ihn fest, ich zog ihm die Brille aus. Ich verpasste dem Kleinen ein paar, dass er sich hinlegte. Seine Nase war gebrochen, am nächsten Tag hatte ich das Geld.

Ich hatte nie ein schlechtes Gewissen deswegen gehabt. Obwohl ich im Nachhinein nicht mehr wusste, weshalb ich so hart zugeschlagen hatte. Der Kleine, wenn er an mir vorbeiging, senkte den Kopf und grüßte. Manchmal musste man denen nur einmal zeigen, wer man war und schon lief die Sache. Und ich konnte mir keine Schwäche erlauben, denn ich war zwar Fly, der Parkour-Läufer, der mit den Mädchen, der mit dem Geld. Aber ich war auch der ohne Vater.

Und nun war ich nicht einmal mehr das.

Gern hätte ich gesagt, es täte mir alles so leid, aber ich fühlte nur Durst, Hunger und Schmerz. Das hätte ich allzu gern gegen dieses geile Gefühl, das ich damals gehabt hatte, als ich dem Typ die Fresse polierte, getaucht.

Schlagartig weckte mich urplötzliche Kälte und Nässe. Ich schreckte auf. Vor mir stand dieser schmierige, stinkige Jorik mit einem Eimer in der Hand.

»Was guckst du so? Du wolltest doch unbedingt Wasser.«

Er kicherte. Das hörte sich fast wie bei einer Ziege an.

Es war plötzlich so hell, dass ich gar nichts erkennen konnte und meine Glieder waren völlig steif. Alles an mir war nass und kalt. Der hatte mir einfach das Scheißwasser übergekippt.

Aber die Tür stand offen - immerhin. Vielleicht brauchte ich etwas Ruhe, aber ich war Fly und Fly war eigentlich schnell - sehr schnell.

»Komm endlich!« Er stand in der Tür.

Zögernd rappelte ich mich auf. Schon bei den ersten Schritten hatte ich Scherben in der Fußsohle stecken und quietschte.

Jorik drehte sich um und sah mich böse an.

»Ich sag dir was: Hier dieses Chaos, das räumst du gleich als Erstes auf.«

Ich versuchte auf einem Bein stehend, die Splitter aus dem Fuß zu ziehen und gleichzeitig zu nicken. Der Mann grinste schief unter seinen Bartstoppeln:

»Na, lustig biste schon!«

Ich wusste gar nicht, wo meine Schuhe hingekommen waren. Alles an mir war nass und kalt und die Klamotten rutschten plötzlich wie Sau.

Wir gingen durch einen langen Flur, bei dem die Wände mit schwarzen Holzbohlen verkleidet waren. Dies erzeugte ein Tunnelgefühl.

Ich humpelte dem Tageslicht hinter einer Tür zu. Es fühlte sich an, als käme ich nach langer Zeit aus einem Bergwerk. Wir traten auf den Hof. Er war riesig und hier voller Schlamm. Ich sah auf meine Füße und blinzelte in die tiefstehende Sonne. Meine Lippen waren so trocken und aufgesprungen. Ich hätte für einen Orangensaft gemordet. Das alles musste ein Traum sein!

»*Wach auf, Fly! Wach auf!*«

»Los jetzt, ich hab nicht ewig Zeit!«

Ich folgte diesem Halbaffen bis wir den Hof ganz überquert hatten. Er war von zahlreichen größeren und kleineren Gebäuden umrahmt und zu meiner Verwunderung standen da auch einige altmodische Zirkuswagen, manche wie man sie früher zum Tiertransport genutzt hat.

»Is keine Saison!«, murmelte er und rauchte.

Um den Hof herum gab es dichte Vegetation, das meiste waren tropische Pflanzen, hohe grüne Bäume und niedrigere

Palmen. Auf einer kleinen Böschung spross grüne Wiese und wir überstiegen ein Holzgatter. Ich stöhnte etwas wegen der Verletzungen, schaffte es aber letztendlich ihm zu folgen. Komischerweise tat mir zwar der ganze Körper weh, von der Schusswunde allerdings spürte ich kaum mehr etwas.

Danach musste ich wieder die Hose hochziehen. Und ich musste noch etwas, und zwar, pissen wie ein Gaul. Ich konnte es kaum mehr einhalten. Aber dieses blöde Arschloch vor mir, blieb einfach nicht stehen. Irgendetwas stimmte nicht mit mir. Warum konnte ich nicht mit ihm Schritt halten? Mein Kopf brummte. Ich musste pissen und mein Kopf brummte.

Wir kamen zu einem kleinen Hain, der überhaupt nicht in diese Gegend zu gehören schien, denn einige hohe, dünne Nadelbäume drängten sich hier dicht an dicht.

Ich rannte zu dem Nächstbesten, zog die nasse Hose runter und ließ laufen. Es war das Beste, was ich je gemacht hatte. Jorik beobachtete mich und kicherte. Anschließend gingen wir noch ein paar Schritte und kamen zu einer Tränke mit

Regenwasser. Sie stand unter einem ausladenden, duftenden Tannenbaum.

Die Sonne schien, nur bei der Tränke selbst lag Schatten.

»Zieh mal die nassen Sachen aus!«

Ich hatte Angst vor diesem Kerl. Hier war keine Sau. Ich begann zu zittern und das war nicht nur vor Kälte.

»Mach schon! Gib mir das Shirt!« Ich tat es. Er wrang es aus und hängte es an einen Ast, der in der Sonne hing.

»Hose!«

Das durfte alles nicht wahr sein! Ich gab sie ihm. Mein Durst und das Bedürfnis mich sauber zu machen, zogen mich zu der Tränke unter den Baum. Auf dem Weg dorthin rutschte mir immer wieder die Unterhose. Ich sah nach Jorik. Er starrte stur in die andere Richtung – nämlich in die, in der Vulkan rauchte. Ich ging zu dem Steinbecken.

Auf dem dunklen Wasser schwammen einige Blätter und Nadeln. Ohne zu denken, tauchte ich meinen ganzen Kopf hinein und ich trank in tiefen Schlucken. Es war herrlich! Ich kniete vor dem Becken und ich dankte Gott. Ich tauchte noch einmal unter, dann begann ich meine Arme zu waschen. Aber irgendetwas stimmte nicht. Hier war zwar schlechtes Licht, aber meine Haut war so dunkel und es ließ sich nicht abwaschen. Hatte ich wirklich so viele Haare? Ungläubig schrubbte ich mit der anderen Hand an meinem rechten Arm herum. Er blieb braun. Während ich nachdachte, was da passiert sein konnte, beruhigte sich die Wasseroberfläche und als ich noch einen Versuch starten wollte, beugte ich mich darüber und erstarrte.

Ich schrie, wie ich noch nie geschrien hatte. Ein Schwarm Papageien stieg erschrocken auf und sie kreischten durcheinander.

Das im Wasser war nicht ich. Mich schaute ein kleiner, dunkelhäutiger Knabe mit zu langen Locken an. Kleiner als mein wahres Ich, schmutzig und ungepflegt wie ein Wolfskind. Ich bebte überall und konnte es nicht fassen. Mein kleiner Körper war beharrt wie der Rücken arabischer Männer im Dampfbad.

Wer war ich? Und vor allem – was war ich?

Ich trat zu Jorik in die Sonne und schaute auf das Anwesen herunter. Dabei musste ich mir die ganze Zeit die Unterhose festhalten.

»Also so eine lange Leitung wie du hatte ja echt noch keiner!«, er meckerte wieder. »Setz dich, ich glaube, ich muss dir einiges verklickern!«

Er drehte sich um und steckte mir die Kippe, die er eben noch geraucht hatte direkt in den Mund. Ich zog.

Jorik nahm tief Luft. Ich saß vornübergebeugt und hatte die Knie hochgezogen. Ich fror erbärmlich und ich rauchte den Zigarettenstummel bis er zu Asche geworden war. Ich hatte den Kopf, der nicht meiner war, auf die Knie gelegt und weinte ein bisschen, aber nicht in die Richtung von diesem ekelhaften Scheißkerl.

»Also hör zu, denn ich erzähle das nur einmal: Du kannst Martha dankbar sein, denn sie hat dich verändert – verhext. Du bist nun einer von uns, du bist ein Ook-Ahn, ein Mensch, gewesen, aber nun bist du ein Daer. Die Menschen haben Angst vor uns. Vor langer Zeit, nahmen wir ihnen die Kinder und verlangten einen hohen Preis, wenn sie überleben wollten. Wir beteten die Blutgöttin, Seth-Kathengi, an und machten ihr zu Ehren Rituale. Aber einer kam, den nannten sie Broof, Sklave, er hatte starke Magie in sich. Er gab allen ihre Preise zurück.«

Ich starrte ihn an und schlug die Arme um mich herum.

»Hast du keine Zunge? Du sagst gar nichts. Neish hatten sie die Zunge abgeschnitten und so wurde Broof aus ihm. Der Vulkan explodierte und unser unterirdisches Reich versank. Deshalb sind wir auf der Suche nach einer neuen Heimat.«

Er nahm etwas aus der Tasche. Es war eine Panflöte.

Er spielte darauf ein trauriges Lied und mit einem Mal hatte ich das Gefühl diesen Broof und die Daer zu sehen. Ihr Reich war weitläufig und knallbunt. Es unterlag eigenen, seltsamen Gesetzen. Er spielte wunderschön und ich hatte das Gefühl, sein Lied brächte mir Heilung. Es kitzelte angenehm überall an diesem fremden Körper. Einmal wollte er eine Pause machen. Da schob ich ihm das Instrument an die Lippen und er tat mir den Gefallen. *Ich sah eigenartige Wesen, halb Mensch, halb Tier. Sie waren in dieser Welt edler als solche wie ich. Ich bestaunte eine wunderschöne Frau mit einem Jungen. Sie trank sein Blut und er wollte das so. Der Junge aber wurde von einem Löwen-Mann schrecklich geschlagen und er verliebte sich in ein Katzen-Mädchen. Dann aber kam Feuer und die Musik verstummte.*

Ich erwachte wie aus einem Traum und ich bemerkte, dass die Sonne hinter den Bäumen bereits unterging.

Ich sah ihn an: »Warum?«, sagte ich mit einer Stimme, die fremd in meinen Ohren klang.

Jorik grinste schief, er hatte eine goldene Halskette und fasste sie an. Ich erahnte Bedauern in seinen schwarzen Augen. »Warum, mein Junge, ist ein Wort, das alle quält.

Warum gibt es nicht. Weißt du, was es gibt?«

»Nein«, gab ich leise zu.

»Es gibt Tyche, das nannten wir früher Schicksal und dem Schicksal müssen wir uns alle unterwerfen.

Ich war auch nicht immer so.«

Er strich seine buschigen Haare zur Seite und ich erkannte etwas Helles, Spitzes darunter - ein Horn.

»Ich hab zwei davon.« Ich konnte nicht anders. Ich musste es anfassen.

»Krass!« Er streifte die Schuhe ab und ich sah, dass er Hufe hatte. Er lachte meckernd.

»Bist du ein Faun?«

»Ihr nennt das so. Bei den Daers heißt es Tza-Tseck.«

Er spielte eine kurze Tonfolge auf der Flöte, es erinnerte an einen Vogelruf, da standen plötzlich beinahe zwanzig Ziegen um uns herum. Sie stupsten mich mit ihren haarigen Köpfen und meckerten fröhlich. Nun musste ich doch lachen, weil sie so aufdringlich waren.

»Wir nehmen sie mit herunter in den Stall, hier gibt es Wölfe.« Jorik zog seine Stiefel wieder an und erhob sich.

»Wölfe?«, fragte ich besorgt. Da legte sich ein mächtiger Schatten auf mich und ich hatte das Gefühl, die Tiere verstummten.

»Na, da is er ja!«, brummte der Schatten. Er war ganz schwarz und riesig. Er griff nach mir. Ich schrie und rutschte in der viel zu großen Unterhose nach hinten.

Jorik fuhr herum. Wahrscheinlich war ich dem Faun scheißegal, aber er war der Einzige, den ich hier in dieser durchgeknallten Welt kannte. Also stürzte ich über die Kack-Unterhose und versteckte mich hinter ihm.

Das Tier-Mensch-Vieh vor uns brüllte wie ein Bär, ein sehr wütender Bär und ich dachte schon, er wollte uns fressen.

Die Ziegen stoben auseinander und ich wollte mir gerade ein Beispiel an ihnen nehmen.

Da trat Jorik vor und schlug dem Typ den Schlapphut vom Kopf: »Sag mal, hast du nen Schaden, Oro? Wo bleibst du überhaupt? Der Kleine friert sich den Arsch ab und ohne Klamotten, kann ich mit ihm nicht in der Schenke auflaufen.«

Der Typ hob den Hut auf und trat ins Mondlicht. Er war mindestens zwei Meter groß und sein Wanst begann zu wackeln, denn nun lachte er dröhnend und seine Lacher erfüllten das Tal.

»Entschuldigung, ich musste mir das geben! War nur Spaß, Kleiner! Aber eure Gesichter vor allem das von dem Jungen.«

»Na, ganz großes Kino, Oro! Ganz großes Kino!«

Der Faun schüttelte den Kopf und ich nutzte die Unterbrechung, um noch mal zu pinkeln. Ich musste immer, wenn ich Schiss bekam. Ich fragte mich, woher der neue Körper das wissen konnte.

»Gott, wo ist mein Schwanz geblieben?«

Ich stand da völlig nackt und mir wurde bewusst, dass ich wieder ein Kind war. Alles an mir war winzig und auch mein bestes Stück, war nicht mehr das, was es vorher gewesen ist.

Ich war echt in einem Alptraum gefangen.

»Ich hatte Probleme mit dem einen Pummel-Stock[3], ich musste ein ganzes Volk umsiedeln, weil jemand sich am Honig vergriffen hat.«

»Martha wird sicher schon ungeduldig sein«, bemerkte Jorik.

»Ach, sie soll sich nicht ins Hemd machen.«

---

[3] Insektenart aus dem unterirdischen Reich Kathangoo

Der Riese trat zu mir und ich wich zurück und hielt die Hände vor meinen Piepmatz, der nicht wirklich der Mühe wert war.

»Komm mal her, Junge! Ich habe schon ganz anderes gesehen.« Ich knurrte leise und wusste nicht warum.

»Ist er Sinti?«, fragte Oro und zog mich zu sich.

»Mein Gott, der ist ja noch klitzekleiner als der Letzte.«

Er stellte mich auf einen Baumstamm.

»Da muss ich mich nicht so bücken.«

Ich zitterte nun sehr und ich schämte mich furchtbar. Vorsorglich drehte ich mich weg, weil ich befürchtete, gleich anzufangen zu heulen.

»Mach dir keine Sorgen, ich fresse dich nicht – nicht heute. Ich habe schon ziemlich viel Honig bei der Aktion mit den Pummeln genascht.«

Er stülpte mir etwas über meinen wuscheligen, kleinen Kopf. Es war ein sehr weicher Stoff, der sich sofort der Haut anpasste. Ich fühlte mich gleich sehr wohl darin. Dann hielt er mir eine Stoffhose hin.

»Die Kleinste, die ich gefunden hab.« Sie passte ganz gut, war immer noch bisschen lang. Aber er legte die Hosenbeine um und zog ein Band an der Taille zu. Das alles tat der Bärenmann sehr konzentriert und sanft.

»Also, ich hab gegessen, aber du hast Hunger. Stimmt s!«

»Gib dir keine Mühe. Er verschluckt manchmal seine Zunge!«, erklärte der Faun.

»Ich habe deinem Vorgänger schon erklärt, das Reden überschätzt wird. Schuhe habe ich leider keine, ich versuche welche zu kriegen.«

Er zog mir noch eine Art Überwurf an, der war aus Leder und hatte eine Kapuze und einen Gürtel.

»Danke!«, sagte ich schließlich mit meiner Kinderstimme.

»Kein Ding! Jorik bezahlt!«

Achtzehnte Legende

Das Baby, Hoenir, bekam Zähne und es schrie und schrie, obwohl die Hasen und Rehe es in der Schaukel wiegten, die die Spinnen gewebt hatten. Seth-Kathengi war die Blutgöttin, aber auch eine dunkle Göttin konnte ab und zu etwas Schlaf gebrauchen. Sie versuchte alles. Sie stillte ihn, aber er biss sie mit seinen neu erworbenen Beißerchen. Sie sang ihm die Lieder der Blutmythen der Ahnen, da weinte er nur noch mehr.

Sie gab ihm Süßholz zu kauen, doch davon bekam er Schluckauf und brüllte nur noch lauter.

Terester jedoch war in seinen Sumpf zurückgekehrt und konnte ihr nicht beistehen.

»Eule! Mach, dass er aufhört!«, bat Seth verzweifelt . Die Eule zwinkerte:

»Das steht nicht in meiner Macht, Seth!«

»Hör auf, hör auf!«

Das Baby verzog das Gesicht und heulte.

Jetzt reichte es der Göttin:

»Ich werde wahnsinnig, Zuzu!«

Zuzu hatte längst ihre empfindlichen Ohren eingeklappt, dennoch tätschelte sie ihrer Herrin tröstend die Schulter.

Da schrie die Blutgöttin einen durchdringenden Schrei, denn die Trübsal hatte sich in ihr angestaut wie das Gas in einer Schaumweinflasche. Die Eule hielt die Flügel über ihre Ohren und die neugierigen, kleineren Vögel stiegen in Schwärmen über dem Sambal auf. Hoenir hielt kurz inne und röhrte dann noch lauter über den Wald hinweg.

»Vielleicht vermisst er seinen Vater und du

sollteſt ihn besuchen«, vermutete die Eule nicht ganz uneigennützig. Denn auch Nachttiere müssen ruhen und mit dem Ruhen, war es hier schwer geworden

»Modera?«, fragte Seth verdattert.

»Nein, den anderen!«

»Tarturo?«

»Nein, den anderen!«

Da erst fiel Seth-Kathengi Terester ein. Es war ihr erster klarer Gedanke, den sie seit Tagen fassen konnte. Sie dachte an das freundliche Gesicht des Totengottes und wie er ihr versprochen hatte, obgleich er nicht der rechte war, ein guter Vater zu sein. Das würde er jetzt beweisen können.

In Windeseile packte sie ihre Sachen und stieg auf ihre liebe Fledermaus. Sie nahm das lamentierende Kind auf den Schoß und startete.

»Lebt wohl, meine lieben Tierfreunde!«, verabschiedete sich die feurig, schöne, todmüde Göttin.

»Bis dann und viel Glück, oh Erschöpfte!«, wünschten die Tiere.
Und obwohl die Reisenden in der Nacht starteten, ging die Eule in ihr Nest. Sie jagte an diesem Abend nicht. Die Spinnen legten sich in Hoenirs Schaukel. Sie fingen in dieser Nacht keine Fliege. Sogleich ließen die Hasen die Ohren hängen und schlüpften in ihren Bau.
Die Wildschweine und Hirsche legten sich hin, wo sie gerade standen und der ganze Sambal fiel erleichtert in einen tiefen, tiefen Schlaf.

6 - Unerbittlich

»Nicht viele sind wirklich unerbittlich. Oft musste man nur die richtigen Knöpfe drücken und auch die härtesten Gegner knickten ein. Leute, die unerbittlich erscheinen, hat das Leben oft nur hart gemacht und sie trauten sich nun keine Schwäche mehr zu zeigen. Doch es gibt einige wenige, vor denen müsst ihr euch hüten. Denn, falls sie an die Macht gelangen, dann gnade euch Gott!«

Jorik und Oro brachten mich in die Schenke, in der das wilde Leben tobte und wir sprachen hier nicht von normalem Leben. Wir sprachen vom Daer Leben.

Hier trieben sich viele seltsame Gestalten herum. Manche sahen ein bisschen wie Tiere aus - manche mehr. Ich starrte einen Typ mit Flügeln an, als wir in den Schankraum traten. Dem passte das gar nicht, aber ich hatte einfach hinsehen müssen.

»Willste n Passbild, Kleiner! Mach dich vom Acker!«

»Ganz ruhig, Pong! Er ist ganz neu! Du weißt doch, wie das ist!«, beschwichtigte Oro.

Der Vogel-Mann drehte sich weg und nippte an seinem Krug: »Wie auch immer!«

Jorik schob mich zum Tresen. Diese Martha stand dahinter am Zapfhahn. Sie beäugte mich kritisch mit ihrem einen Auge. Ich nahm meinen Mut zusammen und sah ihr ins Gesicht. Sie hatte eine Riesenschramme auf der linken Wange. Ob das meine Verfolger gewesen waren? Meine viel zu kleinen Knie waren weich. Obwohl ich so winzig war, hatte ich Riesenhunger. Auf den Tischen standen Töpfe und Schüsseln mit Fleisch und Gemüse. Ich hätte am liebsten jeden einzelnen leer gefuttert. Ich dachte an das Frühstücksbuffet in dem Hotel, wo ich mit Papa gewesen war. Ich dachte an ihn und ich dachte an den halb geschmolzenen Schokoriegel in der Innentür des Autos. Ich hätte ihn essen sollen, als ich noch Gelegenheit dazu gehabt hatte.

Die Barfrau bemerkte meinen sehnsüchtigen Blick.

Sie wischte sich die Hände an der Schürze ab und spuckte auf den Boden.

»Hast du nen Schaden?« Zu meiner Überraschung fasste sie Jorik ans Ohr und zog daran. »Sag mal ehrlich, warum warst du so lange weg? Ich kenne dich, du alter Ziegenbock! Du hast dir die Eier gekrault und ich kann mir hier die Hacken ablaufen!«

»Martha, ich…«, jammerte der Faun, »es war keine Absicht.«

»Keine Absicht? Keine Absicht! Wenn ich dir das Ohr abreiße, ist auch keine Absicht. Das Mädchen und ich kommen nicht nach und die Typen saufen heute wie die Löcher.«

Das Mädchen? Ich wand mich um und mein Blick fiel auf die Zigeunerin, die im Hotel getanzt hatte. Einer der besoffenen Kerle haute ihr auf den Arsch, während sie drei Krüge gleichzeitig trug. Gelächter! Sie versuchte zu lächeln und ihr Blick traf meinen. Wusste sie, wer ich war? Konnte sie eigentlich nicht. Aber ich fühlte Erkennen in ihren Augen.

Jorik kratzte mit dem Schuh auf dem Boden:

»Oro hat so lange mit den Klamotten gebraucht. Ich konnte ihn ja nicht…«

»Oro, stimmt das?«

»Ja, schon. Ich hatte Probleme mit meinem Pummel-Stock. Etwas hat ihn zerstört und ich musste improvisieren.«

»Du meinst, du musstest den Honig schlürfen?«

Der Bärenmann wandte sich um. »Hey!«, rief er hocherfreut. Er tat ein paar Schritte auf einen jungen Mann zu, der gerade erst gekommen war. Sie fielen sich um den Hals und das sah sehr lustig aus, weil sein Gegenüber mehr als einen Kopf kleiner als er selbst war.

»Broof, altes Haus! Das ist Broof, mein Freund aus Kathangoo. Er ist ein Held!«, schrie Oro durch den ganzen Raum. Einige Anwesende nickten in ihre Richtung.

»Eine Runde auf mich!« Der Bären-Mann schnippte der Barfrau zwei goldene Münzen auf die Theke.

Sie fing sie zwar, wirkte aber ziemlich angepisst.

»Ach und Martha, vergiss nicht: Ich bin keiner deiner Handlanger. Ich bin frei!«

»Vergiss du nicht, wir sind alle eine Familie und dass wir frei waren, ist lange her, alter Flohpelz!«

Sie biss auf die Geldstücke und warf sie dann in eine Metallkasse.

»Für euch fällt das Abendessen flach. Jorik du hilfst mir hier und der Kleine ab in die Spülküche. Der macht den Abwasch!«

Der Faun sah sie entsetzt an und biss sich dann aber auf die Lippen. Er schnappte sich drei volle Krüge vom Tresen und ging zum ersten Tisch.

Martha nahm mich vor sich und schubste mich Richtung Küche. Mein Magen war ein einziges Loch. Das konnte sie doch nicht machen, oder? Ich konnte mich gar nicht erinnern, wann ich zuletzt etwas gegessen hatte. In einem anderen Leben, als ich noch Fly war. Das zählte ja wohl nicht.

Dann sah ich das, was die Spülküche nannte. Ich ließ den Mund offen stehen. Mich traf der Schlag. Mein Herz setzte praktisch erstmal aus. Da war ein Holzbottich, so groß wie eine Badewanne, auf dem Boden. Dort türmte sich das dreckige Geschirr. Doch das war nicht alles. Vor mir war ein Schrank mit zwei Spülbecken. Darin stapelten sich schmutzige Teller fast bis zur Decke.

Mir fehlten die Worte.

Martha lachte: »Du hast Ja gesagt, also erfülle den Deal und ich rate dir, sei schnell! Ich hab noch Nachschub.«

Sie rauchte und verschwand. Von ihr blieben nur noch die dunklen Schwaden ihres Glimmstängels und die rochen besser als die Alte selbst. Ich fiel erstmal auf die Knie. Mein Magen schlug Alarm und ich war in der Hölle gelandet. Ich war nicht mehr Fly. Ich war ein Sinti-Junge oder Roma und irgendwelche Killer verfolgten mich. Ich konnte nirgends hin, denn wohin sollte ich? Sollte ich meiner armen Mutter erklären, dass ihr Jean-Luc nicht mehr existierte, dass er von einer widerlichen, einäugigen Vodoo-Priesterin, die das, was von ihm übrig blieb nun verhungern ließ, verhext worden war. Ich hatte nicht mal gemerkt, dass ich angefangen hatte zu heulen. Was ich auch nicht bemerkt hatte, war das Martha zurückgekehrt und hinter mich getreten war.

»Was hab ich gesagt? Nun, mach schon!« Sie schlug mir eine an den Hinterkopf, dass ich wach wurde. Dann zog sie mich am Ärmel hoch und gab mir einen Rand.

»Erfülle den Deal und zwar Pronto! Pronto!«, zischte sie.

»Sie haben mich geschlagen wegen dir. Das hat schon lange niemand mehr mit der alten Martha gemacht. Wer weiß, was dein Alter verbockt hat?« Sie spuckte wieder aus.

»Ob du es glaubst oder nicht, Kleiner! Ich wollte dir nur helfen. Bei solchen Leuten ist es besser, wenn man sich eine Zeit lang unsichtbar macht. Und jetzt fang an! Ich verspreche dir, du willst mich nicht wirklich unentspannt erleben!«

Das glaubte ich ihr und ich diskutierte nicht mehr. In einer Ecke stand eine total verdreckte Kiste unter einigen Säcken, die zog ich mir bei, sonst hätte ich gar nicht wirklich zum Becken gereicht.

Ich seufzte, aber es half ja nichts. Zunächst versuchte ich das dreckige Geschirr im Bottich zu sammeln. Die Spüle hatte eine schwarze Kruste. Zu allem Überfluss musste man hier auch noch eine Pumpe bedienen, um Wasser zu bekommen. Spülmittel war Fehlanzeige und ich schrubbte stattdessen mit einer Bürste und einem Riesenklotz Seife Erstmal das Becken. Dann ließ ich Wasser ein und wusch die Teller und Schüsseln und Becher in einem Rutsch. Hier waren ein paar Handtücher – allesamt ranzig - die legte ich auf den Holztisch und stapelte das Geschirr verkehrt herum zum Abtropfen. Ich schrubbte und schrubbte, dass Seifenblasen aufstiegen und ich mit den nackten Füßen in der schwarzen Plörre auf dem Boden beinahe ausrutschte. Leider war auch nach der vierten und fünften Spülladung immer noch jede Menge versifftes Porzellan am Start und ich konnte echt nicht mehr.

Da stand mit einem Mal das Gypsi-Mädchen vor mir:

»Hallo!«, grüßte sie. Ich drehte mich erschöpft um.

»Hallo!« Nun war ich ein gutes Stück kleiner als sie und meine verschwitzen Locken fielen mir in die Stirn. Ich strich sie mit den Seifenhänden zurück.

»Du hast dich seit dem letzten Mal ganz schön verändert, Fly!«

»Woher kennst du meinen Namen?« Ich sprang von dem Kasten, was unüberlegt war, denn nun stand ich tatsächlich wie ein Zwerg neben ihr.

»Den kennst doch jeder!« Sie lachte und stellte einen Holzbehälter mit schmutzigem Geschirr ab. Dort standen Teller und Schüsseln mit Essensresten. Bemalte Krüge mit altmodischen Zinndeckeln und Pfannen. Sie nahm saubere Humpen und Teller mit nach vorne. »Viel Spaß damit!«, kicherte sie.

»Hat das denn nie ein Ende?«

»Du hast Ja gesagt?«

Ich nickte.

»Dann nicht! Was bist du für ein Vollidiot?« Ich hörte sie den ganzen Gang entlang lachen. Das war das Schlimmste, dass mich das schöne Mädchen auslachte und tat mehr weh als meine Verletzungen und der Hunger.

Langsam näherte ich mich den Behältnissen, die das Feuer-Mädchen gebracht hatte. Die Essensreste waren ganz frisch. Mit etwas Fantasie fühlte ich an der Pfanne, die ich herausholte noch etwas Wärme. Außerdem klebten noch

Gemüse und Soße darin. »Sollte ich?« Mein Magen schrie: »Jaaaa!«

In meinem früheren Leben hätte Fly das niemals getan, aber ich war klein, erschöpft und verhungert. Mir war alles egal. Ich schleckte die Pfanne mit den Fingern aus und lutschte die ganze Hand ab. Ich wusste nicht, wer es gekocht hatte, aber es war himmlisch.

Mein Bauch jubelte: »Mehr!« Ich zog den Knochen einer Haxe von einem der oberen Platten. Es war noch recht viel Fleisch daran. Hiernach lugte ich in den Zinnkrug und kippte den Rest des Gebräus in einem Rutsch. So führte ich mir nach und nach fast alle Speisereste zu Gemüte. Ich war auch durch das übriggebliebene Bier todmüde, aber ich wusste die Alte käme sicher zurück und ich machte den Abwasch weiter bis ich mitten in der Nacht echt nicht mehr stehen konnte. Irgendwann musste ich wohl einfach umgefallen sein. Ich wusste nie, was Leute meinten, wenn sie sagten: Rackern bis zum Umfallen. Aber nun hatte ich es ja am eigenen Leib erfahren. Ganz genau erinnerte ich mich später nicht mehr, ob ich noch selbst gelaufen war oder ob mich jemand - vielleicht Jorik - getragen hatte.

Was ich wusste: Das Lachen des Mädchens verfolgte mich noch in meinen Träumen.

Morgens fand ich mich in der Kammer, eingerollt in den Läufer, wieder.

Neunzehnte Legende

Lia hatte das Zusammensein mit Peresce sehr genossen. Der Nyx war ein guter Liebhaber und der Jungbrunnen wirkte auch auf Lia sehr belebend, obwohl sie sein magisches Wasser, da sie ja eine Göttin war, nicht nötig hatte.

Irgendwann zog die Nacht über den verwunschenen Hain und vom Sambal her, hörte man von Lias Freundinnen aufgeregtes Rufen:

»Lia, Lia!«

Die Göttin erschrak: »Ich muss gehen!«

»Werden wir uns wiedersehen?«

»Wenn es nach mir geht, ja!«

Sie gab ihm einen letzten Kuss.

»Warte!«, bat der Nyx. »Es ist schwierig die Quelle zu finden. Ich schenke dir meinen Spiegel. Du kannst mich darin sehen.«

»Aber Peresce, das ist zu viel! Es ist dein einziger Besitz!«

»Du Dummerchen«, belehrte sie ihr Liebhaber, »denkst du etwa, dass man jeden Besitz berühren kann? Dann nimm ihn als Pfand.«

Damit war sie einverstanden und steckte das mit Kringeln wunderschön verzierte Kleinod unter ihr Kleid. »Leb wohl!«

»Leb wohl, Peresce!«

Beim nächsten Rufen huschte sie aus dem Busch, der die Quelle verbarg: »Hier bin ich!«

»Lia, wo warst du? Du siehst sehr erholt aus«, sprach Uma, die Göttin der Schönheit.

»Ja, meine Schwester! Es scheint, ich bin unter einem Olivenbaum eingeschlafen, weil ich so ausgelaugt war und die Vögel solch ein beruhigendes Lied sangen.«

»Ach, Schwester, das muss aber furchtbar ungemütlich gewesen sein. Das tut mir leid!«,

meinte Dillaria, die Göttin des Mitgefühls.
»Es ging so! Lasst uns heimgehen!«

Es gab zwei Sachen, die Lia bedauerte. Sie bedauerte, dass sie Peresce hatte allein lassen müssen und sie bedauerte, dass ihr ihr Fehltritt überhaupt nicht leid tun wollte.

7 - Schinderei

Nur langsam wurde ich wieder Herr meiner Sinne. Auch wenn der Spott des Mädchens mich geärgert hatte, war der Traum besser als die Realität gewesen. Jemand rüttelte mich an der Schulter. Mühsam öffnete ich die Augen. Schmerz schoss durch meinen Körper. Er breitete sich über den Rücken und meine Arme bis zu den Zehen aus.

»Alter, du bist echt nichts gewöhnt!«

Vor meinen Augen formierten sich die Züge eines jungen, dunklen Gesichtes. Das war der Typ, der mit der brennenden Zigeunerin aufgetreten war.

»Fünf Minuten! Meine Schwester zeigt dir dann alles.«

Ich wusste nicht, ob ich würde aufstehen können, es gab auch keinen Grund dazu, denn mein Leben, wie ich es kannte, war verwirkt. Ich rief mir das Gesicht meiner armen Mutter in Erinnerung. Ob sie schon erfahren hatte, dass ich verschollen war? Ich konnte sie nicht anrufen, ich konnte ihr keine Nachricht schreiben. Hier gab es keine Telefone und kein Postamt. Mir kamen die Tränen und mir fiel auf, dass der Stoff des kleinen Teppichs auch ganz feucht war. Kam es von meinen Tränen oder von der Ladung Wasser vom Vortag? Ich wusste es nicht.

»Hast du es bald?«, kam die ungeduldige Stimme meines „Weckers" von draußen.

»Ja, ja!« Ich rollte meinen Teppich ein und spürte wieder einige Scherben in meiner Fußsohle. Instinktiv sah ich an mir herunter: »Ach, du Scheiße!« Ich war unglaublich dreckig. Ich war im Mittelalter gelandet. Vielleicht war das alles nur ein Traum. »Wach auf, Fly! Wach auf!« Sicher war ich bei einem Shooter-Spiel eingepennt und jetzt hatte ich den Salat. Ich machte die Augen zu und konzentrierte mich. Da spürte ich einen Schlag im Gesicht, drehte mich und fiel hin. Jetzt war ich wach!

»Wenn ich nach dir rufe, hast du anzutanzen! Und ich sage dir, du tanzt an. Ist das klar?«

»Ja!«, sagte ich und rieb mir die Wange.

»Ich bin dein Vorarbeiter, wenn ich sage: `Spring!, fragst

du: `Wie hoch?´«

Ich rappelte mich auf und klemmte den nassen Läufer unter den Arm: »Geht klar!«, murmelte ich resigniert.

»Was machst du da?«

»Ich häng den Teppich im Hof auf. Der ist nass.«

Er drehte sich um und ging über den langen, dunklen Flur zum Ausgang. Ich folgte ihm.

»Komm mit, Kleiner! Du bist mein Freund!«, sagte ich zu dem Teppich.

Draußen hängte ich ihn über eine Stange. Mein sogenannter Vorarbeiter ging mit mir Richtung Stall. Er hatte sich eine angemacht und kam ein bisschen runter.

»Meine Freunde sagen Sladi zu mir. Du sagst Sladjan!«

Irgendetwas stimmte mit mir nicht und es fiel mir richtig auf, als ich auf den Hof trat. Hier gab es so viele Gerüche und sie verwirrten mich. Dort, wo wir hingingen, stank es furchtbar und es gab einen Riesenlärm, als ob jemand abgeschlachtet würde. »Was ist das?« Ich hielt mir die Ohren zu. Das Licht blendete mich und der Rauch seiner Kippe tat mir in der Nase weh.

»Es sind nur die Schweine, die Hunger haben. Stell dich mal nicht so an!«, zischte Sladjan, als er sah, dass ich mir an den Kopf fasste.

»Was ist mit ihm, Bruder?«, hörte ich eine Jungmädchenstimme, ein betörender Duft, etwas süßlich wie Honig, stieg mir in die Nase.

»Ich übernehme ihn, Sladi.« Sie stellte einen Eimer ab und fasste mich an die Hand.

»Soll mir recht sein«, motzte ihr Bruder und trollte sich.

»Na, komm!« Ich stand auf. Sie hatte ihre Haare zu Zöpfen geflochten und die Strahlen der Morgensonne fielen auf ihr Gesicht und ließen sie sehr schön aussehen.

»Ich bin Phoebe und du?« Sie lächelte beschämt, als täte ihr die Frage jetzt schon leid.

»Ich bin niemand!«, erklärte ich leise.

Ich schielte unversehens nach einem Kanten Brot, der aus den Essensresten in ihrem Eimer herausragte.

»Ich habe eine Idee: Wir nennen dich Shoot, weil du ja erschossen wurdest und du hast es überlebt.«

Sie führte mich in den Stall, wo die Schweine unerträglich schrill quiekten und sie zeigte mir, wie ich die Essensreste in den Trögen verteilen sollte. Die Viecher fielen beinahe übereinander her. Und ich konnte sie verstehen. Jedenfalls mein Magen konnte das. Auch wenn ich mich gestern über die Überbleibsel aus der Küche hergemacht hatte, knurrte mein Bauch unüberhörbar.

»Komm Shoot! Lass sie fressen und ich besorge uns auch etwas.«

Als wir über den Hof zum Haupthaus gingen, blieben meine Augen an den Zirkuswagen hängen: »Ist da etwas drin?«

»Nicht in allen! Aber bleib weg, es ist verboten!«

Da lief uns ein Mann über den Weg. Ich erinnerte mich, dass Oro ihn überschwänglich begrüßt hatte. Er hatte ein Kind dabei, das irgendwie eigenartig war.

Der Mann hatte dunkle, wissende Augen und seine Haare waren wie meine eigenen ein wenig zu lang. Sie waren von hellen Strähnen durchzogen. »Wer ist das?«, fragte er Phoebe.

»Ich möchte ihn Shoot nennen.«

»Hallo Shoot, ich bin Broof!« Er hatte einen eigenartigen Geruch an sich. Er roch extrem nach Katze.

»Hallo!«, ich streckte ihm meine schmutzige Hand hin und er schüttelte sie kurz. Das Kind neben ihm hatte einen sehr roten Schopf. Es war ein Mädchen von etwa fünf Jahren. Sie hatte Katzenohren, die unter ihren Locken hervorlugten. Plötzlich fauchte sie mich an.

»Hey, Hush! Nicht so feindselig!« Dieser Broof lachte.

»Entschuldigt meine Tochter! Ich muss jetzt zu Nichi.«

Ich ging ein Stück Richtung Haus und er und Phoebe blieben etwas zurück. Sie flüsterten.

Ich verstand Fetzen ihres Gespräches: »...inneren Kreis durchbrochen... Schutzwall nicht intakt... einige andere sahen...«

»Warum bist du damals in dem Hotel aufgetreten?«, hakte ich nach, als sie wieder bei mir war.

»Wir sind Schausteller. Sonst gibt es nichts zu wissen.«

»Ich hatte das Gefühl, du würdest mich rufen. Wolltest du, dass ich diesen Ort finde?«

»Wolltest du ihn denn finden?«

Sie verschwand im Haus. Ich ging zu meinem Teppich und streichelte ihn. Er war schon trockener. Ich berührte ihn, wie man es mit einem Pferd tut: »Ich bürste dich nachher, wenn du richtig getrocknet bist«, versprach ich.

Der Teppich hatte interessante Farben: Rot, Grün und eingearbeitete Goldfäden, die wie ein Spinnennetz miteinander verbunden waren. Vor lauter Dreck konnte man die Muster kaum erkennen, doch ich strich mit den Fingern darüber und es kribbelte.

Da spürte ich einen Blick im Nacken. Es war Martha.

»Na?«, sie qualmte und hatte ein Getränk in der Tasse.

»Wieso behältst du mich, wenn du mich doch nicht ausstehen kannst?«

»Ich hatte einen sozialen Tag.«

Mit einem Mal war mir schwindlig und die reale Welt versank hinter einer Erinnerung.

Ich war damals mit Mike unterwegs gewesen und wir waren ziemlich drüber. Er hatte Whisky besorgt und wir hatten was getankt. Die Unzufriedenheit mit der vaterlosen Situation ließ mich damals oft Dinge tun, die nicht in

Ordnung waren. So hatten wir uns jede Menge Burger geholt, denn an Geld fehlte es mir ja damals nicht. Zwei waren übrig und auch etwas Limo in einem Wegwerfbecher. Da saß ein Penner unter einer Laterne und sein Schlafsack war so schmutzig wie ein alter Spüllappen. Unter der Laterne war ein Mülleimer. Er sah, dass ich das Essen wegwerfen wollte und streckte mir die Hände entgegen:
»Bitte, Jungs!«
Ich warf die Burger und das Getränk auf den Bürgersteig und nahm einen Zehner aus der Tasche.
»Kriech für mich, dann kriegst du den!« Er überlegte kurz und kam aus seinem schäbigen Schlafsack, dann begann er über die halbgefrorene Erde zu krabbeln.
Mike begann wie irre zu lachen. Er aber kam zu dem Burger, der aus dem Papier gefallen war und setzte sich hin und biss hinein. Ich vergesse nie, wie er mich angesehen hat. Mit so einem Blick, der sagt: »Das könntest du sein!«
Ich warf den Geldschein hin. »So ein Köter!«, schimpfte mein Freund und spuckte aus.

Als der Traum vorbei war, erwachte ich auf allen Vieren. Ich krabbelte durch den Dreck und Martha schaukelte in ihrem Schaukelstuhl. Zwei struppige Hunde liefen um sie her, denen warf sie Fleisch hin. Schockiert musste ich feststellen, dass ich so ein rohes Fleischstück im Mund hatte. Der Sand des Platzes knirschte zwischen meinen Zähnen.

»Was machst du da?«, fragte Phoebe erschrocken. Sie kam mit zwei metallenen Milchkannen.

Ich gab keine Antwort und schluckte das widerliche Fleisch gegen meinen Willen herunter.

»Martha!«, schimpfte Phoebe.

Die Alte lachte: »Was regst du dich auf, Mädchen? Das war doch nur eine Lektion. Er soll doch etwas lernen. Er ist ja noch klein.«

Zwanzigste Legende

»Manchmal ist es so, dass man einen Weg zu beschreiten beginnt, der einen zu einem bestimmten Ziel führen soll. Später wird einem klar, dass er einen ganz woanders hinbringen wird. Wohl dem, der weiter geht! Denn gebt acht: Das sind die besten Wege!«

Sinthys flog hoch durch die Luft und Flick machte ihr zuliebe ein paar Kapriolen, dass sie quietschte: »Flick, das hätten wir schon viel eher machen sollen?«

Der Teppich konnte etwas mit seiner Seele, was in Kathangoo Doljeste genannt wurde. Er konnte sich telepathisch mitteilen: »Ja, Herrin! Wohin?«

»Flieg geradeaus, dorthin, wo der Vulkan qualmt! Denn da wohnt mein werter Bruder.«

Im Vulkan aber hatten es sich die drei kleinen Drachen bequem gemacht, so wie es die Erdmutter, Eradi, erlaubt hatte. Und die kleinen Flugechsen taten wirklich alles dafür, hier aufzuräumen. Sie hatten mit ihren Schwänzen die Heißwasserquellen gereinigt und die getrocknete Lava bildete einen niedrigen Wall um ihren Wohnort. Dennoch verstopfte das Lavagestein immer noch den Äther und er konnte nicht richtig puffen. Der Heißwasserbach war verschüttet und die Pfeilschwanzkrebse versteckten sich unter den umgeknickten Palmen.

»Brüder«, sagte Hardener, »diese Arbeit ist zu schwer für so kleine Drachen wie wir es sind und ich befürchte wir brauchen Hilfe.«

Corry nickte und Yani entgegnete:

»Ich habe Hunger!«

»In der Höhle steht noch ein Sack Süßkartoffeln. Wollen wir sie braten?«

»Aber im Äther geht es nicht, denn der ist noch verstopft und kann nicht puffen«,

gab Corry zu bedenken.

»Aber vielleicht machen wir einfach selbst ein Feuer. Wir sind doch Feuerdrachen«, schlug der blaue und schlaue Hardener vor.

»Aujaaujaauja«, jubelte Yani.

»Wir sind die Bestesten!«, erklärte Corry.

Flugs gruben die Drachen mit ihren Schwänzen eine Kuhle und kleideten sie mit Steinen aus. Dann schütteten sie die Süßkartoffeln hinein und schichteten etwas Reisig darüber.

Sie stellten sich herum: »Auf drei! Eins… zwei… «

»Ich hab Angst«, gab Corry zu, »immer wenn ich Feuer mache, geht etwas schief.«

»Keine Sorge, kleiner Bruder, wir sind alle zusammen«, tröstete Yani.

»Ich bin nicht kleiner als du. Wir sind alle

gleich groß«, motzte Corry.
Yani streckte ihm seine lange gespaltene Drachenzunge heraus.
Hardener aber schlug sich vor die Stirn:
»Auf drei! Eins…zwei…drei!«
Alle strengten sich ganz doll an und zunächst kamen bei allen dreien nur kleine Flämmchen heraus. Feuer machen will geübt sein und sie waren aus der Puste. Hardener aber befahl:
»Nochmal, nochmal, nochmal!« Drei Flammen vereinigten sich, eine orangene, eine grüne und eine blaue und sie steckten das Reisig in Brand, dass die Funken nur so stoben.
»Hurra! Hurra! Wir sind die Bestesten, so wie Zuzu es gesagt hat«, riefen die Drachen und tanzten um die Flamme.
»Zuzu ist gar nicht so doof«, erklärte Corry frech. Sie ließen sich nieder und ruhten sich aus.
Hardener war nachdenklich und schnaufte,

winzige Grübel-Schwaden durch seine Nasenlöcher. »Aber was ist nun mit der Hilfe, die wir brauchen? Es ist ja niemand hier!«

»Ich habe eine Idee!«, behauptete Yani und biss in eine Süßkartoffel. »Wir haben Drachenfeuer gemacht, nun machen wir Drachenmagie!«

»Das haben wir aber noch nie versucht und was man noch nie versucht hat, ist schwer!«

»Wenn es schwer ist, sollten wir üben«, schlug Yani vor.

»Üben kenn ich nicht. Was soll das sein?«, erkundigte sich Corry.

»Also wenn man übt, dann macht man etwas ganz, ganz oft, bis es am Ende klappt. So wie Fliegenlernen«, machte Yani sich wichtig.

»Einverstanden! Wie soll es gehen?«, fragte Hardener.

Yani war der, der alles glaubte und sich alles vorstellen konnte. Das war ein magisches Ding.

Denn wer an alles glauben kann, dem wohnt eine große Macht inne.

»Also ihr stellt euch einfach ganz fest vor:

Hilfe komm herbei, wo immer sie sei!

Konzentriert euch!«

Die kleinen Drachen übten sich in ihren magischen Fähigkeiten und der fliegenden Teppich, Flick, flog dem Rauch nach, von dem er dachte, es sei der Vulkan. Leider war Flick nachtblind und das Feuer der Drachen war so tief unten, dass er den Krater zu spät bemerkte und er baute eine Bruchlandung.

Dabei wurde einer der drei Spiegel von Prysca weit fortgeschleudert und er zerbrach. Wo aber die Scherben hinfielen, da entstanden kleine Tümpel in der Ebene. Wer dort hinein schaute, der erkannte sein wahres Ich und sein Begehr.

»Och, Menno!«, Synthis bedauerte den Verlust.

»Entschuldigt, Herrin!«, Flick ließ seine Fransen hängen.

»Sei nicht betrübt, mein Freund! Ich habe ja noch einen und Hauptsache wir sind wohlauf!«

Durch die Erschütterung des Aufpralls aber, war der Stopfen des Äthers gerissen und der Vulkan rumpelte und gluckste.

»Oweh, ein Ausbruch!«, dachten die Drachen und wichen zurück. Allerdings gab es nur ein großes Ploppen und der Lava-Stopfen plumpste in eine Heißwasserquelle, dass es zischte.

»Puff! Puff!«, machte der Äther erleichtert.

»Hurra!«, jubelten die Drachen .

Synthis schwebte auf Flick elegant zur Erde.

»Oha, ein Hübschding und ein Bettvorleger!«, stellte Hardener fest.

»Ich darf doch sehr bitten! Was seid ihr denn für Wichte und wo ist Tarturo?«

»Wir sind Drachen und wer seid ihr?«

»Ich bin die Göttin, Synthis. Das ist mein magischer Teppich, Flick!« Flick winkte.

»Wollt ihr ne Kartoffel? Ihr habt uns sehr geholfen!«, fragte Corry.

»Warum nicht?«

8 - Erscheinung

Wir trieben die Ziegen auf die Weide und selbst die leere Milchkanne war eine Nummer zu groß für meine neue Gestalt. Ich schnaufte. Was hatte ich nur verbrochen? Dann fiel es mir wieder ein. Ich war wohl als Fly kein allzu guter Mensch gewesen.

»Komm, wir müssen sie melken! Ich zeig dir, wie es geht.« Sie kniete sich neben eine schwarz-weiße Ziege mit prallem Euter. Sie wärmte die Zitze etwas und drückte dann vorsichtig mit Daumen-, Zeige- und Mittelfinger. Milch schoss in die Kanne. »Kriegst du das hin?«

»Sollt ich schaffen!«

Als wir alle gemolken hatten, waren die Kannen übervoll. Da sagte Phoebe: »Diese fehlt noch! Die ist für uns!« Sie verschwand in Richtung der Tränke und sie drückte mir eine Holschüssel in die Hand. In ihr waren so eine Art

Haferflocken und sie stellte ein Glas mit goldgelbem Inhalt neben mich. »Na, mach! Ich hab auch Hunger!«

Zögernd ging ich zu der letzten Ziege. Sie war braun mit hellen Flecken. Als ich ihren Euter berührte, trat sie mehrfach aus und ich musste die Schüssel in Sicherheit bringen. Das Mädchen knabberte an einer Ähre und kicherte.

»Ruhig! Ruhig!«, ich streichelte das Tier und schließlich ließ es sich melken.

Dann aber, als ich gerade die Milch zu Phoebe tragen wollte, trafen mich wieder extreme Sinneswahrnehmungen wie heute Morgen auf dem Hof. Ich hörte das Rauschen der Blätter, das Piepsen der Mäuse im Laub. Ich roch den scharfen Geruch der Ziegen und mir lief das Wasser im Mund zusammen. Das braune Tier lief weg und auch die anderen stoben auseinander. Beinahe wäre ich gestrauchelt.

»Shoot, was ist mit dir?«

»Ich weiß es nicht!«, gab ich ehrlich zu.

Doch dann war dieses Gefühl wieder vorbei. Einzig blieb ein Kribbeln am ganzen Körper.

Ich stellte die große Schüssel vor sie hin und sie goss das goldgelbe Zeug aus dem Glas darüber und rührte mit dem Finger um.

»Das ist Pummel-Honig von Oro. Ist köstlich!«

Bald darauf dickten die Flocken zu Brei ein.

Phoebe war die Erste, die sich mit dem Zeigefinger etwas in den Mund schob.

»Na, komm! Ich weiß doch, dass du am Verhungern bist. Hier, lass dir das gesagt sein, musst du schauen, wo du bleibst. Martha würde dich glatt noch verschmachten[4] lassen, das alte Suppenhuhn! Und du bist ja noch im Wachstum.«

Sie lachte, dass sie beinahe den Brei ausspuckte.

»Warum tut sie das?«

»Na, um dich zu brechen, du Dummerchen!«

»Und warum hat sie mich aufgenommen, wenn sie mich hasst?«

»Oh, Kleiner! Sie hasst dich nicht«, Phoebe tippte mir an die

[4] altmodisch für verhungern

Stirn. »Sieh dir an, was sie mit dir gemacht hat, meinst du, wenn sie dich hassen würde, wärest du noch hier? Ich denke, du wirst ihr nützlich sein, das hat sicher mit der Prophezeiung aus Kathangoo zu tun.«

»Prophezeiung?« Ich schlürfte noch etwas von dem süßen Zeug.

»Ich kenne sie nicht, aber Martha besitzt eine Abschrift des großen Buches Tangrit und da steht sie drin. Es geht darum: Wir sind die Daers, wir dienen der Blutgöttin Seth-Kathengi und wir versuchen einen neuen Eingang zu unserer verschütteten Stadt zu finden. Denn bei dem Vulkanausbruch vor Jahren wurde vieles zerstört.
Wir aber wollen unser Reich wiederaufbauen.«

Wir hatten die Schüssel bis zum letzten Krümel ausgelutscht und legten uns in das hohe Gras. Die Tannen rauschten. Die Wolken zogen dahin und die Anstrengungen der vergangenen Tage forderten ihren Preis.

Meine Lider wurden schwer.

»Müssen wir nicht irgendwo hin?«

»Nein«, sagte das Mädchen, »wir müssen nur sterben.«

»Sterben ist leicht«, murmelte ich, »Leben ist schwer.«

Wolken zogen vor die Sonne, es wurde dunkler und frischte auf, das machte das Einschlafen einfach.

In meinem Traum war ich in Düsternis gefangen. Es war so kalt wie im elendigsten Verließ. Aber, wie immer in meinen Träumen, war ich wieder Fly. Doch der hier war ein anderer, nicht so eingebildet und arrogant wie früher – nicht so lässig.

Er weinte, er war verzweifelt. Ich spürte seine Hoffnungslosigkeit, aber ich war nicht mehr er. Eventuell war Fly ja wirklich in mir gefangen und konnte nicht heraus.

Ich wollte ihm Hoffnung geben, wollte ihm sagen: »Sorry, Kumpel, aber das hast du dir selbst durch deine Taten eingebrockt! Irgendwann aber werden sie abgegolten sein und dann sind wir wieder eins.«

Plötzlich war ich, Shoot, bei ihm und hielt seine Hand.

Er erschrak furchtbar: »Wer bist du?«

»Ich weiß es nicht. Ich war eigentlich einmal du, aber ich wurde verändert und jetzt bin ich niemand mehr. Sie nennen mich Shoot.«

»Ich habe Angst, Shoot! Das hier ist so ein seltsamer Ort.«

»Mach dir keine Sorgen, ich habe das Gefühl, wir haben Scheiße gebaut und nun sollen wir irgendwie bereuen und dafür büßen.«

Er lag auf den Knien und ich streichelte seine hellbraunen Haare mit den Strähnen, die bis vor kurzem meine gewesen waren. Es war nicht mehr so dunkel, es war nicht mehr so kalt, denn ich hatte begonnen zu leuchten. Mein neues Ich glomm wie ein Stück Kohle.

»Abgefahren!«, meinte Fly.

Da hörte ich Glockenläuten und es öffnete sich ein Gang. Seltsame Typen schlichen da entlang, sie waren in weiße Kapuzen gehüllt und hielten ihre Gesichter bedeckt.

Sie hielten Henkersstricke in der Hand und ließen sie wie Pendel knapp über dem Boden schwingen.

Sie murmelten einen Sprechgesang: »Ein Feuer soll

entzündet sein...wäscht euch von euren Sünden rein.«

Sie kamen näher, Fly fing zu heulen und zu zittern an.

»Sie holen mich. Ich kenne sie!«

Sie redeten weiter in ihrem Sing-Sang und kamen immer näher.

»Bitte lasst mich«, rief mein früheres Ich. Mir war nie aufgefallen, wie aufgeblasen und lächerlich ich eigentlich früher gewesen war. Aber ich verzieh mir, denn ich war schon viel zu lange hier unten eingesperrt.

»Niemand kann... den Berg bezwingen...niemand wird... das Morgen bringen...« Sie kamen Schritt für Schritt näher.

Ich atmete tief ein und trat ihnen entgegen.

»Der, den keiner...vorher kannte, der gar... dessen Seele brannte...«

Sie gingen wie in einer unheiligen Prozession und der Vordermann kam mir sehr nah. Es war, als wenn man an einen Abgrund kommt und man macht die Augen zu, aber man weiß um die Tiefe. Man spürt sie.

Instinktiv nahm ich die Schlinge und legte sie mir um den Hals. Der Kerl machte ein überraschtes Geräusch und er hob die andere Hand, die in der er keine Schlinge trug. Die Hintermänner verharrten.

»Du bist so klein, du brauchst dich gar nicht zu knien«, sprach er mit einer angenehmen, dunklen Stimme, »aber tu es trotzdem!« Ich tat es, wenn auch widerwillig.

»Weißt du, wer wir sind?«

»Nein.«

»Wir sind die Seelenfänger und wir trennen Gut und Böse! Hast du Angst?«

»Nein.« Wovor sollte ich Angst haben? Der tolle Typ da hinten, der hatte Angst. Er wusste nicht, dass schon längst alles verloren war. Aber ich, ich hatte nichts mehr - keine Vergangenheit - keine Zukunft. Ich war aus der Welt getreten.

»Wer bist du?«

»Ich weiß es nicht. Sag du es mir!«

»Da sind andere dazu da. Aber ich sehe dich nicht auf meiner Liste. Du scheinst mir unsichtbar.

Willst du für jemanden bitten?«

»Ich bitte für ihn.« Ich zeigte auf Fly.

»Bitte mich demütig!«

Ich senkte den Kopf, aber es fiel mir so schwer:

»Bitte verzeih ihm und lass ihn gehen Mister Kapuzenmann!«

Er zog etwas an der Schlinge, dass ich nach Luft rang:

»So klein und doch so ein starker Charakter! Er darf noch nicht gehen, komm wieder, wenn du gelernt hast, was Demut ist. Doch heute nehme ich weder ihn, noch dich. Denn ich sehe dich nicht.«

Er zog mir die Schlinge ab und alles war wurde wieder dunkel. Doch der Traum wollte mich noch nicht loslassen. Ich lag am Boden und konnte mich nicht bewegen. Ich wusste, dass ich eine Beute war und hinter dem Vorhang der Finsternis ein Raubtier lauerte. Nun zitterte ich, nun tat es mir wirklich leid.

»Entschuldigung, Entschuldigung...komm zurück Kapuzenmann!«, dachte ich, aber sprechen konnte ich nicht.

Das Raubtier war da, ich spürte wie es schnupperte, wie es mich prüfte: »Ruhig! Ruhig! Keine Angst!«

Da fühlte ich einen scharfen, feurigen Schmerz. Es hatte mich ins Handgelenk gebissen. »Nein, nein! So darf es nicht enden!«

Doch jetzt geschah etwas ganz und gar Unbeschreibliches.

Es trank von mir und ich hatte dabei wunderschöne Gefühle.

Eine Spirale aus Farben saugte mich ein. Es war eine Mischung aus einen Joint rauchen und mit Moni knutschen.

Ich war im Himmel und ich wollte nie wieder zurück.

Eine ganze Zeit lang saugte das unsichtbare Ding an mir.

Ich konnte nicht sehen, es zählte nicht. Ich konnte mich nicht bewegen - what to fuck! Nun wollte ich, dass es endete. Ich bat Gott darum, dass er erlaubte, dass ich mich in einer Welle der Verzückung auflöste. Das war es, was ich wollte.

Leider interessierte, das, was ich wollte, einen Haufen Scheiße. Ich erwachte und es war wie eine kalte Dusche und tatsächlich schiffte es wie aus Eimern. Ich brauchte einen

Moment zur Orientierung. Mein Kopf fühlte sich verwirrt und hohl an. Ich war noch auf der Anhöhe, Blitze zuckten über den preusischblauen Himmel. Die Ziegen blökten wie verrückt. Es war wie der Weltuntergang. Phoebe war nicht da. Ich bekam Angst um sie und rief und brüllte gegen den Sturm. Keine Reaktion! Hatte sie mich am Ende einfach zurückgelassen. »Nein«, entschied ich und versuchte etwas Licht zu erhaschen. Die Wolken jagten sich gegenseitig und der Mond war fast voll. Da begann mein Kopf von innen her zu brennen. Meine Glieder taten mir weh und ich fiel auf die Knie. Der Wind schlug mir ins Gesicht und ich fasste an meine Ohren. Da hörte ich es: Feuer! Ich schmeckte es. Und ich roch Honig: Phoebe. Ich rannte um den Hügel herum. Ganz oben stand eine Gruppe dünner Bäume, vielleicht Birken.

Ich rutschte aus, meine Finger griffen in den Modder.

Dort brannte es: Phoebe!

Ich stand unterhalb der Birken, die eng zusammen wuchsen.

Das Gypsi-Mädchen brannte, wie damals, wie immer. Aber

sie war nicht sie selbst. Sie schwebte und von ihren Augen war nur das Weiße zu sehen.

Es schien, als wäre sie zwischen zwei Stämmen von unsichtbaren Fesseln gehalten.

Ein Summen war zu hören. Ich hatte Angst, sie würde verbrennen: »Phoebe, was ist mit dir? Bitte komm!«

Ich sprang und erreichte ihre Füße, ich zog daran und verbrannte mir die Finger, aber es war mir egal. Ich tat es nochmal doch es brachte nichts. Dieses Summen machte mich wahnsinnig. Das Unwetter schüttete seinen Zorn über uns. Ich kletterte auf den linken Baum, um sie herunter zu holen. Mit dem Mut der Verzweiflung sprang ich auf sie, klammerte mich fest und schlug ihr ins Gesicht. Nichts!

Ich fiel herunter und wusste nicht mehr weiter.

Traurig kniete ich mich in einer Pfütze:

»Bitte Gott, lass mich sie retten! Lass mich nur dieses eine Mal etwas Gutes tun!«

Da hörte ich Joriks Melodie, die er auf der Panflöte gespielt hatte in meinen Ohren und ich begann sie zu pfeifen – erst leise, dann immer lauter. Meine Freundin reagierte, ihre Lider flackerten, das Summen wurde weniger, der Sturm wurde zum Lüftchen. Der Schauer zum Regen. Da blickte sie mich an: »Shoot, was ist passiert!« Die Fesseln brachen und sie stürzte. Ich wollte sie fangen. Doch ihr Gewicht, ließ mich umkippen.

Wir lachten. »Ich hatte Angst um dich. Du warst nicht da.
Was war das?«

»Es gehen seltsame Dinge vor, hier, in Kathangoo!«

Einundzwanzigste Legende

Die sehr erschöpfte Seth-Kathengi flog mit ihrem Baby, Hoenir, auf ihrer Fledermaus, Zuzu, über die junge Welt.

Da Hoenir sehr, sehr unzufrieden war, vor allem darüber, dass ihm die wachsenden Zähne in seinem Mund Schmerzen bereiteten, hörte er nicht auf zu schreien. Er veranstaltete so einen Radau, dass alle Nachtvögel das Weite suchten. Selbst die größeren Jäger der Dunkelheit, wie die immer hungrigen Flugmolche, die ihre Nahrung in einem verschlingen und die geifernden Blutwölfe in den Hängen nahmen Reißaus vor dem Lärm.

Allerdings gibt es manchmal Hoffnung, wo vorher keine war und Hoenir mochte das

Fliegen. Er hatte Gefallen an dem leichten Geruckel und an dem kühlen Wind im Gesicht. Die Sterne rauschten an ihm vorbei wie Feenglitzer. Er tat etwas, was er schon ewig nicht mehr getan hatte, er war leise. Dann gähnte er und gurrte zufrieden.

Seth-Kathengi erschrak: »Etwas stimmt nicht«, dachte sie, »das Baby ist ruhig!«

Sie sah nach ihm und er lächelte sie an und kuschelte sich in Zuzus Nackenpelz. Seine Augen fielen zu. Die Blutgöttin freute sich, wie sich noch nie eine Blutgöttin gefreut hatte und flüsterte ihrer lieben Fledermaus zu: »Zuzu, das Baby schläft!«

»Stets zu Diensten!«, antwortete diese sehr leise und gähnte ebenso.

Das war wieder einmal ein Beispiel, dass der Weg das Ziel sein kann.

Doch das Schicksal wählt oft verschlungene Pfade. Seth-Kathengi war eine Göttin. Vieles

musste sie nicht tun so wie die Ook-Ahn. Sterben zum Beispiel musste sie nicht - ruhen allerdings schon. Müdigkeit ist ein mächtiges Ding. Ist sie einmal da, wer könnte ihr da widerstehen?
So fielen der armen, frisch gebackenen Mama die Augen zu und ihr Griff um ihr Baby lockerte sich. Zuzu nickte beim Fliegen ein, was zu einem Sinkflug führte. Sekunden später wurde sie wieder wach und wollte an Flughöhe gewinnen. Das gab eine Erschütterung und Hoenir fiel von ihrem Rücken. Er stürzte und stürzte und niemand bemerkte es, denn der Fledermaus fielen gleich darauf wieder die Augen zu und sie glitt mit ihrer Herrin in einem kräftesparenden Gleitflug weiter dahin.
Hoenir landete weich auf einem der riesigen Seerosenblätter der Sumpfausläufer des Nonex. Aber weil ihn das Geschaukel des Wassers umfing und er gerade einen lauschigen Traum träumte, schlief er einfach weiter.

9- Heimsuchung

»Heimgesucht werden kann man natürlich von so ziemlich allem. Man kann von Insekten heimgesucht werden, von Seuchen oder aber den Traumata aus der Vergangenheit. In der Regel ist eine Heimsuchung nichts Positives. So habe ich noch nie jemand davon reden hören, dass er von einem Lotto-Gewinn heimgesucht wurde oder von der Schönheitskönigin aus der letzten Saison. Um Menschen kann es sich aber schon handeln, vor allem um solche, die mit viel Gewalt im Schlepptau daher kommen.«

Wir trieben die blökenden Ziegen durch das Gewitter, das schon etwas weitergezogen war, Richtung Haupthaus. Längst hatten wir es aufgegeben, uns gegen den Regen zu schützen. Denn wir waren so oder so komplett durchnässt.
Die braune Ziege büxte ein paarmal aus und ich musste sie

mehrfach bei den Hörnern nehmen, um sie auf Kurs zu bringen. Immer wenn ich sie berührte, weiteten sich ihre Nüstern und sie riss sich los und rannte den Hang herunter. Sie schien durch irgendetwas in Panik. »Komisches Tier! Ich bin doch nur ein Junge! Meinst du, sie merkt, dass ich verhext bin?«

»Kann schon sein. Tiere sind oft sensibel. Ich glaube, sie haben andere Kanäle der Wahrnehmung, solche vielleicht, die wir Menschen vergessen haben.«

Ich dachte an sie, wie sie zwischen den Bäumen in Trance gewesen war. Nun stand sie vor mir, ihre rotbraunen Haare hingen in nassen Strähnen, ihr Kleid, das vorhin gebrannt hatte, hing an ihr wie ein Sack und doch war sie schön. Sie war vielleicht genau in diesem Moment, das Schönste, was ich je gesehen hatte.

»I...i...ich wo...ll...te dir sagen...«, stotterte ich und ich kam mir so bescheuert vor. Mir fehlte mein schneidiger Körper.

»Ja?«

»Ich wollte dir sagen, dass...«

»Ich wollte dir auch etwas sagen.« Sie bückte sich zu mir herunter und gab mir einen Kuss auf die Wange.

»Danke!«

Jetzt waren alle Worte gelöscht, als hätte sich meine Festplatte neu rebootet. Ich fasste an die Stelle, die sie geküsst hatte.

»Morgen zeig ich dir etwas!«

Dann waren wir da und Martha wartete ungeduldig am Eingang der Schenke: »Habt ihr nen Schaden?

Wo bleibt ihr?«

Phoebe schlüpfte, ohne etwas zu erwidern, an der Alten vorbei, ich holte gerade Luft, da schlug sie mir an die nassen Locken. Es war zwar halbherzig, doch so dass ich innehielt und sie ansah.

»Spar es dir! Ab in die Spülküche und gib Gas!«

Ich rannte in den langen Gang, drehte mich dann um und setzte wieder zu antworten an. Ich wollte ihr das mit Phoebe sagen. Ich fand es sei wichtig.

»Ich habe gesagt, spar es dir! Nix wie Ärger mit dir!«, blaffte sie, dann zog sie an ihrer Zigarillo und lächelte. Ich

hatte das Gefühl, sie wüsste, was passiert war. Da dachte ich an meinen armen Teppich. Er musste wegen des Wolkenbruches ja ganz nass geworden sein.
Ich ging ein paar Schritte auf sie zu, traute mich aber nicht sie anzusprechen.
»Ich hab ihn reingeholt, er kann ja nix dafür«, meinte Martha mit ihrer heiseren Stimme. Er ist in der Kammer.«
»Danke!«

Etwas später fand ich mich an dem Spültisch und der Holzbottich quoll wieder von schmutzigem Geschirr, Humpen, Tassen und Messern über. Wie am Tag zuvor schrubbte ich wie wahnsinnig und kam nicht nach. Ich zermarterte mir das Hirn, was Phoebe mir zeigen wollte und, was mit ihr auf dem Hügel geschehen war. Ich wünschte mir meine normale Gestalt und hätte gerne gewusst, ob da nicht die Hoffnung war,
sie zurückzuerhalten.
Doch unverhofft kommt oft und es sollte etwas ganz anderes passieren.

Der Abend war vorangeschritten und ich war schon ziemlich im Arsch. Da drang Rumpeln und Rufen an mein Ohr. Dann wurde tatsächlich geschossen und jemand trat die Tür auf. Zuvor hatte ich das nasse Hemd zum Trocknen aufgehängt. Ich stand da, die Arme bis zum Ellbogen in der siffigen Seifenlauge als jemand die Tür auftrat.

Dann standen die Mörder meines Vaters mitten im Raum. Bosco holte mich höchstpersönlich am Arm vom Schemel herunter und warf mich dem Big-Boss vor die Füße. Der qualmte gelassen eine dicke Zigarre. Hinter ihm stand der Riese ohne Hals und zu meinem Schrecken hielt er Phoebe eine Machete an die Kehle. Sie weinte und ich wollte aufstehen.

Bosco drückte mich mit dem Lauf eines Gewehres herunter: »Ganz, ganz schlechte Idee!«

»Wir sind gekommen, um alle hier Anwesenden noch einmal ganz lieb zu bitten, sich an den Abend vor zwei Tagen zu erinnern, als uns unsere Beute abhandengekommen ist. Denn obwohl wir jeden Stein herumgedreht haben, blieb der Flüchtige verschollen.« Er schnippte provokant seine Asche knapp vor mir auf den Boden.

»Ich dachte, wenn ich euch mal etwas motiviere, dann hilft das eurem Gedächtnis. Igor!«

Auf den Befehl seines Chefs riss der Halslose Phoebe an den Haaren nach hinten und führte das Messer sehr nah an die Schlagader. Sie schrie.

Martha trat vor, sie hielt sich einen Lappen an die Stirn:

»Herr, lasst doch den Jungen! Ich sagte, doch, er hat nicht mehr alle Fledermäuse unter dem Dach und seht mal, er ist der Mühe nicht wert.«

Der Boss hatte einen imposanten Ring. Er wandte sich um und schlug Martha mit der flachen Hand, aber der Ring riss eine Wunde.

»Pass auf du! Ich kenne euch, ihr seid Dreckspack und wenn ich es will, dann nehme ich den Kleinen mit.

Arbeiten kann er ja scheinbar!«

Die Alte hatte dem Hieb nichts entgegen zu setzen und lag am Boden. Da trat Jorik vor: »Bitte nicht, Herr! Er ist nichts wert für euch! Und niemand hat etwas gesehen!

Wirklich, ich schwöre bei meinem Leben!«

»Och so ein Knabe, der ist schon was wert!« Der Boss spuckte aus. »Was meinst du, Bosco?«

»Na, normalerweise 30 K, aber er ist leider Sinti, dann nur 20.«

»Und das Mädchen?«

»Die ist Zucker, die bringt mehr.« Die Outlaws lachten.

»Aber ihr könnt doch nicht«, versuchte es Jorik.

»Du weißt gar nicht, du Bauer, was ich alles kann. Ach, und bei deinem Leben? Bei deinem Leben? Das ist nun wirklich billig. Ihr könnt mich nicht abhalten! Vamos!«

Bosco nahm das Gewehr weg und nahm mich am Oberarm.

Igor griff Phoebe um die Taille und wollte sie tragen.

»Warte!«, bat ich und griff dem Big-Boss an den Hosensaum.

Er hob die Hand: »Na, also! Aber, Kleiner, mich fasst niemand an oder willst du heute noch sterben?«, er schnurrte sanft wie ein Kater und es war dennoch beängstigend.

Ich öffnete die Hand. »Na, los!«

»Ich habe den Jungen an dem Abend gesehen, aber ich habe es niemand gesagt. Lässt du das Mädchen gehen?«

»Ja! Aber dir lasse ich die Zunge abschneiden und brate sie, dafür, dass du mich angelogen hast. Du kannst Gott anlügen, aber nicht den Don. Rede!

Nutze die letzte Gelegenheit!«

»Also, er war plötzlich im Hof und er hat geblutet. Ich hab geraucht und ich gab ihm Wasser und ne Kippe.«

»Wo wollte er hin?«

»Er sagte, da wären gefährliche Typen, die hätten seinen Alten abgeknallt und nun wären sie hinter ihm her. Er wollte telefonieren. Aber wir haben kein Netz. Dann habe ich ihm erklärt, dass auf der anderen Seite des Vulkans Las Chuchillas liegt. Aber ich glaube nicht, dass er es geschafft hat. Er hatte ne Schusswunde am Bein.«

»Lüg mich bloß nie wieder an!«

Der Boss trat hinter mich, während Bosco wieder das Gewehr auf mich richtete. Er drückte die Zigarre an meinem rechten Schulterblatt aus. Mir entfuhr ein Knurren.

»Zum Andenken! Also! Abflug!«

Sein Handlanger griff mich wieder am Arm.

»Nein, nein! Ich habe dir doch alles gesagt. Bitte nicht!«

Ich malte mir aus, wie ich diesen skrupellosen Typen als Leibeigener diente und das machte mir Angst.

Igor schnappte Phoebe, sie kreischte und kratzte, aber er grinste nur.

Der Boss war schon an der Tür, da meldete sich Martha zu Wort: »Warte Don«, sie stand auf, »ich bezahle sie dir!«

Die alte Barfrau schnippte ihm zwei Geldstücke rüber und er fing sie mit der Rechten. Der Clanführer hielt sie gegen das Licht und biss darauf.

»Ist es das, wofür ich es halte?« Martha nickte.

»Lasst sie los!«, befahl der Don.

»Jeden Monat will ich das von dir. Wenn nicht, hole ich die beiden doch mit.«

»Ist gebongt!«

»Der kleine Stiefelknecht und das Flittchen scheinen dir mehr wert als gedacht«, bemerkte der Boss beim Rausgehen.

»Manchmal ist man sentimental«, gab Martha zu.

»Oja, ich kenne das. Oder Bosco?«

Zweiundzwanzigste Legende

»Es gibt alleine einen Umstand, der das Begehr nach einem Ding um ein Vielfaches verstärkt. Das ist, wenn dieses Ding verboten ist. Deshalb sollte man Kindern immer genau das verbieten, von dem man sich wünscht, dass sie es unbedingt einmal ausprobieren.«

Lia war zwar zu ihrem Gatten zurückgekehrt, doch das war nur körperlich. Denn obgleich sie auf dem herrlichen Sambal, dem Berg der hellen Götter, wandelte, auf dem es ausschließlich wunderschöne Dinge zu bestaunen galt und obgleich man nur sanfte Worte zueinander sprach und die feinsten Speisen reichte, so war ihr Herz doch bei Peresce geblieben. Und dieses Herz war ein wildes Ding und ihm war es egal, dass Lia die Göttin des Lichtes war, denn es strebte nach wahrem Erkennen. Ihr Gatte Modera bemerkte diese Veränderung an seiner Frau genau. Allerdings war er sehr damit beschäftigt, darüber nachzudenken, wo sich Seth-Kathengi aufhielt, denn ihm war wohl bewusst, dass er mit ihr einen Sohn hatte.

Götter können so vieles bestimmen und stehen über den Krankheiten, dem Hunger, dem Durst- am Ende sogar dem Tod.

Wo allerdings ihr Herz schlug, dass bestimmte es ganz allein.

Ihre Freundin, Dillaria, sprach sie an, als sie einmal in den Gärten wandelten.

»Wie geht es dir eigentlich so? Du wirkst so verändert, Schwester!«

»Hm, was ist los?« Lia roch versonnen an einer Rose, die war ganz anders als die übrigen. Die anderen waren viel heller. Diese jedoch war von dunklem Lila, sie war beinahe schwarz, doch ihr Geruch war überaus betörend.

»Nun, du bist so anders als sonst.
Beschäftigt dich etwas, Lia?«

»Ja! Nein!«

»Nun , was denn?«

»Es ist mir nicht so wohl die letzten Tage.«

»Das könnte bedeuten..., dass du guter Hoffnung bist.«

Tatsächlich fiel es ihr mit einem Mal wie Schuppen von den Augen und sie ließ die Worte ihrer Freundin auf sich wirken.

»Sicher, du hast recht!«

Lia ging nach Hause in ihren wunderschönen Palast, zu ihrem stattlichen Mann, doch in ihrem Inneren brannte ein Feuer, das vermochte der nicht zu löschen.

Außerdem lag Modera auf seiner Bettstatt, er hatte die Augen geschlossen und wälzte sich hin und her. Da beschloss Lia die Gelegenheit zu nutzen und nach ihrem Spiegel zu sehen, den sie sorgsam versteckt hatte. Er lag in ihrem

Schminktisch und er war einer von vielen. Oftmals jedoch sieht man den Dingen nicht an, wie wertvoll sie eigentlich sind, oft sind sie nur eines von vielen. Unser Gefühl lässt sie wertvoll werden, nicht das Material. Wir hauchen den Gegenständen den Odem unserer Verbundenheit ein und machen sie so zu unserem Kleinod.

Die schöne, blonde Lia nahm ihr Kleinod heraus. Behutsam griff sie den Spiegel an dem gewundenen, goldenen Stiel, sie strich ehrfürchtig über die glatte Oberfläche und küsste sie: »Geh nicht hin und geh nicht her, zeig mir heute mein Begehr!«

Da verschwamm ihr eigenes Bild und die goldene Quelle tauchte auf, an ihrem Rand saß Peresce, mit seinem gebräunten, markanten Gesicht und seinen wachen, warmen Augen.

»Hallo, Geliebter! Ich weiß nicht ob du mich hören kannst«, sie streichelte sein Antlitz,

»aber morgen komme ich dich besuchen und dann erzähle ich dir etwas.«

Eine Träne tropfte auf das Glas, genau in dem Moment, als die Tür aufging. Modera hatte von Seth geträumt und der Traum hatte seine Lenden geweckt. Denn wenn er ehrlich sein wollte, mochte er ihre ungestüme Art.

»Hallo, was tust du?«

Lia erschrak, sie drehte sich zu ihm, dass er den Spiegel nicht sah und sie nahm sich schnell eine Bürste und bettete den Spiegel zu den anderen, damit er nicht erkannt wurde, als das, was er war, nämlich etwas ganz Besonderes.

»Ich mache mich schön für dich, mein Gatte!«

»Das freut mich«, er umarmte sie mit der Begierde, die er vorhin im Traum gesammelt hatte. Dabei dachte er an die Feurige, wie sie auf ihrer Fledermaus flog.

»Ich glaube heute probieren wir einmal etwas ganz Spezielles!«

10- Abrechnung

Das Lokal war vollgestopft mit komischem Volk und es wunderte mich im Nachhinein, dass der Don vorhin gar nicht bemerkt hatte, dass es sich hier nicht um normale Menschen handelte. Irgendwie hatte mich der Vorfall von eben ganz schön mitgenommen. Vor allem, weil mir noch fast eine Stunde danach die Knie gezittert hatten. Ich war ja hier irgendwie in der Hölle gelandet. Dennoch hatte ich mehr Angst diesen Gangstern in die Hände zu fallen. Dann spülte ich lieber hier bis ans Ende meiner Tage den Knust von den Töpfen.

Phoebe kam und schleppte einen Trog mit Pfannen und Tellern und ein paar Krüge schauten auch oben heraus.

»Ich glaube wir haben s bald«, verkündete sie.

»Sind die Gäste weg?«

»Ja, aber der harte Kern, Broof, Oro und mein Bruder diskutieren mit Martha, wie es mit diesem Don weitergehen soll. Das war eine gute Gelegenheit.«

»Eine gute Gelegenheit für was?«

Sie winkte mich mit dem Zeigefinger bei und ich stieg von der Kiste. Sie zog ein Bündel unter ihrem Kleid vor und breitete das Tuch auf dem Boden aus. Da lagen zwei halbe Hühnchen darin, kaum berührt und ein großes Stück Brot.

»Phoebe?!« Ich setzte mich an die nackte Wand und spürte die Kälte der Mauer an meinem bloßen Rücken. Vor lauter Aufregung heute, hatte ich das Loch in meinem Magen überhaupt nicht mehr gefühlt, nun aber breitete es sich wie eine abgrundtiefe, alles verschlingende Kluft aus. Ich roch das Fleisch anders, als ich es früher gerochen hatte. Ich roch das Blut des Tieres, das Fett, ich roch die Wucht mit der das Huhn enthauptet und die Glut, in der es gebraten worden war. Ich roch das Leben, das es spendete.

Gierig griff ich zu, dass mir das Fett zwischen den Fingern hindurch lief. Ich schlug meine Zähne hinein und meine Haare wurden, weil sie zu lang waren, ölig. Niemals hätte ich diese Beute hergegeben. Auch wenn Martha oder Sladi gekommen wären. Doch sie kamen nicht. Wir aßen auch noch das Brot. Wir hätten schlau sein und etwas für morgen aufheben können. Aber, wer wollte schon immer schlau sein? Wir waren satt, nur das zählte in diesem Moment.

Phoebe brachte zwei Krüge mit Bier: »Prost!«

Ich trank. »Ich bin froh«, erklärte ich und begutachtete meine kleinen, verdreckten Nägel.

»Warum?« Sie wischte sich den Schaum von den Lippen.

»Ich bin froh, dass dir nichts passiert ist und dass sie dich nicht mitgenommen haben.«

»Und bist du nicht auch froh für dich?«

Ich leerte den Krug in einem Zug und fühlte mich etwas benommen: »N…n…nö!«, stellte ich fest und es war die Wahrheit.

»Dann bin ich froh für dich!«, entgegnete sie.

Wir machten einen Abstecher in den Gastraum.

Hier wurde immer noch lautstark diskutiert.

Der, den ich als Broof kennengelernt hatte, stützte sich ungehalten auf den langen, vom verschütteten Gerstensaft nachgedunkelten Tisch er schimpfte mit Sladi:

»Wie kann es geschehen, dass die ein und dieselbe Meute Bluthunde es schafft unseren magischen Ring zu durchbrechen? Das darf nicht sein.
Dies ist unsere letzte Zuflucht.«

»Das kommt daher«, knurrte der dunkle Sladi und näherte sich Broof mit seinem Gesicht, »dass Martha krank ist und somit ihr Bann nicht mehr vernünftig wirken kann. Sie ist eben nur eine Ook-Ahn, genau wie du übrigens, Broof!«

»Und du bist kein Ook-Ahn, so wie wir?«

»Nicht wirklich!«, entgegnete der Gypsi.

»Ich werde euch alle mit Doljeste bestrafen, wenn hier wieder jemand meine Gesundheit anzweifelt«, warnte Martha. Broof zuckte zusammen. Sladi schlug auf das Holz.

»Sie haben meine Schwester bedroht! Das kann nicht sein! Nicht an diesem geweihten Ort!«

Sladi schlug auf die Tischplatte, dass die Gläser klirrten.

»Ruhig Kinder! Ruhig!«, empfahl Oro. »Ich glaube, dass die Ankunft dessen, den wir den `Finder´ nennen, den magischen Schutzwall beschädigt hat. Denn sonst hätte er nicht zu uns durchdringen können. Und außerdem – da macht euch keine Illusion - ist etwas, das unsere Gemeinschaft angreifen will, da draußen, denn meine Pummel-Stöcke sprechen eine deutliche Sprache.«

Ich stand schon eine Zeit lang hinter einer Gardine, die die Küche vom Gastraum trennte. Phoebe war bei mir.

Schutzwall? Finder? Ich verstand nur Bahnhof.

Nun räusperte ich mich.

Sladi fuhr hoch. Ich kam heraus.

»Da bist du ja! Wegen dir haben wir nichts als Ärger, du kleiner Pisser! Wegen dir klebt uns die Mafia am Arsch. Wir sind die Daers, verstehst du?«

Er rüttelte mich an der Schulter.

»Ich?«

»Lass ihn los, Sladi, Bitte! Er hat mir geholfen und vielleicht ist er der Finder.«

»Nie im Leben! Er riecht scheiße! Er riecht nach Verrat!«

»Mach mal nen Punkt«, schnauzte ich ihn an, »ich hab meinen Vater verloren und bin halbtot hier angekommen. Ich sehe aus wie ein kleiner Schuhputzer und falls du es wissen willst, habe ich alles getan, um deine Schwester zu retten. Ich hab das bestimmt nicht geplant. Ihr aber schon, oder? Sonst wäret ihr nicht im Hotel aufgetreten.«

»Das war Zufall!«, behauptete er.

»Du bist ein Lügner und ein Betrüger!

Sie hat mich gerufen.«

Ich reichte ihm in Shoots Gestalt nur bis zur Brust, aber ich hielt stand und sah ihn grimmig an. Phoebe zupfte noch an meiner Hose, da war es schon zu spät. Ich fand mich an der Holzwand wieder und rieb mir die Wange. Zuvor hatte ich mich zweimal überschlagen.

»Nenn mich nie wieder Lügner! Ich prügele dich windelweich!« Sladi bleckte seine weißen Zähne.

Oro und Broof hielten ihn am Arm. Phoebe aber flüsterte Martha etwas ins Ohr, die seelenruhig eine Zigarre paffte. Bei mir drehte sich alles noch etwas nach, als sei ich vom Karussell gesprungen. Ich kam auf die Beine und schwankte:

»Dann nenne ich dich Arschloch!« Ich wischte mir mit dem Handrücken über den Mund.

Ich wandte mich um und taumelte den Gang entlang.

Sladi rastete aus: »Du kleiner Pisser! Wir sehen uns noch!«

Doch der Bärenmann hielt ihn fest.

In meiner Kammer lag der Teppich und es war fast ein bisschen wie Heimkommen. Mir tat von Sladis Schlag immer noch der Kopf weh. Ich legte mich auf den Teppich und wickelte ihn um mich. Als ich ihn um mein Gesicht gewickelt hatte, schrie ich. Diesmal hörte ich keinen Schlüssel im Schloss drehen. Aber sie mussten mich gar nicht einsperren, denn wohin sollte ich gehen?

Außerdem war ich auch viel zu...müde...viel...zu...müde.

Dreiundzwanzigste Legende

Sinthys und Flick verabschiedeten sich am Morgen von den drei Drachen: »Gehabt euch wohl, ihr Wichte! Ihr seid zu beneiden, dass ihr nun so einen schönen Vulkan habt!
Ich werde Tarturo suchen!«
»Falls du ihn findest, sag ihm, dass er herzlich eingeladen ist und auch mal in unserer Lava baden darf, wenn er lieb Bitte sagt«,
stellte Hardener in Aussicht und grinste.
»Ich richte es aus! Veni! Veni!«
Flick erhob sich und winkte mit seinem linken, hinteren Zipfel zum Abschied. Dann startete er hoch in die Luft, dass die Göttin über alle Bäume sah.

Einer der Bäume stand auf einer Lichtung, er war erhaben und schön. Hunderte Vögel flogen um seinen Wipfel.

»Lass uns die nach dem Weg fragen«, schlug Synthis vor.

Flick gehorchte und flog auf den Baum zu.

Bald umkreisten viele bunte Vögel die Göttin der Eifersucht. Ein kleiner Gelber war besonders vorwitzig und drehte vor Synthis Nase Pirouetten.

»Werter Vogel, kannst du uns eine Auskunft geben?«

»Welche?«, zwitscherte der kleine Gelbe.

»Ich suche meinen Bruder, Tarturo. Weißt du, wo er ist?«

»Ist er nicht im Vulkan?«, piepste der kleine Gelbe und Flick hatte redlich Mühe mit ihm mitzuhalten, denn er war sehr flink und hielt nicht still.

»Nein, ist er nicht.«

»Dann frag doch mal den Raben, der alles weiß.«

Er zeigte mit seinem Flügel auf einen Vogelschwarm, der auf und abglitt. Der Schwarm war bunt wie eine Blumenwiese und ritt auf der warmen Luft, die vom Boden aufstieg und die Baumwipfel umfing. In der bunten Masse stach ein schwarzer, dicker Punkt hervor, dem versuchten die beiden Suchenden zu folgen. Doch das war eigentlich unmöglich. Denn der Rabe war eine von Tickis Gestalten und er beschloss zu landen.

Er landete auf einem mittleren, dicken Ast, neben dem sich ein Eingang ins Innere des Baumes Tamtam auftat. Im Baum wohnte Ticki und hatte seine Gemächer. Er hoffte darauf, dass die Reisenden ihm einen Besuch abstatteten, damit er sie sich von Nahem betrachten könnte. Flick sauste um den Stamm herum. Er sah aber gerade noch, wie der Rabe verschwand.

So ließ er sich auf dem dicken Trieb nieder.

»Warte hier!«, befahl seine Herrin und er hängte sich über einen Zweig und ruhte.

Synthis zog den Kopf ein, aber im Baum selbst konnte sie stehen. Ticki hatte sich zurückverwandelt, trug aber noch den langen Umhang aus Rabenfedern, der ihm bei dem Zauber half.

»Bist du der Rabe, der alles weiß?«

»Manchmal«, Ticki drehte sich um. Er hatte ebene, gebräunte Züge und ein paar Sommersprossen auf der Nase. Seine Haare waren hellblond und standen ihm in wilden Büscheln vom Kopf ab. Als er die schöne Göttin sah, grinste er, weil sie genau seine Kragenweite war.

»Eigentlich bin ich der Gott der List, mein Name ist Ticki. Seid Willkommen im Baum Tamtam!«

»Ich bin Synthis, die Göttin der Eifersucht und ich suche meinen Bruder Tarturo, denn ich vermisse ihn sehr.«

»Nun meine Liebe, er hatte etwas mit Seth-Kathengi, aber wo er jetzt ist, ist schwer zu sagen.«

Damit meinte Ticki in keinem Fall, dass er es wirklich nicht wusste, sondern eher, dass es ihm wahrhaft schwer fiele, es zu sagen, weil er Synthis gerne bei sich behalten wollte.

»Willst du denn etwas trinken, meine Liebe?«

»Aber ja doch, da sage ich nicht nein.«

Der listige Ticki jedoch überlegte: »Dieses Weibsbild, das will ich wohl bei mir bewahren. Sie soll mein sein für alle Tage!«

Da fiel ihm ein, dass er noch Tapioka-Kraut in einem Töpflein hatte und er suchte es heraus.

»Ein oder zwei Stück Zucker im Tee?«, fragte er.

»Ach, nein aber du kannst einen Schluck Kaktusschnaps hineintun.«

»Liebend gern!«

Der treue Teppich Flick war erwacht und da er sich fragte, was da so lange dauerte, flog er um den Stamm. Jetzt sah er Ticki durch ein Astloch am Tee mit Tapioka, der, wie jeder weiß, das Gedächtnis nimmt, hantieren. Flugs flog er zurück und flüsterte diese Erkenntnis seiner Herrin durch eines der anderen Astlöcher zu.

Als Ticki mit dem Tee eintraf, jammerte Synthis:

»Das sieht vortrefflich aus! Hättest du denn auch ein paar Feigenkekse zum Tee?

Für Feigenkekse könnte ich wahrlich sterben!«

Ticki war immer noch in den Rabenfedernmantel gehüllt, der schillerte und waberte, wenn er sich drehte:

»Anspruchsvoll, die Kleene!«, dachte er.

»Nun, ich will sogleich einen der Stare mit einer Nachricht zu meiner Mutter, Nixnütz, schicken, denn sie hat das beste Gebäck. Meine Mutter ist die Göttin der Faulheit, also entspann dich schon einmal, denn es kann ein bissl dauern!«

Schnell schrieb er einen Zettel und pfiff aus dem Astloch: »Salidor, komm herbei!«

Ein goldener Star flog heran: »Herr?«

»Besorg mir Feigenkekse von meiner werten Frau Mutter für die Dame!«

»Herr, sie wohnt auf der anderen Seite der jungen Welt, wo die Wüstenei beginnt!«

»Heißt das, du kannst den Auftrag nicht erfüllen? Es soll dein Schaden nicht sein!«

»Ich eile, verlasst euch auf mich!«

Schon war der Star verschwunden und Ticki stellte fröhlich fest, wie Synthis an ihrer Tasse nippte.

»Du wirst sowieso gleich alles vergessen haben.«

»Sagtet ihr etwas, werter Herr?«

»Ich sagte: Lasst uns uns an diesem Tee laben!«

Er glättete seinen Mantel, setzte sich und hob seine Tasse. Was Ticki nicht wissen konnte - denn niemand kann alles wissen, nicht einmal der Gott der List - das war, dass dies gar nicht ihre Tasse, die sie trank, war sondern seine. Er schüttete also das Tapioka-Gebräu voller

Vorfreude in einem hinunter. Flick linste durch ein Astloch und freute sich.

Ticki wurde es lull und lall und er schlief auf dem Chaiselongue ein. Auch Synthis hielt die Gelegenheit für günstig ein Nickerchen zu machen und legte sich zu ihm unter den Rabenmantel.

11 - Vollmond

In der Nacht schwitzte ich, als ob ich Fieber hätte, ich hörte meinen Vater: »Lauf und dreh dich nicht um! Versprich es!«

»Papa, Papa! Bitte komm zurück, lass uns heimfliegen!«

Ich war der große, starke Fly und dennoch heulte ich.

Vielleicht war ich niemals stark gewesen.

Da hörte ich eine Stimme im Traum, sie rief mich. Trotzdem war es keine Einladung: »Fly, komm zu mir! Ich brauche dich! Gehorche!«

»Wer?«

»Das hat dich nicht zu kümmern. Ich bin deine Gebieterin! Veni! Veni!«

Der Teppich erhob sich unter mir, die Tür zur Kammer schlug auf. Wir schwebten durch den langen, dunklen Gang.

Am Ende öffnete sich die Haustür und als der Teppich mit mir über den Hof flitzte, war es ein wenig wie auftauchen.

Meine Augen waren geschlossen, dennoch sah ich alles.

»Beeil dich!«

Wir flogen an den Ställen vorbei auf die alten Zirkuswagen zu. Ich spürte einen starken Sog, ich konnte mich dem nicht entziehen. Wir landeten und ich richtete mich, wie ferngesteuert, auf. Es zog mich weiter, ich kämpfte mich durch hohes Gras. »Komm zu mir, Fly! Ich befehle es dir!«

Ich stand vor einem der Wagen. Ich roch Rost, Schimmel und Raubtierpisse. Der Vollmond spendete kühles Licht und ich versuchte die riesige Plane etwas anzuheben. Das funktionierte in der Gestalt des Gypsi-Jungen nicht wirklich. Also kroch ich darunter. Es war nichts darin.

Mit einem Mal hatte ich das Gefühl, ich könnte im Dunkeln sehen. Im hinteren Teil des Wageninneren löste sich ein Schatten aus der Wand heraus.

Ich hielt mich an den rostigen Gitterstäben fest. Die spitzen Rostbröckchen piekten mir in die Hand. Mein Atem

ging stoßweise. Der Schatten war groß. Er schlenderte auf mich zu: »Wen haben wir denn da? Einen Welpen!
Bist du ein Snack?«

Ich konnte plötzlich den Atem der Kreatur sehen, ich wusste instinktiv, dass es ein Fleischfresser war.

»Hast du mich gerufen?«

»Nicht doch«, grummelte es, »aber ich empfange dich gern!«

Seine Schnauze war nah. Es war ein Löwe. »Ich bin schon so lange hier, leiste mir doch etwas Gesellschaft!«

»Ich…m…muss…gehen!«

»Zu schade!« Da sprang der Löwe an die Gitter und seine Krallen verfehlten mich nur knapp. Ich wich in Panik zurück und verfing mich in der Plane. Die Angst war so groß, dass ich zog und zerrte. Die Plane fiel herunter und bedeckte mich. Irgendwie schaffte ich es herauszukrabbeln, da beschien das Mondlicht den Wagen. Es war nicht nur ein Löwe, der sich da offenbarte, es handelte sich um ein Fabelwesen. Das Tier hatte Kopf und Körper eines Löwen, außerdem jedoch riesige Flügel wie eine Fledermaus und sein Hinterleib endete in einem Skorpion-Schwanz.

Ich starrte erschrocken und rutschte schnell ein paar Meter rückwärts.

»Ihr alle seid nur Beute! Weißt du das?«

Ich schüttelte den Kopf. Das Monster flatterte im Inneren des Käfigs. »Meine Zeit wird kommen. Lass mich jetzt heraus! Vielleicht verschone ich dich dann.«

Das Vieh lachte.

»Fly, komm zu mir! Schweig Sartyros!«

Ich folgte bereitwillig dem Ruf. Ich hatte nichts anderes in meinem Kopf, als die Anweisung zu erfüllen. Am nächsten Wagen, war die Abdeckung halb heruntergerutscht, doch das Innere lag im Schatten.

»Komm näher, Fly! Es wird dir gefallen!«

Ich trat an das Gitter.

»Knie dich hin! Mach die Augen zu! Reich mir deine Hand!«

Ich tat alles, wie die Stimme es wollte. »Ja, Herrin!«

Unterwürfig harrte ich aus. Ich spürte, dass sich da etwas näherte, dass kein Mensch und mit gutem Grund eingesperrt war. Es war nah.

Da fühlte ich den scharfen Schmerz, den ich schon einmal gespürt hatte, als ich auf dem Hügel eingenickt gewesen war und er schien wie Erlösung. Sie trank mein Blut und ich hatte das Gefühl zu schweben. Es war wunderschön. Ich sah die Sterne, wie ich es vorher nie gekannt hatte. Ich fühlte den Wind und die Farben der Blumen. In mir bebten heiße Wellen. Sie sollte niemals wieder aufhören!

Leider tat sie es dennoch. »Bitte!«, sagte ich und hielt ihr den Arm wieder hin. Sie lachte hell.

»Du erinnerst mich an jemanden. Doch der ist abtrünnig
geworden. Ich beende es, wenn du willst zu Lak-Shedal.
Denn alles endet dann. Du musst nicht mehr lange leiden.
Besuche mich nachts und hilf mir zu wachsen!
Wünsch dir etwas bis dahin, weil du so brav warst?«

»Zu wachsen?«, wiederholte ich wie ein Papagei. Da machte ich die Augen auf und erschrak bis ins Mark: Da war eine magere Gestalt, ihre Haut war gänzlich verkohlt und sie *zischte mit einer Schlangenzunge in meine Richtung. Mein Blut tropfte von ihrem Mund und ihre Augen starrten mich aus goldenen Pupillen an.*

Mir entfuhr ein Schrei und ich erwachte aus meiner Trance.

»Nicht erschrecken! Das ist nur meine vorrübergehende Erscheinungsform. Ich bin Imri! Schlaf weiter, kleiner Shoot! Flick bringt dich zurück.«

Am Morgen stand ich noch ziemlich neben mir.

Konnte das wirklich nur ein Traum gewesen sein?

Auf dem langen Flur war bereits Geschäftigkeit. Meine Tür stand offen. »Kommst du, Shoot?«, hörte ich Phoebes Stimme, sehen tat ich sie nicht.

Ich hatte einen Druck wie damals nach meinem ersten Marihuana-Rausch im Kopf. Nur langsam kam ich auf die Füße. Aber ich war es schon daran gewöhnt, dass mir, seit ich hierhergekommen war, alles wehtat. Stöhnend rappelte ich mich hoch. Das Licht im Hof tat mir in den Augen weh. Ich schirmte sie mit der rechten Hand ab. Mein Kopf wollte gleich explodieren. Auf der anderen Seite, wo die

Schweineställe waren, befand sich auch eine Tränke, sie war nur etwas flacher als die auf dem Hügel. Mein Blick ging zu meinen Beinen. Die Hose war mittlerweile ziemlich siffig, an den Unterschenkeln hatte ich braune Sprenkel und von den Füßen wollten wir erst gar nicht sprechen. Während ich mich ansah, bemerkte ich, dass auch jemand anderes auf mich aufmerksam geworden war - nämlich Sladi. Er stand neben dem Stall und rauchte eine.

Eigentlich könnte man ja meinen, ich hätte, nach dem Schlag von gestern, Angst vor ihm. Dem war jedoch nicht so.

Mein Kopf tat weh, ich fühlte mich schwach und wenn er mir noch eine tunkte, dann würde er es kaum schlimmer machen können.

Also ging ich über den Platz fiel vor dem Wasserbecken auf die Knie, tauchte unter und ließ mir das kalte Wasser in den Nacken laufen

Ich tauchte auf. »Guten Morgen sagst du nicht mehr?«

So ein Arschloch, er sollte einfach das Maul halten. Diesen Gedanken allerdings auszusprechen, wäre mir denn doch zu heiß gewesen.

Er schnippte die Kippe weg und reagierte seltsamerweise ungehalten: »Pass auf du!« In diesem Moment kam Phoebe mit dem Schweinefutter.

»Hi! Hilfst du mir, Shoot?«

»Ja, na klar!« Das Licht machte mich heute Morgen wahnsinnig und dann noch das Gequieke.

Ich drehte mich um: Der Gypsi trat die Kippe aus und warf mir einen hasserfüllten Blick zu.

Anschließend fütterte ich mit seiner Schwester die Schweine und wir trieben die Ziegen auf die Wiese. Wir melkten sie und aßen unseren Haferbrei mit Pummel-Honig.

Hiernach verkündete Phoebe: »Ich will dir etwas zeigen!«

»Och, ich weiß nicht«, meinte ich müde.

»Wie, du weißt nicht? Da gibt dir das schönste Mädchen weit und breit eine Einladung und du weißt nicht.«

»Ich dachte nur…ich habe kaum geschlafen und dachte ich könnte ein bisschen.« Ich knabberte an einem Grashalm.

Die Wolken zogen wie graue Schlachtschiffe am Himmel und trotzdem war es tropisch heiß. Der Schweiß stand mir auf der Stirn und ich wusste, ich musste nach der Schufterei stinken wie ein Puma. Ich hätte meine linke Arschbacke für eine Dusche gegeben.

»Komm schon, du Faulpelz! Vertrau mir! Es wird dir gefallen!«

Das hatte Moni auch gesagt, als ich das erste Mal mit zu ihr sollte. Sie hatte damals nicht gelogen. Ich blinzelte. Phoebe zog einen Schmollmund: »Lass dich doch einsalzen!«

Gerade wollte sie sich wieder hinsetzen, da sprang ich auf. »Ist gebongt, Kaptain! Wohin soll es denn gehen?«

Ihre Miene hellte sich auf. »Das wird noch nicht verraten!«

Egal was für ein tolles Ziel es war, es ging ewig bergauf und alle Stechmücken der südlichen Hemisphäre taten sich an mir gütlich. Hier hörte ich auch wieder Affengebrüll und ich sah eine blaue Schlange ins Gebüsch kriechen. Ich hatte nur die Hose an. Das Hemd hatte ich bei den Ziegen gelassen. Meine Haut war so dreckig wie nie zuvor in meinem Leben, ich hatte Sonnenbrand und ich fühlte mich entsaftet wie eine Zitrone.

Genau in dieser Reihenfolge. Sicher hatte ich einen Sonnenstich, denn als ich Phoebe durch das Unterholz folgte, kamen wir an einem Baum vorbei, dessen Stamm mancherlei, eigentümliche Beulen und Einkerbungen aufwies. Im Vorbeigehen dachte ich noch, dass der wie das Gesicht eines jungen Mannes aussah. Allein das war ja noch nicht ungewöhnlich. Dann jedoch hatte ich als ich mich umwandte, das deutliche Gefühl, er hätte sich bewegt.

Gemurmel um mich her. Ob das von den Affen kam?

Gestern hatte ich Nöck-Nöck-Affen bemerkt.

Ich sah noch einmal hin - nichts mehr. »Phoebe? Phoebe!«

Meine Freundin war unterdessen aus meinem Blickfeld verschwunden. »Ja!«

Ich schob etliche fedrige Blätter auseinander, da stockte mir der Atem: Ein See mit einer glasklaren Oberfläche tat sich auf. Bunte Vögel sangen in den Bäumen und Phoebe zog gerade ihren Rock aus und warf ihn in den Ufersand.

»Hast du Lust auf ein Bad?«

»Ja, ja, ja!« Übermütig rannte ich mit der Hose ins Wasser. Sie konnte genauso wie ich eine Wäsche vertragen. Ich kraulte Phoebe

zu einer Sandbank, wo Schildkröten mit blauschimmerndem Panzer rasteten, hinterher. Hier gab es Flamingos, die nicht rosa, sondern blau wie Schlumpfeis waren. Da hörte ich ein alles übertönendes Rauschen und meine Freundin forderte mich heraus: »Wie gut kannst du eigentlich

schwimmen, Shoot?«

»Eigentlich ziemlich gut, doch ich kenne diesen Körper noch

nicht so ganz.«

»Na, dann wird es jetzt Zeit!«

Sie machte einen Köpper und schwamm in Richtung des Rauschens: »Pass auf, da ist Strömung!« Auch wenn es hier im See schwierig voranzukommen war, hielt ich ganz gut mit. Da sah ich den Wasserfall, wie er sich mit unbändiger Wucht in den See ergoss, an seinen Rändern schillerten zwei Regenbögen und ich hielt den Atem an. In der Umgebung verteilten sich unzählige Wassertröpfchen und

Phoebe zeigte auf einen Felsvorsprung. Sie schwang sich hinauf und zog mich hoch: »Ganz schön schwer für einen halbverhungerten Sklaven.« Sie lachte und begann auf dem schmalen Felsvorsprung Richtung Wassermassen zu balancieren. »Pass auf, es ist rutschig!«

Ich bekam Angst und meine Knie waren sehr weich, so dass ich mich nur langsam bewegen konnte. Einmal rutschte mein rechter Fuß ab und nur indem ich mein Gewicht blitzschnell verlagerte, schaffte ich es mich zu fangen. Ich pumpte.

Das Mädchen kannte jedoch kein Erbarmen: »Komm, wir haben es gleich! Das hab ich noch niemand gezeigt.«

Diese Aussicht spornte mich etwas an. Da war sie weg. Hinter Wasserfall und Felsen befand sich ein Spalt. Dort war sie hineingeschlüpft. Ich machte die Augen zu und tat es ihr nach. Ich tastete mich weiter mit den Fingern am Felsen voran und bewegte die Füße seitwärts auf dem Sims. Die Gicht des Wassers schlug mir ins Gesicht. Auf einmal war sie wieder fort. Ich hörte das Echo ihres Lachens.

»Mensch, du machst ein Gesicht, als ob du vor dem

Galgen stündest.«

»Vor dem Galgen?« Diese Anspielung erinnerte mich an die Typen mit den Stricken aus meinem Traum. Ich machte die Augen auf.

Wir waren in einer Höhle, durch den Wasservorhang drang etwas Licht herein und ließ die Wände golden, wie Katzengold, erstrahlen. Phoebe wartete auf mich. Ich balancierte noch zwei, drei Schritte und sprang zu ihr herunter. Hier gab es ein Steinpodest, das aus dem Fels selbst gehauen schien, ins Wasser führten ein paar Steinstufen. Das Mädchen jedoch stand in einem niedrigen Gang. Vor ihr hing eine Fackel, die von Spinnenweben völlig umsponnen war. Sie strich die Netze mit den Fingern ab und blies den Staub von ihr.

»Das wird uns ohne Feuerzeug nicht weit bringen!«,
gab ich zu bedenken.

»Ach, das geht schon!« Sie strich mit der Handfläche über die Fackelspitze und diese brannte mit einem Mal lichterloh.

»Krass, geiler Trick!«

»Ja, das kann nur ich«, sie kicherte. »Das hier musst du unbedingt sehen!«

Vierundzwanzigste Legende

Unterdessen waren Zuzu und Seth-Kathengi bei Terester in seinem Sumpf angelangt, wo die Ook-Ahn für ihre letzte Reise anstanden.

Terester sah sie und sprang auf, doch seine Geliebte kam erst langsam zu sich.

»Hallo, meine Liebste! Ich freue mich so sehr, dass du mich besuchen kommst.«

Auch Zuzu gähnte.

»Doch sag mir, wo hast du denn Hoenir gelassen?«

Die Blutgöttin erschrak bis ins Mark: »Hoenir?

Beim tropfenden Blutmond!«

Seth suchte überall in Panik ihr Baby.

»Zuzu, er ist weg! Ich bin so eine schlechte Mutter!«

Terester kam auf seine Freundin zu und umarmte sie, Seth begann zu tropfen, wie er es auch schon von sich selbst her kannte.

»Es tut mir alles so leid, Terester. Aber der Spross hat nicht mehr aufgehört zu schreien und zu brüllen und alle, alle im Hain konnten nicht schlafen - Stunden, Tage, Ewigkeiten! Und dann wollten wir zu dir fliegen und er war ruhig, da müssen wir eingenickt sein.«

»Komm doch erst einmal und saug ein-zwei Ook-Ahn aus. Hoenir ist doch ein Gott und nicht so empfindlich wie sie.«

Er zeigte auf die Sterbenden. Widerstrebend ging Seth mit ihrem Partner und sie setzte sich weinend an den Rand des Nonex.

»Meinst du, er ist in Mangoon?«, fragte sie, während sie einen Ook-Ahn genau dorthin beförderte.

»Spürst du denn, dass er dort sei?«, erkundigte sich Terester.

»Nein, er ist am Leben. Meine Brüste spannen und er müsste jetzt trinken.«

»Ich trinke die Milch. Lass uns in meine Hütte gehen und nachdenken!« Er zog die Blutgöttin an der Hand und Zuzu schaute den beiden verwundert nach. Sie spitzte ihre großen Fledermausohren, ob der kleine Schreihals irgendwo wäre. Jedoch blieb alles still, bis Lechu, Teresters Schlange, ein trauriges Schlangenlied sang und dazu klapperte.

Ticki in seinem Baum Tamtam war noch immer nicht erwacht, denn das Tapioka-Kraut war stark gewesen.

Aber da Synthis ihr Nickerchen beendet hatte und ihr Teppich Flick sie zu sich winkte, beschloss sie dem Gott der List nach allen Lehren der Kunst eine Lektion zu erteilen.

Zunächst trat sie auf die Schwelle, wo Flick ungeduldig wartete: »Lass uns weiterfliegen, Herrin! Mir reicht der Müßiggang langsam!«

»Nur Geduld, Getreuer! Der Typ kriegt noch ne Abreibung!«

Synthis ging zurück zu dem Gott, der immer noch in seinem Rabenmantel steckte und zog ihm diesen, so wie auch die Hose aus. Sich selbst schälte sie aus ihrem Kleid und deckte sich mit dem Mantel, der angenehm kühl in der Hitze des Urwaldes war, zu.

Dann schlug sie ihm auf die Wange. Ticki gab zwar ein genervtes Röhren von sich, aufwachen tat er immer noch nicht.

»Wo ist Tarturo?«, flüsterte sie ihm ins Ohr.

»Er ist in der Wüstenei in einer Höhle im roten Plateau«, murmelte der Schläfer.

Da bespritzte sich Synthis die Stirn mit etwas kaltem Tee, Ticki schüttete sie den Rest in den Nacken. Ticki erwachte mit einem Ruck und Synthis stellte sich schlafend.

In diesem Moment kam der Star, Salidor, mit den Feigenkeksen zur Tür hereingeflogen.

»Gebieter, euer Gebäck!« Salidor war außer Atem.

Ticki war völlig aus der jungen Welt getreten. Er sah erst auf sich selbst, dann auf Salidor, zuletzt auf Synthis, die sich verführerisch zu räkeln begann.

»Was… was?«, stotterte der arme Gott der List, der weder an die vergangenen Stunden noch an den Rest seines Götterlebens eine Erinnerung hatte.

»Was … was habe ich getan?«

Salidor knabberte an einem Keks: »Vermutlich das Ding mit den Bienchen und der Blüte!«

»Hä?«

»Nun das Schnacksel-Spiel.«

»Mein Kopf!« Ticki setzte sich leidend hin.

Da schlug Synthis die Augen auf: »Huch!«, rief sie gekünstelt. »Was ist denn hier geschehen?«

»Na, das wüsste ich auch einmal gerne!«

Synthis betrachtete sich:

»Sie, Sir, sind ein Lustmolch! Was fällt ihnen ein, mich so zu kompromittieren?«

Synthis schnappte sich aufgeregt den Rabenfedernmantel und verschwand mit ihrem Kleid in einer Nische.

»Also, ich weiß wirklich nicht! Ich…ich habe gar keine…Ahnung. Es tut mir leid!«

Tatsächlich war das eine der wenigen Gelegenheiten, bei denen Ticki nicht einmal in Betracht zog zu lügen. Denn er selbst kannte die Wahrheit nicht. Das Tapioka-Kraut hatte seine Erinnerung gelöscht und es würde eine Zeit lang dauern bis diese wiederkehrte.

»Das ist ein Skandal , mein Lieber und ich werde mich beim zentralen Götterkomitee

über Ihr liederliches Verhalten beschweren.«
Sprach's und war die Tür raus! Synthis gab Flick draußen ein High-Five. Sie lachten noch, als sie schon die dampfenden Sümpfe des Nonex überflogen.
Mit einem Mal stutzte die Göttin und verstummte, denn unten am Boden entdeckte sie etwas ganz und gar Absonderliches.

12 - Verwandlung

»Vieles ist nicht so, wie es scheint - das Wenigste sogar. Unsere Augen sehen nur das Offensichtliche. Unsere Finger berühren die Oberfläche der Haut. Das, was darunter liegt, ist nur für unser Herz bestimmt und der, der die Botschaft lesen kann, ist wahrlich groß vor sich und der Welt.«

Ich folgte Phoebe, wenn auch widerwillig, in den Höhlengang, denn im hinteren Winkel meines Gehirns kitzelte mich das Gefühl, das keinen Namen hat.

Dieses ist ausschließlich dafür da, uns Gefahr anzuzeigen.

An der Wand hingen etliche buntleuchtende Punkte. Sie waren faszinierend und summten elektrisiert.

»Was ist das?«

Ich berührte einen Grün-Rosafarbenen, der gleich darauf mit wütendem Brummen reagierte.

»Es sind Feuerkäfer! Sie kommen aus Kathangoo! Man nennt sie Stylex. Lass lieber die Finger weg!«

Ich behielt die Hände bei mir.

»Sieh!« Das Mädchen hielt die Fackel hoch.

An den Felsen waren herrliche Wandmalereien. Sie schienen sehr frisch. Auf einer war eine Frau mit rotem Haar abgebildet. Sie wirkte jung und ritt auf einer großen Fledermaus. Sie landete auf einem hohen Berg.

»Das ist Seth-Kathengi, die Blutgöttin!«, erklärte Phoebe.

»Sie ist wunderschön!«

»Ja, das ist sie.«

»Was ist das?« Ich zeigte auf ein dunkles Band mit glitzernden Tupfen.

»Das ist der Nonex, er durchfloss Kathangoo unterirdisch und ich denke dieser See wird von ihm gespeist.«

»Da hinten ist der Vulkan. Er bricht aus.«

Ich zeigte auf ein Bild neben einem lila Käfer.

»Der Vulkanausbruch hat alles verändert. Wir müssen zurück in unsere Heimat und uns eine neue Zuflucht schaffen. Aber ich habe Angst. Ich weiß nicht, ob ich mich an ein Leben unter der Erde gewöhnen kann.«

Das Mädchen ließ den Kopf hängen.

»Aber Phoebe, wir sind Menschen, wir können uns an alles gewöhnen. Schau mal, früher hat mich alles genervt. Ich wollte nicht mit meiner Mutter und ihrem Macker in einem Zimmer sein. Und nun wünsche ich mir nichts mehr, als noch einmal ihre Hand zu halten und den Duft ihrer Haare zu riechen.«

Phoebe stieß hörbar die Luft aus, es war ein sehr genervtes Geräusch: »Ey, Gefühlsduselei ist echt nicht meins.«

Ich starrte sie an.

»Du Kleiner, bist kein Ook-Ahn mehr, übrigens genau so wenig wie ich. Und - ganz im Ernst - mir geht das auch am Arsch vorbei.«

»Phoebe, warum bist du denn so?«

Sie riss sich los und stapfte weiter den Gang entlang.

Da war auf einmal ein tiefes Summen und es kam nicht vom leisen Vibrieren der leuchtenden Käfer. Da flog etwas anderes, größer und hell wie ein Funke an Phoebes Kopf vorbei. Ich konnte sehen, wie sie zusammenzuckte. Eigentlich setzte sie an, weiter in diese Unterwelt hineinzugehen. Ich roch auf einmal etwas, es war Schwefel vermischt mit Honig. Ich hörte ein Geräusch, als ob von ferne eine Riesenwelle auf uns zurollte.

»Bitte Phoebe, komm! Lass uns abhauen!«

»Was willst du Pisser, du Angsthase? Alles ist doch gut, oder? Was soll passieren?«

Ich wusste nicht, was passieren sollte, aber ich wusste, es war nichts Gutes.

Hinten im Gang, war ein Glühen und Brausen. Ich zog an ihrer Hand: »Lass mich ein Pisser sein, aber komm bitte!« Sie erschrak und ließ die Fackel fallen. Wir rannten den Gang entlang, als sei der Leibhaftige hinter uns her. Und etwas kam da heran. Es waren glühende Viecher. Ich war als Erstes am Wasserbecken und ich hielt mir keine Operetten und sprang hinein. Hinter mir kam das Mädchen und eine Wolke dieser angriffslustigen, leuchtenden Insekten schossen durch den Wasserfall wie Kugeln aus einem Colt.

Ich jedoch kannte nur eine Richtung, wir mussten unter den Wassermassen hindurch tauchen.

»Lieber Gott, lass es uns schaffen!«

Ich schwamm mit ausdauernden Zügen ein paar Meter in die Tiefe. Doch bald spürte ich den Druck des Wassers, wie es über mir einschlug und mich um die eigene Achse drehte. Ich wusste nicht mehr, wo oben und unten war. Da sah ich Phoebe wie sie die Augen aufriss und mir unter Wasser ihre Hand entgegen streckte.

Ich griff sie und ich zog mit all meiner Kraft.

»Fly, der Sprung ist scheiße gewesen. Du bist ja verkrampft, wie ein Nerd vorm ersten Date. Schau dir den da hinten an!«

»Echt jetzt? Der Typ ist einen Kopf größer als ich. Der hat ja mindestens Schuhgröße 50. Das ist unfair!«

»Immer dieses Gejammer! Spring und gib dein Bestes! Warum heißt du Fly?«

»Die Jungs sagen, ich könnte fliegen!«

»Dann flieg, verdammt! Flieg!«

Ich rief mir die Worte des Trainers ins Gedächtnis zurück. Er hatte mich ein bisschen hart herangenommen und immer wieder mit der Leier begonnen, dass nur der gewinnt, der es wirklich will. Und ich wollte Phoebe wirklich retten. Es war fast, als hielte eine unsichtbare Macht sie unter Wasser. Ich zog, ich zerrte. Über mir war Licht. Leider drehte es sich wie die Trommel einer Waschmaschine im Kreis und dann Riss das Band und wir waren oben.

Zu allem Überfluss war die Oberfläche des Sees nicht glatt wie heute Mittag, sondern Wellen pflügten von links nach rechts und ich hatte Mühe Phoebe oben zu halten. Sie spuckte Wasser und war wieder einigermaßen bei sich.

Ich reckte die Nase über die Oberfläche, ein unbekannter Geruch lag in der Luft, am Himmel rasten Wolken und es begann zu schütten. Unter Wasser schillerten goldene Umrisse und irgendjemand jaulte schrill.

Ich bekam kaum noch Luft: »Was ist hier los?«

»Xinidae! Raus hier!«, keuchte sie.

Wir strampelten und paddelten tapfer gegen die Strömung. Plötzlich tat mir das Bein weh. Gleich darauf löste sich der

Schmerz in Wohlgefallen auf. Ich hatte dasselbe Gefühl, wie gestern, als dieses Wesen aus dem Dunkeln an mir getrunken hatte. Ich hörte auf zu schwimmen. Goldene, große Fische waren um mich. Sie hielten mich, sie sangen. Ich wollte mehr von dem süßen Gefühl, dass mich schweben ließ. Neben mir waren Monster, die an Phoebe saugten und rissen. Bei mir waren goldene Engel. Aber sie...wurde mitgezerrt.

Da wurde ich wütend, der Zorn stieg wie Glut in mir auf. Oben am Himmel schien der Vollmond. Plötzlich verwandelte ich mich. Mir wuchsen Zähne, die so spitz waren, dass sie mühelos eine Dose durchgebissen hätten. Ich entwickelte Krallen, scharf wie Messer und ich wusste mit einem Mal, dass ich am Ende der Nahrungskette stand.

»Ob etwas wirklich ein Monster ist, kommt immer auf den Vergleich an.«

In mir brannte Feuer, es war das Feuer der Trauer um ein verbranntes Leben, das sich nie wieder leben ließ.

Um mich her war Blut, doch es war nicht meins und nicht Phoebes.

Ich legte sie auf die Sandbank, von hier war es nicht mehr weit zum Ufer.

Ich brauchte nur mal eine Pause. Ganz kurz nur! Es regnete auf meinen Mund. Ich zitterte, der Schmerz kam zurück. Ich krümmte mich. Das Mondlicht beschien mich. Es ließ mich leiden. Nein, ich starb. Doch Phoebe atmete.

Das ließ mich ruhig werden.

Es ist die Frage, ob man träumt, bevor man stirbt.

Ich für meinen Teil tat es.

Ich träumte ich wäre ein Raubtier mit einem unbändigen Willen und unbändigem Blutdurst. Ich war beharrt und riesig und selbst ein Grizzly hätte mir nichts anhaben können. Denn ich war der Tod selbst.

Ich pflügte mit meinem mächtigen Leib durch das Wasser. Links und rechts von mir trieben Teile der Wesen, die sie Monster genannt hatten.

Doch im Gegensatz zu diesen Fischköpfen hatte ich noch eine Seele und ich nahm etwas wahr - einen anderen meiner Art.

Am Rande des Sees stand er auf den Hinterfüßen und vor ihm schwebte Phoebe in der Luft. Das Untier heulte und versuchte ihren Fuß zu schnappen. Mein Hirn war blockiert. Aber ein Gedanke kam hindurch:

»Phoebe retten!«

Ich sauste auf meinen Rivalen zu. Das Wasser spritzte links und rechts.

Klein? Ich war niemals klein gewesen.

Mensch? Was war das?

Sein geiferndes Maul kam meiner Freundin zu nah. Ich schrie: »Hey, du Hundesohn! Weg von ihr!« Doch aus meiner Schnauze kam nur ein langgezogenes Heulen, das alle Tiere dieses Waldes wissen ließ, dass der Tod umging. Er verstand mich. Er drehte sich um und heulte auch. Der Werwolf knurrte und warnte mich. Obwohl ich in diesem Traum ein Riese war, war ich nichts gegen ihn. Mein Fell war heller. Seines war schwarz wie die Nacht. Er überragte mich um fast einen Kopf. Doch ich dachte an meinen Coach und das, was er ständig wiederholt hatte: »Es gewinnt immer derjenige, der es am meisten will.«

Ich zog ihm im Laufen die Krallen meiner Rechten über seine linke Flanke und als er herumfuhr sprang ich dem Drecksvieh auf den Rücken und biss ihm in den Nacken. Einmal, zweimal, ich schmeckte warmes Blut.
Unverwundbar war er also nicht. Er war stark aber ich war schneller. Der Ungeheuer jaulte und er schaffte es mich abzuwerfen. Ich musste mich von dem Sturz berappeln, da zog er mir die Krallen quer über die Brust.

Schmerz ist ein weites Feld: Manche fühlen ihn, manche fühlen ihn nicht. Ich für meinen Teil war jenseits dessen. Er wollte mir noch eine verpassen und ich rollte mich zur Seite und schoss nach vorne. Ich biss zu und riss ihm ein Stück Fleisch aus der Wade. Er winselte. Er jaulte und ich war auf allen Vieren und knurrte ihn an. Da war dieses Summen von Phoebes unsichtbaren Fesseln. Es tat in meinen Ohren weh. Ich beschützte sie und meinem Gegenüber war klar, dass ich bis zum Äußersten gehen würde.
Er knurrte und fiepte. In meinem Kopf kam etwas von helfen wollen an. Dann trollte er sich Richtung Schenke.

Ich trug Phoebe später den Hügel hinab. Ich hatte das deutliche Gefühl, dass da außer uns noch jemand war. Ein drittes Raubtier, das noch beobachtete.

Auf dem Weg sah ich die braune Ziege, die so viel Angst vor mir gehabt hatte. Sie lag ausgeweidet zehn Meter vor der Tränke. Doch ich roch, dass es kein Wolf gewesen war. Und dieser Killer hatte unter anderem ein Messer benutzt.

Als der Traum zu Ende ging, lag Phoebe im Gastraum auf einer Bank und ich auf dem Teppich, den die verbrannte Frau Flick genannt hatte. Der Mond verbarg sich gnädig hinter den Wolken und ließ meinen gequälten Körper ruhen.

Fünfundzwanzigste Legende

Lia vermisste Peresce. Immer wenn ihre Zeit es erlaubte und ihr Gatte nicht da war, sah sie sehnsuchtsvoll in seinen Spiegel und rief ihn leise. Sie rief ihn nicht mit Worten, sondern in Gedanken, weil das normalerweise ohnehin besser geht. Aber keine Antwort!

Tag für Tag wandelte Lia auf dem wunderschönen Sambal, in den blühenden Gärten, auf den abgegrenzten Wegen. Nur Schönes kam ihr zu Gesicht. Lächelnde Mienen, die warme Worte sprachen, Insekten mit bunten Flügeln, die nicht stachen. Jeder und alles in der jungen Welt neigte vor Lias perfekter Gestalt das Haupt. Sie aber wurde launisch und ihr Dasein schien ihr trüb und grau.

Während sie sich nach dem Nyx, aus der Quelle Ladrista, sehnte, verabscheute sie die Liebkosungen ihres Gatten, Modera.
Er war ihr einfach zu vertraut und diese Langeweile hing ihr zum Hals heraus.
Außerdem schien diesen eitlen Fatzke in keiner Weise zu interessieren, wie es in ihr aussah. Beinahe dünkte es ihr, als sei sie ihm nur ein kostbares Kleinod, dass es zu besitzen galt.

Auch ihrer Freundinnen Uma und Dillaria war sie überdrüssig. Sie umsorgten und betüddelten sie. Doch Lia gelüstete es nach der Wahrheit. Sie wollte keine Gärten mehr, keine Springbrunnen.
Ihr verlangte es nach dem Unkraut und dem Unterholz des Waldes. Sie wollte wildes Wasser und Stromschnellen.
Also stöhnte sie auf den immer gleichen Spaziergängen bei dem immer gleichen Geplänkel.

»Was ist mit dir, Schwester? Ist es nicht herrlich hier?«, fragte Uma, die Göttin der Schönheit.

»Doch!«, antwortete Lia. Es war die Wahrheit und dennoch brannte ihr Herz.

»Und geht es dir nicht gut?«, erkundigte sich Dillaria, die Göttin des Mitgefühls.

»Schon!«, entgegnete Lia.

Auch das war die Wahrheit. Wie alle jedoch wissen, ist diese leider dehnbar.

Richtig war außerdem, dass sie sich zu Tode langweilte. Sie sehnte sich bei jedem Schritt und jedem Atemzug nach Peresce. Sie wollte seinen Blick spüren, seinen Mund an ihrem.

So spähte sie vom Steilhang in den Hain, wo sie die Quelle vermutete.

Was sie nicht wissen konnte: Die Quelle Ladrista befindet sich nicht immer am gleichen Platz. Zuweilen findet man sie auch woanders und das gilt dann ebenso für ihren Hüter.

»Bist du unpässlich?«, fragte Dillaria.

»Ja, leider fühle ich mich ziemlich schlecht.«

»Hast du schon mit ihm geredet?«

Kurz überlegte sie, doch natürlich meinte Uma ihren Gatten.

»Noch nicht!«, gab sie zur Antwort.

In Wahrheit widerstrebte es ihr, ihren Mann anzulügen, denn Lia wusste, dass es Peresces Kind war. Nur das würde sie Modera niemals sagen.

Am nächsten Morgen tat sie so, als ob sie sich unwohl fühle und schickte ihre Freundinnen fort. Als sie gegangen waren, schlüpfte sie aus dem Fenster und lief zum Hain. Lia durchstreifte ihn und rief ihren Liebhaber. Da kam sie zu einer Hecke und die tat sich auf. Endlich stand er mit seinem verschmitzten Lächeln, seinen wuscheligen Haaren und seinen Sommersprossen da. Er freute sich und zog sie zu sich: »Göttin Lia, womit kann ich dienen?«

»Mit einfach allem, Geliebter!«

13 - Entwünscht

In der Nacht war ich nicht das Raubtier, ich war die arme Seele, die es zerriss. Ich war die Maus in der Falle, die keinen Ausweg fand. Wie auch? Mein Gefängnis war nicht dieser Verschlag, es war nicht dieses Gehöft im Nirgendwo. Mein Gefängnis war mein eigener Körper.

Ich wälzte mich hin und her, in mir brannte ein dunkles Feuer, das der Mond anfachte.

Ich hatte Erinnerungen, an mein früheres Leben. Ich war kein guter Mensch gewesen, kein guter Freund. Ich hatte meiner Mutter ihr Liebesglück nicht gegönnt. Ich hatte meine Mädchen beleidigt und verstoßen, als ich noch Fly gewesen war.

»Ach Fly, was meinst du?«, hatte Moni mich gefragt, als wir im Freibad saßen, soll ich vielleicht doch lieber den gelben Bikini?«

»Ne«, ich riss die Packung Chips auf, »besser lässt du das T-Shirt an, sonst siehst du wie eine Presswurst aus.«

Nie könnte ich ihr entsetztes Gesicht vergessen. Ich hatte das damals irre lustig gefunden. Es war nicht einmal ernst gemeint gewesen.

Sie aber, die Moni mit den Locken und den dunklen Augen - sie zog die Schuhe wieder an und ging einfach. Sie sagte gar nichts. Ich schwieg ebenso und bin ihr nicht nachgelaufen.

So war das damals gewesen. Heute dachte ich: »Recht hatte sie gehabt! Die beste Küsserin der westlichen Hemisphäre musste sich das von einem eingebildeten Schnösel wie mir nicht anhören.«

Heute hätte ich mich gerne entschuldigt - bei Moni, bei Lou oder sogar bei dieser doofen Agnetha.

Ne, das vielleicht denn doch nicht.

Stimmen wurden laut. »Er hatte sich verwandelt. Das hätte ich nicht so schnell vermutet.« Das war Martha.

»Was ist das an seinem Handgelenk? Ist es das, was ich denke?« Das war, glaubte ich, Jorik.

»Sie sucht einen neuen Dak-Jin und sie benutzt Phoebe als

Gefäß, um stärker zu werden.«

Der, den ich als Broof kennengelernt hatte, sprach.

»Vielleicht sollten wir sie gewähren lassen. In einem neuen Kathangoo muss es auch eine wie sie geben und am Ende ist er doch nur ein Sklave. Er hat Ja gesagt.«

»Nur, Broof, ich habe da einen Einwand«, entgegnete Jorik, »denn er ist kein Ook-Ahn. Er ist ein Werwolf und ich denke, er hat Browny abgeschlachtet.«

Ich wollte etwas daraufhin sagen, denn das war ich nicht gewesen. Doch meine Lider waren meine Rüstung und mein Schlaf war mein Schild. So lange ich nur die Augen zuließe, konnte niemand mir etwas.

»Er hat mich angegriffen - der Dreckskerl - und Wunden, die ein anderer Werwolf schlägt, heilen schwerer. Tut weh wie Sau!« Sladi redete da.

Ich hatte doch nur das andere Ungeheuer verletzt.

Hieß das, er war das gewesen?

»Er ist gefährlich. Wir sollten ihn ausschalten, so lange wir die Gelegenheit haben.«

»Ja, er ist gefährlich und ja er ist stark«, mischte sich Martha ein.

Ich roch ihre Zigarre in meiner empfindlichen Nase.

»Aber umbringen? Nein? Er hat Ja gesagt, dadurch ist er unser Sklave geworden und es ist gegen das Gesetz ihn grundlos zu töten. Ein Vertrag ist zustande gekommen!«

»Er hat mir ein Loch ins Bein gebissen, sicher entzündet es sich.«

»Ach halt s Maul, Sladi!«, brummte eine dunkle Stimme – Oro. »Willst du ihn ernsthaft umbringen, weil er ein Werwolf ist? Du bist selbst einer.«

»Ich habe mir das nicht ausgesucht«, protestierte Sladi.

»Er aber auch nicht!«

»Du blöder Bettvorleger! Halt deine Schnauze im Zaum!«

»Ich«, erörterte der Bären-Mann, »brauche keine Angst vor dir zu haben.«

Sladi machte ein schmatzendes Geräusch: »Bist du sicher?«

Der magische Schlaf der Verwandlung zog mich tiefer und

tiefer hinab, das Letzte, was ich hörte, war etwas von Martha: »Ich beschließe, er wird noch bei uns bleiben, denn es könnte sein, dass er der Finder ist und Imri will von ihm trinken. Wir tolerieren es, denn sie muss zu Kräften kommen…kann nicht mehr lange den Verwandlungszauber aufrechterhalten, denn andere Kräfte sind am Werk und arbeiten im Verborgenen.«

Diese Nacht schien mir länger und dunkler als andere Nächte und am Morgen erwachte ich mit einem schrecklichen Kater. Jeder Muskel in meinem Körper tat weh, als hätte ich zuvor einen Marathon gemacht.
Ich war in den Teppich gerollt, den das Wesen aus dem Bauwagen hatte fliegen lassen. Was hatte sie wieder gesagt? Es wollte mir partout nicht einfallen. Inzwischen war ich aufgestanden und erschrak, weil ich nackt war.
Wo war meine Hose geblieben? Aber noch etwas anderes war seltsam. Zwar war ich immer noch nicht wieder Fly, denn dafür war meine Haut zu dunkel. Zumindest jedoch war ich wieder in etwa so groß wie mein altes Ich.

Unschlüssig kratzte ich mich am Kopf und fühlte dichte, lockige Haare. Ich erinnerte mich, dass auf dem Regal, das umgefallen war, ein paar Klamotten gelegen hatten. Vielleicht hatte ich ja Glück. Immer noch lag das Gestell auf den Glasscherben, denn ich hatte noch keine Zeit gehabt, das Tohuwabohu zu beseitigen. Mir stieg süßlicher, etwas vergorener Geruch in die Nase, Marmelade oder so etwas. Mein Magen krampfte sich vor Hunger zusammen.
Vorsichtig durchsuchte ich die Dosen und das Glas, die Werkzeuge und den Stoff. Da ich ja noch immer keine Schuhe besaß, musste ich höllisch aufpassen, dass ich meine Füße nicht verletzte. Erstmal stellte ich die Etagere wieder hin, dann begann ich in den runtergeschmissenen Sachen zu wühlen. Ich hatte so Hunger. Bei meiner Suchaktion kamen mir die Ereignisse von gestern in den Sinn und ich sah mich als haariges Monster, wie ich durch den See lief. Und dann fiel es mir wie ein Blitz wieder ein, dass Phoebe angegriffen worden war und ich sie verteidigt hatte.
Ich war ein Werwolf gewesen. Wie zur Hölle? Ich sah auf meine Brust, wo bereits ein paar schüttere Haare sprossen.

Dort erstreckte sich eine lange Narbe. Sie war aber bereits verheilt. Wie konnte das sein?

Da unten lag ein geschlossenes Einmachglas. Ich sah hinein. Könnten eingelegte Pflaumen sein.

Es war mir egal und wenn es eingelegte Kuhfladen gewesen wären, ich hätte sie auch gegessen. Ich riss den Deckel herab und fischte mit den Fingern nach den Früchten. Sie schmeckten wunderbar süß. Die nächsten und übernächsten schmeckte noch besser und dann erst der Sud. Mein Bauch war schon voller, doch ich hätte noch gekonnt. Unter dem ganzen Kladderadatsch lagen scheinbar Klamotten. Ich zog sie aus dem Dreck und begann sie anzusehen. Die ersten beiden waren altmodische, lange Kleider mit Rüschen am Revers und ausgestellten Ärmeln. Ich grinste. Das wäre ja mal ein geiler Aufzug. In dem zweiten Kleid befand sich ein Spiegel, der war sehr schön und bis auf einen Riss oben links unversehrt.

Ich sah hinein und bemerkte, dass ich immer noch ein Zigeunerjunge und nur älter als vorher war. Ich war beinahe ein Mann. Meine Haare waren dunkler Samt, meine Augen

Bernstein und wenn ich so an mir herunterguckte, dann war ich zumindest wieder bewaffnet.
Ich versteckte den Spiegel in dem Kleid und legte es sorgsam ganz oben auf das Regal. Das nächste war eine grau-blaue Stoffhose und darunter zog ich ein rotes Hemd hervor, das sah wirklich aus, wie die Klamotten des Fahrenden Volkes. Die Hose passte einigermaßen und ich machte das Band an der Taille etwas enger. Die Hosenbeine fielen weit und an den Knöcheln war ein Gummi eingezogen, so dass sie einen leichten Puffeffekt hatten. Das Hemd hatte einen eigenartig eckigen Ausschnitt, der mit schnörkeligen Stickereien verziert war. Leider war es am linken Ärmel mit Pflaumenmus verschmiert, in das es gefallen sein musste.
Plötzlich roch ich Zigarettenrauch und drehte mich um. Jorik stand im Türrahmen, als ich mich umdrehte, sagte er nichts, starrte mich aber aus großen Augen an.
»Ich muss mal pissen!«
Ich wollte mich an ihm vorbeiquetschen, der Faun erschrak jedoch und machte mir Platz.

Auf dem Hof sah ich mich nach dem nächsten Baum um. Ich stützte mich mit der Linken ab und pinkelte.

»Martha will dich sehen!«, erklärte der abgewetzte Küchenhelfer.

Ich ging auf ihn zu: »Gib mir mal ne Kippe!« Er fummelte in seiner zerknitterten Jacke und hielt mir eine hin. Ich sah, wie seine Hand zitterte. Als ich die Kippe angesteckt hatte, zog ich. Der Himmel tat sich auf.

Jorik biss sich auf die Lippe.

»Ich habe keine Ahnung, was gestern Nacht passiert ist, doch ich verspreche dir, das mit der Braunen war ich nicht.«

Der Tza-Tseck nickte: »Ich muss dann mal, ich richte die Zirkuswagen. Wir fahren bald auf ein paar Jahrmärkte.«

Mein Blick schweifte zu den Käfigen. Sie waren offen und Farbeimer standen davor. Broof war dort, winkte mit einem Pinsel und grinste.

»Wo ist der Inhalt?«

»Welcher Inhalt?«

»Verkauf mich nicht für dumm!«

Er verzog nur sein Gesicht, das eh schon ziemlich zerknauscht wirkte. Da spürte ich einen Blick, der sich unangenehm an mich heftete. Ich sah Sladi bei den Ställen, wie er eine gecheckte Stute striegelte.

Wenn er ein Werwolf war, warum hatten die Tiere dann keine Angst vor ihm?

Die Braune jedenfalls, die hatte es gewusst, noch bevor ich es selber ahnte, was mit mir los gewesen ist.

Sladi tätschelte das Pferd und pfiff nach Jorik.

»Bis später, Shoot!«

Ich traf Martha im Gastraum, sie wischte die Tische ab.

Als ich eintrat, sah sie auf: »Wie geht's?«

»Och«, ich schob mit dem Fuß einen Stuhl vom Tisch weg und setzte mich immer noch rauchend, »ich bin gestern mir irgendwelchen Drecksviechern im See baden gewesen und hab mich in ein Ungeheuer verwandelt, danach habe ich mich mit einem anderen Monster angelegt und Phoebe gerettet. Könnte nicht besser gehen!«

»Erzähl mir was Neues, Junge! Und lüg mich nicht an!«

Die Alte schlug mit der Rechten auf den Tisch. Ich drückte die Kippe am Stuhlbein aus:

»Gibst du mir dann, was Richtiges zum Essen?«

»Ja!«, versprach sie.

»Was willst du wissen?«

»Warum hast du mir nicht gesagt, dass du gebissen wurdest? War es ein Wolf?
War es auf dem Weg hierher im Wald?«

»Nein«, ich musste ein wenig lachen, »es war ein kleiner Staubwedel, so ein winziger Kläffer, den man auf den Schoß nimmt. Ich hab kein Plan warum…«

»Ich auch nicht, aber ich glaube dir! Ich sehe, Imri hat von dir getrunken.« Sie nickte in Richtung meiner rechten Hand, wo die frische Narbe war.

»Ja, hat sie.«

»Wie hat sie es gemacht?«

»Ich habe keine Ahnung. Sie hat mich irgendwie antanzen lassen.«

»Sie hat Doljeste gemacht. Damit kontrolliert man den Geist der anderen. Man kann ihnen Lust bringen oder Verderben«, erklärte die Alte.

»Und als sie trank, hat dir das gefallen?«

»Ich würde dafür sterben!«

»Pass auf, dass das nicht passiert. Sie muss sich stärken, denn sie ist geschwächt. Als Kathangoo unterging, war Broof ihr Dak-Jin. Sie hat von ihm getrunken und sie genoss es, denn er hat magisches Blut. Allerdings wurde sie im Vulkan verbrannt, deshalb ist sie nicht mehr allmächtig und muss trinken. Sie hat dich auserwählt und wird dich schützen. Wir aber brauchen sie, um ein neues Reich aufzubauen.«

»Darf ich dich etwas fragen?«

»Ausnahmsweise, weil du Phoebe gerettet hast!«, meinte Martha gnädig.

»Komme ich wieder zurück, also zurück zu meiner Mutter?«

»Ich denke eher nicht. Außerdem, wie willst du es machen? Sieh dich an!«

Diese Äußerung verletzte mich. Warum war sie so grausam?

Sie hätte wenigstens lügen können.

Mit einem Mal hatte ich einen Kloß im Hals. Meine Augen wurden feucht: »Aber, ich bin jetzt größer! Das heißt doch, dass dein Zauber nicht mehr wirkt, oder?«

»Ja, du hast recht. Mein ganzer Schutzzauber ist mürbe und ich kann die Schenke und den Hof nicht länger tarnen. Oder was denkst du, weshalb der Don sich bei seinem Besuch nicht über Gäste wie Oro oder wie Pong, den Vogelmann, gewundert hat?«

Ich zog die Schultern hoch.

»Ich habe dieses Stück Land mit einem mächtigen Schutzzauber belegt. Denn eigentlich gehört es erstens überhaupt nicht hierher und zweitens können ungebetene Ook-Ahn nicht sehen, womit sie es zu tun haben. Aber aus irgendwelchen Gründen funktioniert es nicht mehr so gut. Eventuell ist es, weil ich krank bin.«

Sie hustete wie bestellt.

Ich war verzweifelt und ließ den Kopf sinken. Ich heulte.

Dann suchte ich ihren Blick. Sie war mein Strohhalm, mein

Rettungsreif, nur sie konnte mein Schicksal noch einmal drehen: »Martha, ich bitte dich, heb diesen Fluch auf, lass mich nach Hause gehen!«

Sie schwieg und betrachtete mich wie ein ungewöhnliches Insekt.

Ich ließ mich auf die Knie fallen, der Tiefpunkt war erreicht.

»Egal, was du mir zeigen wolltest, ich hab s verstanden. Ich weiß jetzt, dass ich als Fly ein Arschloch gewesen bin, ich habe die Menschen scheiße behandelt. Aber Martha, verzeih mir, ich entschuldige mich auch!

Das ist zu hart. Bitte!«

»Steh auf! Das kann ich nicht. Nicht im Moment!«

»Bitte, bitte, ich flehe dich an! Lass mich gehen!

Lass mich wieder Fly sein!«

Sie sah auf mich herab, ich schämte mich. Aber es war egal, ich hatte es wirklich gerafft. Ich hatte mich geändert. Ich wollte kein Spacko mehr sein. Ich wollte einfach heim.

Sie sah mich mit ihrem einen Auge an und sie schaute in mein Herz.

»Du kannst nicht heimgehen, denn du bist ein Daer. Wir sind ausgestoßen. Aber ich sage dir etwas. Du bist der Finder und wenn du den Eingang erkennst, tue ich, was ich kann. Dann darfst du zurück. Doch ich sage dir, das wirst du danach nicht mehr wollen.«

Ich erhob mich und wischte mir mit dem Handrücken über die Augen. Diese alte Krähe hatte mich sehr gedemütigt und ich war ernsthaft sauer.

»Was willst du essen, Shoot? Sag es!«

»Lass stecken, du alte Nebelkrähe!« Zielstrebig ging ich durch den Gastraum. Ich kam an einem unabgeräumten Tisch vorbei und wischte mit dem Unterarm alle Teller, Gläser und Humpen von der Platte. Obwohl kein Mond schien, spürte ich den Wolf in mir. Ich drehte mich um und knurrte sie an. Die alte Hexe lachte nur.

Sechsundzwanzigste Legende

Der kleine Hoenir schlief noch am frühen Morgen als die Pfeilschnecken über die langen Stängel des Süßsumpfkrautes krochen.
Er lag auf dem riesigen Seerosenblatt und träumte davon eine erschreckende Gottheit zu sein, genau wie seine Frau Mama.
Er schlummerte noch immer, als die Plattbauchunken zu quaken begannen.
Leider erwachte er ebenso wenig, als das Wetter auffrischte und der unstete Wind Wolkenfetzen am Horizont entlang trieb.
Da nämlich wurden die Xinidae, jene Wasserwesen, die ihren armen Opfern Schönheit und Erfüllung vorgaukelten, während sie ihnen den Lebenssaft aussaugten, munter. Dies war

ihre Stunde. Es war auch die Stunde des Sturmes, der Wellen und der Irrlichter.

»Komm mit uns, oh Klein-Ding! Folg uns nach,
Klein-Fein! Soll dein Schaden nicht sein!«

Die Irrlichter tanzten und lockten. Manch einer rieb sich die Augen und spitzte die Ohren.

»Wohin und woher, es ist nicht so schwer.
Spring zu uns herein, Klein-Fein!
Sollst unser sein.«

Die Xinidae verfolgten, zunächst lautlos, die Spur - wie alle Jäger es tun. Sie tauchten unter das Blatt und beobachteten seine Ausbeulung unter Wasser. Eine Xinidae war sehr schamlos und neugierig. Während alle anderen bereits engelhafte Gesänge anstimmten, biss sie herzhaft in das ausgebeulte Blatt. So gab es im Babypopo einen Schmerz und sogleich begann Hoenir wie eine Sirene zu jaulen. Er heulte und heulte, dass alle in der Ebene sowie im Wald sich frugen, was denn das sein könnte.

Eigentlich hätten auch Terester und Seth-Kathengi das Baby hören müssen, doch ihre Freude über ihr Wiedersehen war so groß und die Erschöpfung der letzten Tage forderte ihren Preis, so dass beide eingeschlafen waren.

Die Schlange Lechu aber, hatte scharfe Ohren - auch wenn man sie nicht sah - und sie züngelte in Richtung des Lärms und stieß Zuzu mit ihrem Schlangenschwanz an. Zuzu drehte ihr Fledermausradar zu dem Geräusch hin:

»Das ist eindeutig Hoenir, Lechu!
Er lebt!«

Die große, buntschillernde Schlange nickte.

»Ich fliege los, um ihn zu retten! Sag du es den Schlafmützen!«

Lechu winkte mit ihrem Schlangenschwanz und Zuzu war schon hoch in der Luft und umflog gerade eine Ansammlung stürmischer Kumuluswolken.

Zeitgleich überflogen Synthis und ihr getreuer Teppich, Flick, den Nonex-Sumpf. Sie lachten immer noch über Tickis Dummheit.
Was sie nicht wussten: Der Star, Salidor, folgte ihnen.
Was sie genauso wenig wussten, war, was das da unten im Sumpf für ein Höllenlärm war.
»Geh mal tiefer, Flick! Das will ich mir ansehen!«
»Sehr wohl, Ihro Vorwitzigkeit!«
Flick unterflog gehorsam die Sturmböen und seine Herrin entdeckte den kleinen, ungehaltenen Gott.
Die Xinidae waren zwar von Hoenirs ungewöhnlich starker Lungen sehr beeindruckt und erst einmal zurückgewichen, doch zwei sehr dreiste wollten es genau wissen.
Sie stimmten ihren Sing-Sang an und das Baby war drauf und dran sich über den Rand des Seerosenblattes zu lehnen. Die Irrlichter wussten selbst nicht mehr, wo oben und unten war und

flogen durcheinander wie betrunkene Glühwürmchen.

Eine Xinidae, die nämlich, welche dem Schreihals am nächsten war, tauchte unter und Synthis wusste, was nun passieren würde. Sie würde vor dem Baby auftauchen und es in die Tiefe ziehen. Dann würde es zu spät sein.

»Schneller Flick, flieg tief! Ich will ihn retten!«

»Sehr wohl, Ihro Heldenhaftigkeit!«

Flick sauste knapp über der Wasseroberfläche entlang. Er gab richtig Gas und dennoch es war sehr knapp. Die Xinidae war fast bei dem Blatt. Sie konnten ihren goldenen Umriss unter Wasser erkennen.

»Noch schneller!« Der Teppich gab alles. Nie war er fixer, denn er wusste, Synthis würde ihn ordentlich ausklopfen, wenn es ihnen nicht gelang, das Kind zu retten.

Der Flugwind zog eine verschwommene Spur auf dem Wasser.

»Jetzt gilt es!« Die Göttin legte sich auf den Bauch und streckte die Arme aus.

»Bei allem …!«

Die Xinidae reckte ihren hässlichen, goldgrünen Kopf aus dem Nonex. Die andere wackelte an dem Blatt, dass der Kleine hin und her hüpfte.

Im letzten Moment erwischte Synthis das Baby an seiner Windel und nahm ihn mit in die Luft.

Die Saugnäpfe des Wassermonsters gingen ins Leere und es gab ein schrilles Quietschen von sich.

»Jawoll, Glück gehabt!«

Das war zwar Ansichtssache. Jedenfalls flog Hoenir mit Flick und Synthis einer ungewissen Zukunft entgegen.

Zuzu bekam die Rettungsszene im Anflug mit, konnte aber nichts weiter tun, als die drei zu verfolgen.

14 - Ausgeflogen

Diese alte Hexe hatte mich gedemütigt. Ich kam in den Verschlag und ich war so wütend, dass ich das Regal, das ich eben erst wieder aufgestellt hatte, mit einem Wisch umwarf und die Dosen und Werkzeuge umher flogen. Meine Wut ließ mich die Scherben in den Sohlen nicht fühlen. Ich schrie und der Werwolf in mir wollte heraus. Dann fiel mir der herrliche Spiegel wieder ein und ich befürchtete ihn zerstört zu haben. Langsam ging ich um das altmodische Kleid unter dem Holzrahmen hervorzuziehen.

Ich atmete auf, denn der Spiegel war unbeschädigt.

Nun setzte ich mich auf den Teppich und sah in das Glas. Ein fremdes, dunkles Gesicht guckte mich fragend an. Es war allerdings verschwommen, denn meine Augen hatten sich mit Tränen gefüllt. Ich sah eigentlich wie eine Miniversion von diesem Sladi aus - leider.

Ich hätte doch etwas essen sollen. Mein Magen war ein einziges Loch, doch wenn ich an das Glas mit Pflaumen dachte, wurde es mir speiübel.

»Wenn ich, wenn ich...!« Sollte ich zurück zu Martha gehen und meine gekränkte Eitelkeit vergessen?

Da hörte ich eine Stimme, sie war voll und wohlklingend, aber ich kannte sie nicht: »Ja, mein Herr!«

Jetzt drehte ich komplett durch. »Was?«

»Nun ich warte schon die ganze Zeit darauf, dass Ihr mir sagt, wohin ihr fliegen wollt. Ihr habt doch `Veni! Veni!´gesagt, oder?«

Der Teppich sprach, ich drehte durch, das war eine Hunger-Halluzination!

»Nein! Ja!«

»Also, wohin soll ich Euch fliegen?«

»Ich überlegte kurz. Flieg mich ins Resort, das an der Küste! Kannst du das?«

»Wir werden sehen! Meint ihr das riesige Gasthaus mit den viele Brunnen? Dort, wo die weißen Leute rot werden?«

»Genau dorthin!«

»Sagt `Aperta´, Herr!«

Ich wiederholte: »Aperta!« Die Tür zur Abstellkammer flog auf und Flick erhob sich etwas. Auch die Pforte zum Hof öffnete sich. Ich sauste durch den Gang.

Als wir die Schwelle überflogen, hätten wir Sladi beinahe umgeworfen. Er versuchte Flick an seinen Fransen zu greifen, doch der war zu schnell. »Hey!«

»Auf Nimmerwiedersehen, du Arschloch!« Wir überflogen Martha in ihrem Schaukelstuhl und ich hörte in meinem Kopf: »Wundert mich, dass er den Dreh erst so spät raushat!«

Ich sah Jorik bei den Ziegen, er spielte die Panflöte. Dieses getragene Lied bahnte sich seinen Weg in den Himmel genauso wie wir. Phoebe sah ich nicht. Ich hoffte, sie gestern nicht doch noch verletzt zu haben.

Meine dunklen Locken flogen. Ich spürte den Flug-Wind und es war das erste Mal seit meiner Ankunft, dass ich mich frei fühlte. Ich atmete tief ein:

»Ich danke dir! Soll ich dich Flick nennen?«

»Ja bitte, Herr! Es ist mein Name. Das ist, weil ich schon einmal geflickt worden bin.
Aber das gebe ich nicht gerne zu.«

»Du kannst Shoot zu mir sagen!«

»Soll ich Herr Shoot sagen?«

»Das muss nicht sein! Meinst du, wir können den Bannkreis durchbrechen?«

»Es gibt da so eine Stelle und ich kenne sie!«

»Dann nix wie los!«

Wir stiegen hoch über den Vulkan, ich roch den Schwefel und Flick schwenkte nach links über den Urwald. Die Affen brüllten, als wir über die riesigen Baumkronen flogen.
Ich sah den Strand von oben, Menschen badeten und Kinder johlten, als sie über die Wellen sprangen.

»Ach Gott, werden sie uns sehen?«

»Nein«, versicherte Flick, »Sie sehen nicht uns, sondern einen Lenkdrachen oder einen Greifvogel. Das hat Martha mit einem Wandlungszauber gedeichselt.«

»Ist sie krank?«

»Niemand weiß es so genau, aber sie ist angestrengt und das mit Imri zehrt an ihr.«

»Da hinten, flieg auf den mittleren Balkon, Flick!«

Wir hatten das Zimmer vor drei Tagen überstürzt verlassen und seltsamerweise hatte die Putzfrau die Balkontür nicht geschlossen. Die Balkone der Appartements waren versetzt angeordnet, so dass ihre Seitenansicht einer flachen Treppe glich.

Ich stieg von dem Teppich ab und er kam hinter mir in das Hotelzimmer geschwebt und legte sich gehorsam vors Bett. Das war frisch bezogen, Papas Anzüge hingen aufgebügelt mit einem Zettel über dem Sessel.

Flick rutschte etwas zu dem Sitzmöbel, das mit hellblauem Stoff, auf dem rosafarbene Blüten prangten, bezogen war: »Hallo, Süße!«

Andächtig strich ich über das makellose Kopfkissen. Weichspüler-Duft stieg mir in die Nase und ich atmete tief ein. »Herrlich!« Ich kratzte mich am Kopf. Scheinbar hatte das Personal noch gar nicht bemerkt, dass Dad und ich verschwunden waren. Das Hotel war für eine Woche bezahlt. Vielleicht dachten sie, wir würden einen längeren Zug durch die Gemeinde machen.

Was sollte ich nun tun? Unschlüssig nahm ich das Telefon in die Hand. Ich ließ mich ins Bett fallen. Rosenduft betörte mich. Sollte ich die Bullen rufen? Nur, was sagte ich dann?

»Hallo Polizei, mein Vater ist ein Drogendealer gewesen.

Nur weil er seinen Zulieferer um die Ecke gebracht und er sich einen Teil der Ware geschnappt hat, hat ihn das Syndikat erschossen. Ich bin eigentlich Jean-Luc Siebold, doch eine Hexe hat mich auf der Flucht in einen Zigeuner verwandelt.«

Nein, das konnte ich nicht von mir geben, als ich noch überlegte, knurrte mein Magen. Erstmal etwas essen. Ich drückte die Kurzwahl für den Zimmerservice und bestellte mir Schnitzel, Pommes, Eis und Cola.

Nur der Kellner durfte mich niemals so sehen. Meine Fingernägel waren schwarz wie Kohle, meine Klamotten sahen aus wie aus der Altkleidertonne und ich stank nach Schweiß, als sei ich aus dem Krieg heimgewandert.

Dort hinten war das Bad, ich schnappte mir frische Klamotten aus meinem Schrank: Unterhose, T-Shirt, Jogginghose. Sie rochen allesamt nach Mamas Waschmittel. »Mama!« Ich sollte meine Mutter anrufen. Zuerst aber würde ich duschen und essen. Das war tatsächlich noch einen Tick wichtiger.

Ich stellte das Wasser heiß und nahm das Shampoo. Bevor ich mich aber einseifen konnte, vergingen Minuten, in denen ich einfach nur unter dem heißen Strahl stand. Ich ließ die Hand mit der Plastikflasche sinken und der ganze elende Dreck verflüchtigte sich in den Ausguss.

Jemand klopfte: »Zimmerservice!«

»Auf den Tisch bitte! Bin im Bad!«

Ich zog mich an und ging in den Wohnraum. Vorsichtig, als zerplatze das ganze Tablett sonst wie eine Seifenblase, nahm ich die Abdeckung hoch.

Niemals hatte ich einen göttlicheren Geruch in der Nase gehabt. Das Schnitzel war paniert und fettig, die Fritten knusprig, das Cola kalt. Ich hatte das früher nie zu schätzen gewusst. Aber nun, war das anders. Ich band mir die langen Haare zu einem Pferdeschwanz, dann nahm ich das Schnitzel in beide Hände und biss hinein, dass mir das Fett vom Kinn triefte. Ich trank die halbe Flasche in einem Rutsch und griff nach den Fritten.

»Eff dut mia sehr leid«, plapperte ich mit vollen Backen, »isch würd gern teilen, aba geat ja nich!«

»Alles gut«, entgegnete Flick, »ich freue mich, wenn es Euch schmeckt.«

»Kann isch dir nix Guddes tun?«

»Vielleicht demnächst bisschen Teppichschaum!«, Flick lachte.

»Okay! Danke Gott!« Ich fühlte mich schon beinahe wieder wie Fly und lutschte das gemischte Eis von den Fingern. Alles war leer, mein Kopf war es auch. Ich hatte ein bisschen Gehirnfrost und betrachtete ungläubig den planken Teller. Dann legte ich mich einfach zurück. Ich schaltete das Fernsehen ein. Eine Sitcom lief, leider auf Spanisch – egal! Die Leute stritten sich und schrien sich an, eine Frau begoss einen Typen mit Wasser aus einer Vase. Ich lachte. Meine Augen waren so schwer.

Das Kissen schien mich einzusaugen. Ich sah Phoebe, sie war wieder mit den unsichtbaren Fesseln in der Luft gefangen gehalten.

»Bitte, Fly! Warum hast du mich verlassen? Ich mag dich sehr...ich dachte...wir könnten zusammen sein.«

Sie war so schön, niemals hatte ich ein schöneres Mädchen gesehen. Niemals hatte ich so gefühlt.

Mein Herz war weich wie Butter,

»Phoebe, verstehe doch, ich bin bald daheim!«

Da war die verbrannte Priesterin, sie stand neben ihr und fasste Phoebe an. Die Augen des Mädchens drehten sich gen Himmel. Sie schrie vor Schmerz.

»Du bist doch bei uns daheim! Bei mir! Lass mich von dir trinken und alles wird gut!«

»Nein, ich gehe zu meiner Mutter.«

»Du, kleiner Sinti«, sie lachte böse, »du gehst nirgendwo hin! Sie wird dich rausschmeißen.
Mütter werden im Allgemeinen überschätzt.«

Sie berührte Phoebe wieder und sie kreischte, als erhalte sie Stromschläge. »Komm, kleiner Shoot! Du willst doch

nicht, dass deine Freundin weiter leidet. Und ich habe etwas für dich, wenn du vorbeikommst. Ich schenke dir etwas, was du gebrauchen kannst. Ich verschaffe dir ab und zu einen Rausch und du darfst bei ihr sein.
Wie wäre es?«

Ich sah nur Phoebe, mein Herz pochte wie wild. Meine Freundin öffnete die Augen: »Shoot!« Sie weinte.

Ich flüsterte: »Deal!«

Da hörte ich einen Pfiff und jemand trat gegen die Tür, dass sie aufflog.

Siebenundzwanzigste Legende

Peresce und Lia küssten sich. Die Göttin des Lichtes war glücklich, die Sonne strahlte über dem Sambal.

Sie badeten in der Quelle der ewigen Jugend. Das goldene Wasser rann in ihren Nacken und über ihre Schultern.

Sie tranken Wein und lauschten dem Lied der Vögel.

»Peresce, ich liebe dich!«, meinte Lia und sah dem Nyx in seine Bernsteinaugen und in sein gebräuntes Gesicht mit den Tupfen.

»Mich? Das hat mir noch nie jemand gesagt. Es ist nicht an mir, etwas zu euch zu sagen. Ich bin nur ein Nyx, ein Wesen des Zwielichts. Ich bin mir nicht sicher, ob ich in der Lage bin zu lieben. Aber, wenn es dir beliebt, kann ich dich jetzt in diesem Moment küssen.«

»Es beliebt mir!«

Sie küssten sich, doch als sie den zweiten Becher leerten, da wurde Peresce traurig und eigentlich war das ein Gefühl, was er bis dato nicht gekannt hatte, denn er war ein Wesen der Freude und des Leichtsinns. Es lag ihm fern, jemanden zu binden und ein festes Gefüge zu zerstören.

»Lia«, begann er, »ich mag dich ehrlich sehr, doch ich weiß, dass ich deiner nicht würdig bin und normalerweise amüsiert man sich mit mir und geht danach seiner Wege. Eventuell entspringe ich nur eurer Fantasie und ihr habt mich hergewünscht, denn so funktioniert das.«

»Wenn es so funktioniert, dann schreibe ich die Geschichte um, denn sie ist meine und ich kann es. Nimm mich mit! Peresce, nimm mich bitte mit! Ich langweile mich hier, bei den ganzen

Arschkriechern und Hofschranzen, zu Tode.
Und außerdem trage ich ein Kind unter dem Herzen und es ist deines.«

Peresce fiel der Kelch mit dem Wein in die Quelle.

»Freust du dich?«

»Ich bin erschrocken. Aber ja ein Kind ist immer etwas Gutes.«

»Nimmst du mich nun mit?«

»Ja! Doch bedenke, ich glaube nicht, dass du dann noch eine Göttin sein wirst.«

»Ich komme morgen an die gleiche Stelle, ich muss dennoch meinen Freundinnen und meiner Mume[5] Adieu sagen.
Wartest du auf mich?«

»Ja! Doch bedenke, wenn die weise Eule zum dritten Mal heult, dann muss die Quelle weiterziehen.«

»Ich werde da sein.«

[5] alter Ausdruck für Kusine

Modera dachte immer noch an Seth-Kathengi, dennoch war ihm aufgefallen, dass Lia in der letzten Zeit so abwesend wirkte und da er sie als seinen Besitz ansah, machte ihn das ungehalten.

Lia verabschiedete sich auf einem Spaziergang von ihren Freundinnen Uma und Dillaria.
Sie erklärte ihnen einfach, dass sie eine erbauliche Reise in die junge Welt tätigen werde.
Uma die Göttin der Schönheit meinte:
»Das ist aber herrlich!«
Dillaria, die Göttin des Mitgefühls sagte:
»Ich freue mich für dich!«

Am Abend speiste sie mit Modera und sie überlegte hin und her, ob sie ihm etwas sagen sollte, es schien ihr jedoch zu gefährlich, ihm die Gelegenheit zu geben, sie am Gehen zu hindern.
So sagte sie nur: »Ich bin recht müde und will mich verabschieden!«
In Wahrheit meinte sie aber: »Ich bin deiner

müde und kratz die Kurve!«
Sie ging in ihr Gemach im Obergeschoss und als sie Modera schnarchen hörte, schlich sie zur Tür. Ihr Gatte war jedoch misstrauisch geworden und hatte diese verschlossen. Den Schlüssel hatte er seinem Wachhund um den Hals gehängt.
Otis war leider ein sehr ausgeschlafener Rüde, der allein Modera zu Willen war. Also verwarf die arme Göttin diesen Gedanken.
Sie schlich ins Obergeschoss und knotete ein paar Laken zusammen. Mittlerweile war es sehr dunkel geworden. Sie würde eine Kerze mitnehmen müssen. Doch sie fand weder ihre Schuhe, noch ihre Zündhölzer. So kletterte sie aus dem Fenster und obgleich sich die Knoten zu lösen begannen, so hielten sie doch gerade noch stand, bis Lia unten war.
Natürlich hatte Modera die Schuhe und die Hölzer, weil er etwas ahnte, versteckt. Lia jedoch

war die Göttin des Lichtes und sie vermochte die Kerze Kraft ihres Willens zu entzünden.

Als sie dies tat, da rief die Eule zum ersten Mal. Sie eilte barfuß den Sambal Richtung Hain hinunter und weil ihre Füße zart waren, zerschnitt sie sie sich am felsigen Boden. Lia war aber fest entschlossen und wollte zu ihrem Geliebten. So bog sie in den Hain, sprang über einen Baumstamm und wäre beinahe mit einem schläfrigen Wildschwein zusammengestoßen. Das Tier schnaufte die Kerze aus.
Da rief die Eule zum zweiten Mal.

Das spornte Lia so sehr an, dass sie wie verrückt den Pfad entlang rannte. Ihr Nachthemd blieb in den Dornen am Wegrand hängen und sie musste sich wieder und wieder losreißen. Das gefiel dem Spross in ihrem Bauch gar nicht und ihr wurde furchtbar übel.

Da hörte sie den dritten Ruf der Eule.
Nun wurde Lia sehr traurig, denn sie wusste, dass nun alles zu spät und der Nyx verschwunden war.

Verzweifelt suchte und rief sie Peresce. Sie sah hinter jeden Strauch und konnte ihn nicht finden. So begann für Lia und auch für den ganzen Götterberg eine dunkle Zeit.

15 - Waidmannsheil

Allzu langsam lüftete sich der Schleier des Schlafes vor meinen Lidern. Wer gepfiffen hatte, wusste ich nicht. Irgendwie hatte mich der Pfiff daran erinnert, wie ich früher Schmiere gestanden hatte, wenn Mike und Jason in der Schulküche was geklaut haben. Da war ich derjenige gewesen, der pfiff.

Nun formierten sich vor meinen Augen die Fratzen der Halsabschneider, die meinen alten Herrn auf dem Gewissen hatten. Ich dachte zunächst, das gehöre noch zum Alptraum und grinste.

»Boss, da liegt ne Rotznase im Bett. Es ist aber nicht der, den wir suchen!«

»Vielen Dank, Bosco! Ich sehe es!«, stellte der Don mit brüskierter[6] Stimme klar.

---

[6] schroff, etwas beleidigend

»Ich denke, es ist aber einer von dem Zigeuner-Clan aus der Schenke, sieht aus wie der große Bruder von dem, für den die Alte das Goldstück springen ließ.

Wollte schnorren der Kleene, watt!«

»Hm! Igor, wir fragen ihn!«

Der aufgepumpte Riese fackelte nicht lange. Er riss mich am Shirt aus dem Bett, das der Stoff krachte. Ich wusste, dass Reden mir kaum weiterhelfen würde, selbst wenn ich mir noch so eine gute Story vom Pferd ausdachte.

»Sag erst mal guten Tag!«

»Guten Tag!«, brummte Igor und scherbelte mir eine, die sich gewaschen hatte. Ich überschlug mich auf dem Bett und kam bei der Wand zum Sitzen. Igor lachte und hielt sich den Wanst. Ich fasste an meine Wange.

»Scheiße! Irgendetwas musste ich sagen. Wo blieb der Werwolf in mir? Wo war der Mond?«

»Na, komm!« Ich rutschte an die Wand und Igor, weil seine Arme, denn doch zu kurz waren, ließ sich aufs Bett fallen, dass ich von dem Aufprall hochgeschleudert wurde.

Er hatte mich. Bosco lachte, der Don prustete.

Ich wurde richtig sauer und schlug nach dem Riesen.

Ich traf ihn im Gesicht.

»Aua! Na, das üben wir noch! Kennst du die Bibel?«

Ich schüttelte den Kopf.

»Ich auch nicht. Aber da steht was von anderer Wange.«

Schon überschlug ich mich nochmal.

Mein Kopf tat weh und alles drehte sich um mich.

Igor wollte mich greifen, da sagte der Don:

»Genug gespielt. Er will reden, oder?«

Ja, das wollte ich. Ich hätte ihm auch den ABC-Song vorgesungen, wenn er es verlangt hätte. Ich sah ihn an.

Ich schmeckte Blut an der Lippe. Der Don gab mir ein Stofftaschentuch. Ich hatte Angst es zu nehmen.

»Na!« Ich griff zu und hielt es mir an den Mund. Es färbte sich rot und ich musste an gestern Abend denken, als sich das Blut auf dem See verteilt hatte. Mir war übel.

Bloß nicht kotzen!

»Was machst du hier?«, fragte der Don leise.

»Ich bin hier, um zu klauen. Mein kleiner Bruder hat dem Gringo die Schlüsselkarte geklaut und ich wollte sehen, ob sich was abstecken lässt. Aber ich hatte schrecklich Hunger und der Weg war so weit, dann wollte ich duschen...«

»Ja, ja! Aber, wo ist unser Zeug?«

»Bitte, ich weiß nix davon. Echt nit!«

Schützend legte ich die Arme über den Kopf.

»Ich wollte essen und ein paar Klamotten. Ich hab meinem Bruder versprochen, ich bring ihm was mit.«

»Kriegt ihr nicht genug zu futtern im eurer Spelunke?«

»Nit immer!«

»So ein Saftladen: verhungerte Mitarbeiter und die Alte wirft mit Goldmünzen«, schimpfte der Don.

»Alder, er glaubte mir! Er dachte, ich sei mein eigener Bruder! Das Ding ist, was machten die Vollpfosten hier? Suchten sie das Dop oder das Geld, dass mein Vater eventuell mit hatte gehen lassen?«

Da pfiff es wieder. Es kam dorther, wo Flick lag.

»Jetzt, Herr!« Die Balkontür stand immer noch offen.

Ich sprang auf: »Veni! Veni!«

Der Teppich erhob sich und flog zum Ausstieg, um schwebend auf mich zu warten.

Die Gangster reagierten verdattert. Der Don rieb sich die Augen. Wie sollte ich nun zu Flick gelangen? Sie standen im Weg. Doch innerlich war ich noch ein bisschen Fly.

»Also, lass uns fliegen!« Ich erinnerte mich an einen Move, der passte. Ich sprang einmal auf die Matratze um höher zu kommen, stützte mich mit der rechten Hand auf Igors linker Schulter ab und lief einige Schritte an der Wand, um hinten hinunter zu springen.

Die Jungs waren perplex. Dem Don fiel seine Zigarre auf den Boden und er versuchte mich zu greifen. Er rutschte aber aus und ich machte eine Art Rad und trat ihm mit dem Fuß ans Kinn. Bosco starrte nur. Ich setzte mich auf Flick.

»Sagt Sursum, Herr! Dann bin ich schneller!«

»Sursum!« Schon waren wir in der Luft. Ich sah wie der angepisste Don seinen Hut auf den Boden warf.

Er hielt sich das Kinn.

»Wenn sie uns nicht sehen können, wie werden sie das hier verbuchen?«

»Keine Ahnung!«, entgegnete Flick. »Wohin?«

»Nach Hause!«

Mir war mit einem Mal nicht so wohl. Der Teppich schwebte mit sanften Wellenbewegungen durch die heraufziehende Dämmerung und am klaren Himmel stand schon eine helle Ahnung des Mondes. Sie nahm mich in ihren Bann und zerrte an mir. Schon spürte ich den Schmerz der Verwandlung in mir aufwallen. Nein, ich wollte kein Monster sein! Ich wehrte mich. Und über meinen eigenen inneren Kampf entging mir, dass Flick scheinbar die total verkehrte Route einschlug.

Denn er flog zum Land der Daers zurück. Der Vulkan lag diesmal links. Vor uns sah ich die Tannen der Ziegenweide, unter uns lagen die Zirkuswagen und Flick ging tiefer.

»Was machst du?« Ich lag auf dem Teppich und versuchte nicht in den Mond zu schauen.

»Du hast `nach Hause´ gesagt und mein Zuhause ist hier. Außerdem: Ihr seid mein Herr und Freund, jedoch die Gebieterin ruft und ihr Ruf ist stärker.«

»Willst du mich verarschen?«

»Schimpf nicht mit ihm! Du und ich, wir sind zu Höherem geboren. Er ist nur das Dienen gewöhnt. Außerdem: Wer könnte meinem Charme schon widerstehen?«

»Na, ich!«

»Das denkst du nur! Komm, Shoot! Ich mache dich selig. Hast du Schmerzen? Ich mache dich frei! Liebst du Phoebe? Sie soll dein sein!«

Flick landete bei den geputzten Zirkuswagen. Das Fabelwesen, Sartyros, brüllte: »Da ist der Bengel ja wieder! Schenkst du mir das, was von ihm übrig bleibt, Imri? Ich habe Lust auf einen Imbiss.«

Ich lief auf ihn zu, ich ging ganz nah an die Stäbe. Ich roch seinen faulen Atem. Der Mond zeigte sich in seiner vollen Pracht und auch wenn ich mich noch nicht in einen Wolf verwandelt hatte, konnte man seinen Schatten schon hinter meiner Gestalt sehen.

»Wir sehen es, von wem etwas übrig bleibt, oder nicht!«

Das Untier schnupperte und ging etwas rückwärts.

Nun war ich an Imris Wagen angelangt. Sie kam ans Gitter und sie sah schon viel besser aus, als letztes Mal -

irgendwie menschlicher. Ihre Haut war noch dunkel. Aber nicht mehr verbrannt. Sie sah aus, als sei sie zu lange auf der Sonnenbank gewesen und um ihren Hals rankten sich Schlangen-Tattoos, die sich zu bewegen schienen. Sie hatte ein helles, enganliegendes Kleid an und ich konnte erkennen, wie schön sie eigentlich war.

»Ich wusste, dass du schlau bist. Gib mir deine Hand!«

Wenn Imri etwas verlangte, war es keine Option.

Es war Gedeih und Gebot. Man tat es einfach. Ich steckte die Hand durch die Stäbe. Sie hatte einen besonderen Ring, einen Geier mit einem sehr spitzen Schnabel. Ungerührt sah ich zu, wie sie damit die Narbe am Handgelenk öffnete und als sie zu trinken begann, schaute sie zu mir hoch. Sie hatte dunkle Augen, aber ganz goldene Pupillen.

Sofort versank die Landschaft hinter mir in nie dagewesenen Farbkombinationen, hinter einem unbeschreiblichen Wohlgefühl, das mich auch ohne Teppich schweben ließ.

»Ich muss dir sagen, du hast magisches Blut. Ich habe dich richtig ausgesucht. Du hast eigentlich in der Welt, der Ook-Ahn nichts zu suchen gehabt!«

Ich wollte nicht, dass sie sprach, sie sollte trinken.

Ich wollte die Sorgen und die Schmach, die Regungen dieser Welt vergessen und mich in dem Hochgefühl selbst auflösen.

Dann war es leider vorbei.

Sie sollte weitermachen. Ich bat sie mit den Augen.

»Nein«, sagte sie, »öffne das Gatter und ich mache dir ein Abschiedsgeschenk.«

Ich war jenseits dessen, was wir mit Denken verknüpfen und ging auf wackeligen Beinen zur Tür des Wagens. Es steckte ein einfacher Bolzen in einem Riegel.

Es war nicht schwer. Ich zog ihn heraus.

Dann machte ich die Tür weit auf.

»Braver Junge! Ich schenke dir zwei Dinge. Erstens: Du kontrollierst den Wolf. Zweitens: Du bist niemand, wenn du das willst. Bis dann!«, sprach sie, berührte mich und war einfach fort.

Wollte ich der Wolf sein? Ja!

Ich ging zu Sartyros Käfig und zog den Bolzen aus der Verriegelung.

Das Fabelwesen bewegte sich langsam auf mich zu und leckte sich seine imposante Schnauze:

»Willst du kämpfen, junger Wolf?«

»Heute nicht, Meister! Ich gehe jagen.

Heute stehen wir auf derselben Seite!«

»Waidmannsheil!«

Der Mond trieb mich und der Wald war schön, zu schön um wahr zu sein. Er leuchtete in gedeckten Lilatönen in Grün und dunklem Blau.

Seine Gerüche benebelten mich. Ich roch die kleinen Tiere, die in ihren Verstecken vor mir zitterten. Doch sie hatten eine Chance, denn auch der Schnitter selbst muss erst noch üben. Und ich dankte heulend dem Mond, bevor ich das Blut fließen ließ.

Aber auch Wölfe müssen irgendwann einmal schlafen. Ich für meinen Teil erwachte in einem herrlichen Bett, das war sehr weiß und frisch bezogen und ich war nicht allein.

Achtundzwanzigste Legende

Die Schlange, Lechu, kitzelte Seth-Kathengis Fuß mit ihrer zweispitzigen Zunge, als diese in Teresters Hütte in seinen Armen lag.

Die Göttin schnurrte ein wenig wie eine Katze, denn er hatte zuvor ihre Milch getrunken und das kribbelte und bescherte ihr immer schöne Träume.

Im ersten Moment dachte Seth, alles sei in Ordnung und wollte nicht wahrhaben, dass ihr Kind verschwunden war. Sie streichelte, in der Annahme, er sei ihr Baby, den wuscheligen Kopf des Totengottes und wunderte sich, wo Hoenirs Hörner geblieben waren. Mit einem Mal war sie zurück in der Wirklichkeit und gab einen erschrockenen Schrei von sich. Gleich darauf weinte sie:

»Ich will mein Baby zurück. Tu doch etwas!«
Lechu erklärte in der Schlangensprache, dass Zuzu dem Babygeschrei nachgeflogen sei.
»Wir sollten auch hinterher«, meinte Seth.
Terester schüttelte den Kopf.
»Zu Fuß ist es Wahnsinn!«
»Wahnsinnig sein, wird oft unterschätzt!«
Also verabschiedeten sie sich von Lechu und der Totengott erklärte der Schlange, dass sie nun eine Weile die Ook-Ahn allein in den Nonex schubsen müsse.
Lechu seufzte. Das war keine Schlangensprache, bedeutete aber in allen Sprachen der jungen Welt: »Immer auf die Kleinen!«
»In welche Richtung ist Zuzu denn geflogen?«
Die Schlange zeigte mit ihrer Klapper Richtung Sumpfausläufer und klapperte.
»Bis dann!« Der Totengott und seine Geliebte schlugen sich ins Unterholz und die Blutgöttin rief dann und wann Hoenirs Namen.

Mittlerweile flogen Synthis und Hoenir schon eine Weile auf Flick. Hoenir mochte es, wenn Flick mit ihnen durch die kleinen rosa Wolken des herannahenden Abends stieß: »Guguck!«, machte Flick dann jedesmal und das Baby gickelte und kicherte.
Allerdings wollte Hoenir dem Teppich auch ein Spiel zeigen und das hieß: »Killi! Killi!«
Es kitzelte mit seinen kleinen Fingerchen den Webstoff: »Killi! Killi!«, plapperte es mit seiner zarten Babystimme. Doch Flick kriegte sich nicht mehr ein, er gluckste und prustete, denn das kitzelte wirklich ungemein.
Er schlug beim Fliegen Wellen und Buckel, Synthis und Hoenir hopsten gefährlich hin und her. Als der Teppich sehr schlimm scheute, da fiel der zweite Spiegel hinunter und er versank auf nimmer Wiedersehen in einem morastigen Sumpfloch.

»Och, ne!«, stieß Synthis aus.
Aus diesem Spiegel von Prysca jedoch wurde später die Quelle Ladrista. Sie war ein goldener Jungbrunnen und wechselte ihre Position ähnlich dem Schatten des Planeten Auriel und so wanderte sie in regelmäßigen Abständen um die junge Welt.

Eines Tages – so geht die Sage - weilte Ladrista im Grauen Wald, wo einige wilde Stämme der Ook-Ahn wohnten. Die jungen Männer sollten zu Kriegern werden, dazu jagten sie die Taurin, die normalen Stieren glichen, aber gepanzert und dennoch pfeilschnell und angriffslustig waren. Sie nannten das Tabo-Selac. Einer, der Männer wurde sehr durstig. Lange, lange war er der Spur des wilden Taurin gefolgt. Nun suchte er nach Wasser, denn seine Zunge war trocken und sein Speerarm war müde. Der Taurin preschte durch die Büsche und der junge Krieger ihm nach.

Auch das Tier hatte Durst.
Mit einem Mal kamen beide - Tier und Jäger - an einen wunderschönen Ort, wo schillernde Insekten auf knallbunten Blüten saßen. Der Taurin senkte seinen beeindruckenden Kopf und trank aus einem Becken goldenes Wasser. Er war vergnügt, deshalb wedelte sein Schwanz mit der Quaste hin und her.
Der Junge sagte sich: »Wenn ich den Taurin töte, dann wird mich der Häuptling loben. Doch er hat mir auch beigebracht, dass man keine Beute macht, wenn die gerade trinkt. Er wird es nicht wissen. Doch ich will mein Herz nicht mit diesem Tabu beschmutzen.«
Also wartete der Junge bis der Taurin seinen Durst gestillt hatte und ging dann zu dem goldenen Wasser. Erst trank er. Es war süß, das Beste, was er je getrunken hatte. Das Wasser selbst rief ihn: »Komm zu mir. Ich will dich laben. Bade in mir!«

Der Junge dachte: »Wieso nicht! Die Jagd war anstrengend, der Wind war heiß!«

Da er sowieso nur einen Lendenschurz trug, konnte er sich dessen auch leicht entledigen und tauchte unter. Was er nicht wusste: Dieses spezielle Wasser konnte schläfrig machen. Und als der Junge seinen Kopf zurücklehnte und seinen Speer in der Hand sinken ließ, da schlief er ein. Und auch der junge und unerfahrene Taurin schlief nach seinem Trunk auf der Wiese nahe der Quelle.

Eben zu dieser Stunde, traf ein anderer angehender Krieger, dessen Herz stumpf von den fordernden Worten seines Vaters und sein Kopf wirr von der Hetze des Tages geworden waren, ein. Er erblickte den schlafenden Taurin und gleich darauf den anderen Jungen.

Da dachte er bei sich:

»Das gefährliche Untier schläft friedlich und er sitzt in dem Zauberwasser. Er wird ein Hexer sein. Ich will ihn ausschalten, dass er kein Unrecht mehr tut.«

Kaum war der törichte Gedanke gedacht, flog auch bereits der Speer des Denkers. Er traf sein Ziel und steckte dem Opfer in der Brust.

Der getroffene Junge riss die Augen auf und der Taurin kam herbei und leckte ihm die Hand.

Leider war er drauf und dran zu sterben. Sein Blut vermischte sich mit dem ewigen Wasser der Quelle. Der junge Täter kam herbei:

»Es tut mir so leid!«, sagte er und er hatte wahr gesprochen.

Dieses Unrecht rief die Erdmutter Eradi auf den Plan, denn es versetzte ihr einen Stich in ihrem Herz.

Sie kam um zu sehen, was passiert war.

Sie streichelte den Taurin, er schnaubte ruhig.

Dann ging sie zu dem Verwundeten. Sie berührte seine Stirn und der Schmerz war vergessen.

»Wie ist dein Name, junger Ook-Ahn?«

»Ich bin Peres.«

»Ich mache dich Peres zum Hüter dieser Quelle. Diese aber heißt Ladristra und hat magische Fähigkeiten. Sie schenkt ewige Jugend, Glück und Liebe. Du aber sollst kein Ook-Ahn mehr sein und reist mit dem Stern Auriel und der Quelle. Du bist ab jetzt ein Nyx und dein Name sei Peresce. Willigst du ein?«

»Ja, Herrin, Gebieterin der Zeit und des Windes!«

Sie drehte sich zu dem Schützen, der den Blick gesenkt hielt: »Und was ist mit dir?«

»Das habe ich nicht gewollt?«

»Ich glaube dir? Gräme dich nicht! Denn euer Verstand ist geringer als eure Kraft und das ist niemals eine gute Konstellation. Doch auch du sollst kein Ook-Ahn bleiben. Wie heißt du?«

»Ich bin Sys.«

»Sys du bist ab nun der Nachtreiter, Sysco, und du bekämpfst das Böse in dieser Welt. Tagsüber bleibst du ab jetzt unsichtbar. Aber des Nachts wirst du unbesiegbar sein und dieser Taurin sei dein Begleiter. Ihr erstattet mir Bericht über alles Übel, was diese Welt bedroht. Nimmst du das an?«

Sysco neigte das Haupt: »Sicher, Gebieterin des Windes und der Gezeiten, ich werde Euch nicht enttäuschen.«

Von diesem Zeitpunkt an hütete Peresce die Quelle und er behielt auch den Spiegel, der demjenigen, der hineinsah immer genau das zeigte, was dieser begehrte.

Sysco ritt des Nachts auf dem zahmen Taurin und verteidigte das Gute und das Heilige.

16-Überraschung

Phoebe war bei mir, ich lag hinter ihr und roch ihre Honighaare. Sie regte sich. »Hallo!«, begrüßte ich sie. »Hallo!« Sie sah mich ungläubig an. Ich bemerkte jedoch, dass sie sich freute. Sie gab mir einen Kuss.
Ich musste mich zurückhalten, denn mein Körper war nun älter und ich hätte gerade Lust gehabt. Allerdings schmeckte sie irgendwie komisch. Der Werwolf in mir fand es ganz geil, denn sie schmeckte nach blutigem Steak.

»Lass uns runtergehen! Martha wartet sicher!«
»Oh, ne!« Ich wusste sobald ich einen Fuß in den Gastraum setzte, würde diese verdammte Plackerei losgehen. Ich trottete hinter ihr her. Sie band ihr Haar zu einem Dutt und hatte sich das lange Kleid angezogen. Ich behielt die Jogginghose an, die ich mir gestern selbst geklaut hatte.

Martha saß im Gastraum vor einer dampfenden Tasse.

»Gibt s Frühstück?«, blaffte ich frech.

Sladi stand an der Theke und spuckte auf den Boden. Er zeigte auf mich: »Pass auf, du!« Er hatte eine Reitpeitsche am Gürtel und seine Finger spielten nervös mit dem Knauf.

Zu meiner Überraschung krächzte sie zu Jorik:

»Bring ihm was!«

Er kam und stellte mir eine Tasse Kaffee hin: »Danke!«

»Phoebe, geh mal in den Stall und besorg ein paar frische Eier!«

Sie nickte und drehte sich um. »Soll ich dir helfen?«

Ich wollte ihr nachgehen.

»Bleib auf ein Wort!«, bat die Alte und hielt meine Hand auf dem Tisch.

Ich setzte mich und nahm die Tasse näher. Plötzlich kamen Broof und der Bärenmann durch die Tür. Sie klopften auf die Tischplatte. »Hi!«, begrüßte mich der Jüngere.

Seine Tochter Hush war bei ihm, das war das Katzenmädchen, das mich zu Anfang meines Aufenthaltes so angefaucht hatte. Auch jetzt spürte ich ihre Anspannung.

Nun kam eine hübsche Katzenfrau mit blondem Haar durch die Tür. Sie hatte ein Baby auf dem Arm:

»Entschuldigt! Lunis war quengelig.«

Ich schlürfte an meinem Kaffee und schaute alle im Raum feindselig an. Ich wollte zu Phoebe, ich wollte was zum Futtern und ich hatte absolut keine Lust auf Smalltalk.

»Das ist meine Frau, Nichi und mein Sohn«, erklärte mein Gegenüber, »meine Tochter hast du ja schon kennengelernt!« Das Katzenmädchen sprang aus dem Stand auf den Tisch und freute sich.

»Hm!«

Jorik kam und stellte mir einen Teller mit Rührei, Speck und Brot vor die Nase.

»Oh!«, staunte der Bärenmann. »Für mich das Gleiche!«

»Sehr wohl!«, maulte der Faun.

Ich starte den übervollen Teller an: »Womit...?«

Ich beendete den Satz nicht und begann zu essen.

»Es geht darum«, sagte dieser Broof, »du sollst Imris Dak-Jin werden, also das bist du schon.

Das war früher meine Stellung.«

Er hielt mir sein vernarbtes Handgelenk hin, während ich in den Schinken biss.

»Es ist wichtig, dass du sie trinken lässt, wenn sie dich ruft. Wir suchen fieberhaft nach einem Eingang, der uns nach Kathangoo zurückbringt. Doch es sind alles Sackgassen. Wir brauchen die Priesterin, um unser neues Reich zu errichten und wir brauchen sie bei Kräften. Ist das klar?«

»Ist angekommen«, ich ließ das Besteck sinken.

»Wenn du ihr Dak-Jin warst, dann weißt du doch so gut wie ich, dass man sich eh nicht wehren kann, wenn sie von einem trinken will. Wer sollte das können? Sie kann so oft trinken, wie sie will. Du weißt, dass es schön ist. Doch meine Frage…« Ich nahm noch einen Happen.

»Was krieg ich denn dafür?«

Sladi hatte sich von hinten genähert: »Du kriegst dafür, dass ich dich nicht in Scheiben schneide.«

Er hielt mir ein Messer unters Ohr. Ich aß ungerührt weiter: »Was macht das Bein, Kollege?«

Sladi schnaufte hinter mir. Ich konnte sein Blut in den Adern kochen hören. Ich roch seine Wut.

Er überstreckte meinen Hals, indem er eine Hand an meine Stirn setzte und sie nach hinten zog. Er kam mit dem Mund an mein Ohr: »Ich verfluche den Tag, an dem du hier angekrochen kamst, du Made! Seitdem ist hier alles durcheinander. Und nur, weil dich ein Schoßhund gebissen hat, heißt das nicht, dass du so bist wie ich. Außerdem solltest du etwas von meiner Schwester wissen...«

In diesem Moment kam Phoebe mit den Eiern:
»Hab ich etwas verpasst?«
Sofort verschwand der Druck des Messers, und ich spürte nur noch seinen Atem: »Lass die Finger von ihr!«
Martha grinste und rauchte ihre obligatorische Zigarre:
»Ich finde langsam Gefallen an dir, Shoot.«
Sie blies den Rauch zu mir rüber.
»Ich weiß!«, entgegnete ich mit vollem Backen.
Sie aschte in einen flachen Becher und nahm noch einen Zug: »Ich bin froh, dass du wieder zurückgekommen bist«, ergänzte sie.
»Das war nicht freiwillig!«, murmelte ich frustriert.

»Ich weiß!«, die Alte lachte. Ich sah sie an und prustete auch.

Ich blickte mich im Gastraum um. Hush sprang elegant von einer Tischplatte zur Theke, Nichi stillte in einer Ecke den kleinen Lunis. Ihre Tochter balancierte auf einem Barhocker.

»Wenn ich Imris Dak-Jin und euer Sklave bin.

Also wenn ich hier nie wieder wegkann…«

»Du kannst hier nicht mehr weg«, warf Broof ein.

»Nun, dann kann ich mir doch eine Sache wünschen, so wie die, die gehängt werden oder so.

Und dann sagst du doch nicht nein diesmal, oder?«

Ich sah Martha an und die schaute zu Broof.

Er zuckte die Achseln.

»Schieß los!«

»Ich will mit auf die Jahrmärkte.

Ich will einer von euch sein!«

Ich stellte die leere Tasse etwas fester auf den Tisch als beabsichtigt.

»Das ist riskant«, grübelte Martha, »ich weiß nicht sicher, ob der Verwandlungszauber in der Außenwelt hält.

Und du musst reiten lernen – bei Sladi.«

Ich griff nach ihrer Hand: »Darf ich?« Marthas Gesichtsfarbe wurde dunkler. Broof gegenüber nickte.

»Meinetwegen! Wir versuchen es!«

Eine halbe Stunde später, saß ich auf einer gecheckten Stute. Erst hatte sie vor mir gescheut. Doch ich erinnerte mich an Imris Worte und dass ich den Wolf kontrollieren konnte.

Ich sperrte das Raubtier in den hintersten Winkel meines Bewusstseins und ließ ihn schlafen. Da beruhigte sich das Tier. Etwa eine Stunde ließ mich Jorik im Kreis reiten, die meiste Zeit ging das Pferd Schritt, dann gab Jorik ihm einen Schnatz mit dem Schnäpper und ich sollte antraben. Das brachte mich etwas aus dem Konzept und ich bekam schlecht Luft.

»Sitz gerade! Du musst die Bewegung fühlen!«

Wir waren in einer runden Sandbahn, die recht klein war. Auf der gegenüberliegenden Weide zeigte Sladi ein paar Kunststücke. Er ritt im Stehen, der Rappe unter ihm galoppierte und er machte einen Rückwärtssalto und landete im Stand.

Mir begann der Arsch weh zu tun und als Jorik eine Pause anordnete, lief ich, als hätte jemand mir einen ordentlichen Arschtritt verpasst.

Sladi lachte: »Na? Ist nicht gerade n Naturtalent, der Kleene!«

Der Faun drehte sich um:

»Noch ist kein Meister vom Himmel gefallen! Ich muss zu den Ziegen. Übernimmst du?«

»Sehr wohl, Herr Hochwohlgeboren!«

Da erst sah ich, dass Flick links neben der Weide über einer Stange hing. Ich ging zu ihm, er roch nach Seife. Ich streichele über seinen Webstoff:

»Wie geht's, mein Bester?«

»Gut«, flüsterte er, »besser als dir wahrscheinlich! Tust du mir einen Gefallen?«

»Was immer du willst?«

»Lass dich von dem räudigen Köter nicht unterkriegen!«

Phoebe brachte Pastete zu Mittag.

»Wie geht's mit ihm?«

»Schwierig zu sagen, Schwesterherz! Ich halte es für Zeitverschwendung, aber nun gut!«

Ich küsste Phoebe und ich sah, wie der Zorn in dem Heißsporn hochstieg. »Sei nicht so hart zu ihm!«

Sladi biss sich auf die Lippe.

Er legte den Rappen an die Longe und kam zu mir.

»Lass uns eine Wette machen!« Seine dunklen Augen blitzten böse. »Für jedes Mal, das du runterfällst, kriegste eins mit der Reitpeitsche dazu!«

Ich wollte unbedingt bei diesem Schaustellerding mitmachen, ich wollte bei der Show dabei sein. Deshalb stieg ich wieder auf. Der Rappe schnaubte nervös und trippelte von einem auf den anderen Huf.

»Shaydan, ruhig!« Er schnalzte und der Hengst ging ab wie von der Tarantel gestochen. Ich wurde erst nach vorne, dann nach hinten geschleudert und musste mich in die Mähne krallen, um nicht zu stürzen. Es ging immer im Kreis. Ich wusste nicht, was sie dem Gaul gefüttert hatten, aber mein Essen würde mir wohl bald wieder hochkommen, wenn das so weiterging.

Wir wechselten die Richtung, das war auch nicht besser.

Da bellte einer der Wachhunde und alles war zu spät.

Shaydan stieg erst, dann trat er aus und buckelte anschließend. Ich flog in hohem Bogen in den Sand und landete auf dem Bauch.

Mir reichte es. Aber ich hatte Flick versprochen mir keine Blöße zu geben.

»Eins!«, zählte Sladi und zog mir eins mit der Peitsche über.

Scheiße, war mir schlecht.

»Man soll sofort wieder aufsteigen!«, flötete der Zigeuner.

Mühsam kroch ich durch den Sand. Der Hengst tänzelte.

Es ging immer nur eine Zeit lang gut.

Beim dritten Sturz kotzte ich.

Zu dem Wolf in mir sagte ich:

»Was auch immer passiert, ich gebe nicht auf!«

Aber es wurde schwer - sehr schwer - denn Sladi war nicht nur ein räudiger Köter, sondern vor allem ein harter Hund.

Als der Horizont wie ein alter Toaster glühte, brüllten die Nöck-Nöck-Affen ihr Abendlied. Ich hatte vier Striemen und war wie durch den Bach gezogen.

»Wo bleibt ihr?«, fragte Martha. Als sie mich sah, hob sie erschrocken die Augenbraue über ihrem gesunden Auge.

Ich grinste schief, denn, weil ich sie doppelt sah, schien sie zwei gesunde Augen zu haben.

»Du gehst in die Spülküche!«

Als ich schon beinahe um die Ecke bog, hörte ich, wie Martha sagte: »Du lässt ihn Shaydan reiten. Jeder weiß, dass er nur dich als Reiter akzeptiert.«

»Ich dachte halt«, meinte der Zigeuner großspurig, »es sei an der Zeit, das zu ändern.«

Ich freute mich fast über den Spüldienst. Ein Geschirrberg erhob sich vor mir so hoch wie der Mount Everest. Schmerzgeplagt hielt ich mich am Spülbecken fest und schlief beinahe im Stehen.

Das würde ich heute wohl sowieso ausprobieren müssen.

Neunundzwanzigste Legende

Wenn man das große Ganze verstehen will, so sollte man bedenken: Es ist so eine Sache mit dem Glück. Was für den einen Erfüllung ist, kommt für den anderen einer Folter gleich. Außerdem kann man das Glück auch nicht kaufen und nicht verschenken. Warum nicht? Weil es das Glück nicht gibt, es gibt viele kleine Glücks, als wären sie Krümel. Zusammen geben sie einen Kuchen. Die kleinen Krümel verstecken sich und manchmal finden sie uns. Und was machen wir? Na?

Wir futtern sie auf und das ist auch gut so. Denn ein Krümel im Mund ist besser als ein Muffin auf dem Kirchturm.

Die Göttin Lia war traurig. Dieser Umstand hatte zur Folge, dass es grau und trüb auf dem Sambal wurde, denn sie war ja die Göttin des Lichts.
Ihr Leib rundete sich, doch kein Wort kam über ihre Lippen.
Überhaupt sprach sie kaum und aß kaum.
Das machte Modera ungehalten. Natürlich dachte er an einen Liebhaber, doch hatte er keinen direkt in Verdacht.
Eines Tages jedoch, versteckte sich der Gott in Lias Schlafzimmer und er beobachtete aus einem Schrank heraus, wie sie den einen, den besonderen Spiegel, aus ihrem Schminktisch holte und hineinsah. Da schlich er sich unsichtbar - denn das war eine Kunst, die er verstand - an seine Frau heran. Er erschrak beinahe zu Tode, denn im Spiegel erschien, was Lia sich erträumte und das war Liebe mit einem gutaussehenden Nyx zu machen.

Er machte sich sichtbar, doch die Wut machte ihn blind. Er riss Lia von ihrem Sitz und stieß sie vor sich her ins andere Zimmer:

»Was hast du getan, du treuloses Weib?«

Und dann passierte es, er schlug sie in ihr schönes Gesicht und nahm ihr den Spiegel aus der Hand. Sie aber schaute ihn nur aus großen Augen an und er erblickte im Spiegel das Gesicht eines Untieres – das war er selbst.

Ohne Vorwarnung öffnete sich die Terrassen-Tür und Lia schrie:

»Peresce, wo kommst du denn her?«

»Ich habe dich vermisst, Geliebte und ich sehe, mein Besuch kommt gerade richtig!«

Der junge, gebräunte Mann mit den Locken ging auf den Gott zu, der immer noch ungläubig in den Spiegel sah. Nun schaute Modera auf. Genau in diesem Moment traf ihn ein Riesenfausthieb auf sein bärtiges Kinn:

»Darf ich um diesen Tanz bitten?«, fragte der Nyx.

Modera kippte um. Ihm fiel der Spiegel aus der Hand, das Glas zerbrach in tausend Splitter. Der Gott stand an diesem Abend nicht mehr auf. Er rieb nur sein Kinn und dachte nach. Denn mit dem Spiegel von Prysca zerbrach ebenso sein Hochmut und sein Stolz.

Und eines muss man von der Liebe wissen:

Egal wo sie hinfällt, sie zerbricht nicht.

Und egal, was andere von ihr denken oder ob sie gesellschaftlichen Normen folgt oder nicht.

Sie ist unbesiegbar.

So blieb Modera nur, den beiden nachzusehen und sich an seinem göttlichen Bart zu kratzen.

»Ich dachte, du musst in der Nähe der Quelle bleiben«, wunderte sich Lia, als Peresce sie forttrug.

»Normalerweise ja, aber manchmal macht die Erdenmutter, Eradi, eine Ausnahme.«

17 - Dreamteam

Wilde Träume trieben mich um. Waren es Hirngespinste oder Realität? Hier, wo ich niemand war, kam es nicht darauf an. Kein Mensch konnte mich sehen, ich war der Wolf und ich war niemand, genau wie Imri es versprochen hatte.

Ich folgte einer bestimmten Fährte, die etwas Wütendes hinterlassen hatte und diese Spur endete am See.

Ich sah Phoebe an der gleichen Stelle hängen, wo ich sie schon einmal zu befreien versucht hatte. Der Wolf setzte zum Sprung an, denn er wollte sie retten.

Da war jemand neben mir, der mich zurückhielt. Zu meiner Überraschung war es Sladi. Er erschien mir ebenfalls in seiner Wolfsgestalt.

Ich wunderte mich, dass er mich erkannte, obwohl ich mich dazu entschlossen hatte, mich zu tarnen.

»Du kannst nicht jeden täuschen, denn ich habe dich gesehen und ich weiß, wer du bist, Welpe. Ich habe dich gesehen, als ich dich prüfte.«

»Ich will sie befreien! Ich liebe sie!«

»Ich liebe sie auch, das ist es, was uns verbindet. Imri nährt sich von ihr. Doch hier ist noch etwas anderes, was sie bedroht. Ich wittere Zorn und Trauer.«

Ich zeigte mich ihm in meiner Wolfsgestalt, hinter mir enthüllte der Mond meinen menschlichen Schatten. Ich sah über den See und zu Phoebe, die immer noch unter dem Bann der unsichtbaren Fesseln stand. Ich wandte mich ab.

»Hier können wir nichts ausrichten!«, stellte Sladi fest,

»Ich wollte ihr letztes Mal nur helfen. Was war der Dank? Ich bekam Stromschläge und du hast mich gebissen.«

Ich kicherte: »Dafür hast du mich mit der Peitsche geschlagen und ich hätte mir beinahe nen Wolf geritten!«

»Cooles Wortspiel! Was ist auf der anderen Seite? Wir müssen den Eingang finden.«

»Da ist der Eingang einer Höhle, deine Schwester fand sie.«

Der Werwolf watete ins Wasser.

»Da sind Xinidae drin«, gab ich zu bedenken.

»Denkst du, sie könnten uns was?«

»Nein! Kannst du schwimmen?«

Er knurrte mich an: »Willst du mich beleidigen? Alle Wölfe können schwimmen. Komm Welpe!« Er kraulte. Ich sah von meinem Standort, wie die goldschimmernden Schatten unter Wasser vor dem Eindringling Reißaus nahmen. Hinter mir knackte es und ich hörte das Sirren, das immer da war, wenn Phoebe in dieser Weise gefangen gehalten wurde.

Ich war schon im Wasser, da flog über mir eine dieser dicken Leuchtviecher, dann noch eines und noch eines. Sie blinkten bunt wie Lampions.

Vor mir schwamm Sladi. »Zum Wasserfall!«

Ich machte mir nicht die Mühe wie beim ersten Mal auf das Sims zu klettern. Ich tauchte. In dieser Gestalt, wenn der Vollmond schien, gab es keine Grenzen. Mir fiel es nur schwerer, meine Gedanken zu sortieren, alles Körperliche dagegen war leicht.

Ich zog mich mühelos aus dem Wasser. Es war alles sehr dunkel hier. Doch wir waren Wölfe, unsere Augen passten sich an. »Hier geht es entlang!« Es gab ohnehin nur diesen einen Weg. Witternd und teilweise auf allen Vieren folgten wir ihm. Hier gab es eine Vielzahl von Gerüchen und einer war übermächtig.

An der linken Felswand vermutete ich die Malereien vom ersten Besuch. Vorne gabelte sich die Höhle.

Die Leuchtwesen flogen nach links.

»Ich glaube das ist der Eingang. Warum hat meine Schwester nichts gesagt?« Sladi wollte den Leuchtwesen folgen. »Es sind Solar-Pummeln, Oro züchtet sie. Was machen sie hier?«

Da erkannte ich, wie in Trance, dass sich ein mächtiger Körper aus dem Schatten manifestierte. Er war riesig und blutdürstig. Er fauchte und sprang auf meinen Begleiter. Der erschrak und parierte den Prankenhieb seinerseits mit einem Angriff.

Das Wesen quietschte und griff sich an die Brust, dann ließ es sich fallen und fauchte ohrenbetäubend.

»Bin allein!«, sagte es keuchend. »Soll so bleiben! Die Prinzessin muss brennen. Sonst kommt sie…kommt sie…«

»Wer?«, knurrte ich.

»Welpe ist da! Mach Platz!«, er kicherte hysterisch.

Wollte er noch einmal angreifen?

»Bleib da, du Mistvieh! Ich kill dich, du!«

»Kommt hier nicht raus, wenn ich nicht will.« Er ging rückwärts. »Muss Prinzessin besuchen.«

Das Wesen roch furchtbar nach Raubkatze.

Es hielt sich noch immer die Seite.

Sladi war auch verletzt. Er stand auf. Das Untier löste sich im Dunkeln auf. Da rumpelte etwas vor uns und ich glaubte an einen Erdrutsch. Plötzlich schoss ein Schwarm der Solar-Pummeln über unseren Köpfen Richtung Wasserfall.

Was wir da hörten, war Wasser - sehr viel Wasser.

»Raus hier!«

Schon zitterte die Wand. Ein Grollen kam von weiter hinten. Gott sei Dank sind Wölfe schnell und diesmal war ich noch schneller. Wir hechteten den Gang entlang, ich strauchelte und knurrte. Die Flut war nah. Sladi kam zurück, er riss mich hoch: »Bau bloß keinen Scheiß, Welpe!« Er schubste mich vor sich. Ich rannte. Endlich die Kammer mit dem Wasserfall, in unserem Nacken bereits die Gicht.

Für Werwölfe gab es wohl nicht viele Todesursachen. Aber ich mochte wetten, elendig in einer Höhle ersaufen, wäre eine.

Als die Welle sich in den Vorraum ergoss, sprangen wir. Wir tauchten tief, der Aufprall des Wassers, ließ uns rotieren.

Schließlich sah ich den Mond, ihn nicht zu sehen machte mich schwach. Wir schwammen schweigend ans Ufer. Die Bäume rauschten.

Phoebe lag auf der Erde wie eine Puppe, die Hülle eines Schmetterlings, ohne Leben. Obwohl wir Werwölfe waren, fühlten wir den Schmerz, wir fühlten die Erschöpfung, wir lagen auf der Erde und keuchten. Ich wusste nicht mehr wie lang. Wir sahen unseren Kraftspender am Himmel. Er lächelte. Ich machte die Augen zu, verwandelte mich und kroch zu meiner Freundin.

Sie konnte mich nicht hören, ich küsste sie:

»Auch, wenn du mir das nicht abnimmst. Ich werde dich für immer beschützen.«

Am nächsten Morgen wachte ich wieder neben Phoebe auf. Die Narbe an meinem Handgelenk brannte ein wenig. Konnte es sein, dass sie von mir getrunken hatte. Ich zog mein Sweatshirt über und ließ sie erst mal schlafen. Ich ging auf den Hof, es schien noch früh zu sein. Die Sonne stand niedrig. Niemand war da, dann sah ich Sladi hinten beim Stall.

»Du siehst so scheiße aus, wie ich mich fühle«, haute ich raus. Er blies einen Kringel, spuckte die Kippe aus und trat sie in den Sand. »Und ich fühle mich noch beschissener, als du aussiehst«, er lachte. »Tut dir der Arsch noch weh?«

»Ja!«

»Das soll auch so bleiben!«

Ich ließ den Kopf hängen und er lachte wieder und hielt mir eine Kippe unter die Nase.

Ich steckte sie in den Mund, doch statt eines Feuerzeuges hielt er seinen Daumen unter den Tabak: »Sa lis ter!«

Eine Flamme erschien. Als die Kippe brannte, blies er sie aus. »Ich nehm dich mit, Welpe! In drei Tagen geht's los! Und du musst viel, viel besser werden, sonst sammelst du beim Kinderkarussell die Billets ein.«

Ich brauchte eine Weile das zu raffen: »Du? Du! Danke!«

Ich umarmte ihn, ich hätte ihn knutschen können.

»Bi...bi...bitte!«, äffte er mich nach.

»Na, ihr seid ja plötzlich ein Herz und eine Seele!«

Oro kam den Weg entlang.

»Eitel Sonnenschein!«

»Ist auch besser so, denn wir haben es mit einem gemeinsamen Gegner zu tun und der ist nicht ohne.« Er warf mir etwas vor die Füße, das wie ein zerbeulter, bunter Ball aussah.

»Mein letzter Pummel-Stock! Seht euch das an!« Der Bärenmann zeigte auf vier Risse in der Oberfläche.

»Das ist nicht alles. Jemand hat im Wald oben am See gewildert: ein junger Hirsch, zwei Hasen und das meiste liegengelassen. Wart ihr das?«

»Wir?« Ich drückte die Kippe aus. »Wie wir?«

»Mach nicht so, Kleiner, als ob du den alten Oro übers Ohr hauen könntest! Ich weiß sehr genau, was ihr seid.«

»Wir waren es nicht«, versicherte der Sinti.

»Aber mein Freund hier und ich, wir haben eine Höhle entdeckt und wir glauben, es sei der Eingang zum ehemaligen Kathangoo.«

»Echt?« Oro sah mich an. »Sollst du eigentlich schon rauchen?« Ich wurde rot. »War Spaß!«

»Phoebe hatte mir vorgestern schon die Höhle gezeigt. Aber da kamen ganz viele Pummeln raus und gestern griff uns ein Irrer an.«

»Irre sind hier alle«, erwiderte Oro.

»Ich denke, er war Miu-Miu, was er jetzt ist«, Sladi hob die Schultern.

»Nun, lasst uns die Höhle erkunden. Es muss einen Zugang geben«, brummte der Bärenmann.

»Er hat ihn überschwemmt.«

Da kam ein Jeep an und ein Mann stieg aus, der so wie Nichi zu sein schien, nur dass er riesig war und auf seinem Fell hatte er zwei rote Streifen.

Oro freute sich: »Bei Seth-Kathengi! Es ist Tur!«

Sie begrüßten sich herzlich. »Was führt dich her?«

»Nun zwei Dinge: Erstens will ich bei der Rückeroberung Kathangoos nicht fehlen und meine Schwester meinte, ihr macht einen auf Schausteller. Ich helfe ihr mit dem Anwesen, solange ihr weg seid! Es passieren seltsame Dinge und ich will Nichi und die Kinder nicht allein lassen. Ich weiß ja, dass Broof nichts lieber tut, als euch zu begleiten.«

Der Neuankömmling verschwand mit Oro im Gastraum, doch zu meinem Verdruss zeigte Sladi auf den Stall.

»Kaffee?« Er zog mich am Ohr.

»Wir spielen ein Spiel. Ich mach vor, du machst nach. Ich mache auf Shedyl vor, du machst auf Shaydan nach.«

Ich starrte ihn an.

»Ne Spaß, umgekehrt!« Er klopfte mir auf die Schulter.

Ich hatte eine harte, aber auch lustige Zeit mit Sladi und den Pferden. Das Reitenlernen bereitete mir erst Schmerzen, dann Spaß. Manchmal kam mir mein altes Ich,

Fly, und sein Parkourlauf zugute. Denn nun übten wir Akrobatik und da hatte ich ein gutes Körpergefühl, selbst wenn dies nicht mein eigener Körper war.

Obwohl ich ein Wolf wie er war, hatte ich einen guten Zugang zu den Tieren. Ab und zu kam Jorik vorbei und er zeigte mir in den Pausen, wie man die Panflöte spielte. Er bevorzugte immer dieses getragene Lied vom ersten Tag, als ich noch ein Winzling gewesen bin.

»Das ist das wichtigste Lied«, murmelte er, »merk dir das!

Es ist das Erste in der Ordnung der Lieder.«

»Es gibt eine Ordnung der Lieder?«

»Es gibt für alles eine Ordnung! Nicht hineinblasen,

darüber – wie bei einer Flasche! Gut! Versuch es!«

Es regnete, Sladi hatte mich natürlich trotzdem mit Training gequält. Ich war ganz nass. Wir lagen im Stroh, die Pferde ruhten und Sladi war sonst wo, vielleicht auf dem Abtritt[7]. Ich beobachtete beim Flöten die fallenden Tropfen durch das Dachfenster und beim dritten Versuch

---

[7] Wort für Plumpsklo

gelang es. Ich beschwor die Vision von Kathangoo: Ich sah den Markt, ich sah den Tempel, ich erkannte den Nonex. Es war Lak-Shedal und Imri in ihrer vollen Schönheit und dann verspielte ich mich. »Ups!«

Phoebe kam in den Stall: »Voll schön, Shoot!« Sie gab mir einen Kuss glättete ihren Rock und lehnte sich gegen einen Strohballen.

»Mach s nochmal! Es war schon ganz gut!«, spornte mich der Faun an.

So tat ich es. Es war der letzte Abend vor unserem Auftritt und ich sah die unterirdische Stadt und ich betete der Finder zu sein.

An diesem Abend ging ich zu Flick in die Kammer und ich erzählte ihm alles. Wir drehten eine Runde und ich nahm ihn mit zu Phoebe. Aber später am Abend kehrte ich zurück in die Kammer, weil ich an den Spiegel dachte. Ich wollte meine Mutter sehen, denn ich hatte von ihr geträumt. Als ich aber durch den wunderschön verzierten Rahmen blickte und mich an mein altes, verlorenes Leben erinnerte, geschah das Unfassbare.

Dreißigste Legende

Zuzu machte eine Pause auf einem flachen Berg, doch sie verlor ihre Beute nicht aus dem Radar. Ihre Flügel taten weh.

Sie wurde beobachtet, denn auch der Star, Salidor, verfolgte den Teppich und seine Besitzer.

»Warum verfolgst du mich, goldener Vogel?«, fragte die Fledermaus , ohne Salidor anzusehen.

»Nicht du bist es, die mein Begehr weckt. Ich bin Salidor, der Spion des Gottes Ticki. Ich verfolge dieses freche Weibsbild auf dem Teppich.«

»Wieso?«, die Fledermaus streckte sich.

»Sie hat es gewagt, meinen Herrn seines Gedächtnisses zu berauben. Ich wollte einmal sehen, wohin ihr Weg sie führt.«

»Und was denkst du?«

»Sie sucht ihren Bruder, er ist der Gott der Qual und Tickis Vögel sagen, er lebe im Exil in der Wüstenei.«

»Wie heißt er?«, fragte Zuzu, nun ernsthaft interessiert.

»Nun Tarturo, will ich meinen.«

»Bei Seth-Kathengi!«, stöhnte die Fledermaus, während der Teppich nur noch ein Punkt am Horizont war und zu verschwinden drohte.

»Dann nix wie los!«

Der Star putzte noch sein Gefieder, als Zuzu schon durch die Wolken stieß. Allerdings war er ein viel zu neugieriger Vogel, als dass er verpassen wollte, wie ihre Suche weiterging.

Seth-Kathengi und Terester wanderten durch die Sümpfe des Nonex. Das war eine furchtbar schweißtreibende Angelegenheit.

Man musste zuweilen gut achtgeben, dass man nicht in einem der vielen Sumpflöcher landete,

denn dann könnte es gut sein, dass man nicht mehr herauskam. Dieser Sumpf war wie ein großes, gieriges Maul und wollte alles verschlingen, was er kriegen konnte.
Seth sprang behände über einen Wasserausläufer und landete auf einem großen Büschel Sumpfgras. Leider rutschte sie aus und fiel ins Wasser zurück.
Sofort saugte das Moor an ihr und ihre Füße steckten im Morast. Doch Terester legte sich auf den Bauch, vertrieb die lästigen Schnirkelschnecken, die schnüffelnd angekrochen kamen und zog seine Freundin heraus. Das gab ein großes »Plopp!« Seth stöhnte und rieb sich die schmutzigen Füße mit Moos ab.
»Gibt es hier Krokodile?«
Der Totengott hob die Schultern. Gerade stach ihn ein großer Moskito neben sein linkes Ohr, als er einen Hilferuf hörte.
»Hilfe! Hilfe! Hört mich denn niemand?«

Die beiden sahen sich an und eilten in die Richtung, aus der der Schrei gekommen war. Vor ihnen lag ein Korb mit blauen Blümchen auf einer Grasnarbe und etwas weiter hinten, neben einem toten Baum, wedelten zwei Arme aus dem Morast. Dort entdeckten sie, halb versunken, eine alte Frau. Als er genau hinsah, erkannte er, dass sie diejenige war, die ihm damals bei seiner Suche nach Seth, die Blaue Blume geschenkt hatte.

Sofort riss er einen Ast von dem Baum und streckte ihn ihr hin. Sie klammerte sich mit ihren dürren Fingern dankbar daran und Terester zog. Es gestaltete sich schwerer als gedacht, denn der Sumpf wollte sie ums Verrecken nicht freigeben.

Terester schwitzte und schimpfte:

»Du blöder Nonex-Sumpf! Kusch! Kusch!«

Seth-Kathengi beschloss ihm zu helfen und gemeinsam zerrten sie das Mütterchen ans rettende Ufer. Es war eine schwere Arbeit und alle keuchten, als sie auf dem halbwegs Trockenen angekommen waren.

»Mütterchen, geht's dir gut?«

»Ja, schon. Aber ich bin matschig.«

Alles an ihrem dürren Körper war voller Schlamm, der zu trocknen begann.

»Hat dir die Blaue Blume Glück gebracht?«, fragte die Alte.

»Ja, schon! Ich habe sie am Fuße des Sambal in die Erde gesteckt, damit sie wachsen soll. Nun jedoch habe ich mein Baby verloren.

Es ist mir von meiner Fledermaus, Zuzu, herunter gefallen«, antwortete Seth, obwohl die Frage an ihren Freund gerichtet gewesen war.

»Warum bist du mit deinem Baby geflogen, oh Lodernde?«

»Es hatte wohl Zahnweh und so hat es Tag und Nacht geschrien.«

»Wie kann man denn so dumm sein? Dann lässt man die Babys einfach an einer Senf-Wurzel kauen, das kuriert sie.«

»A propos, willst du Sauerampfer?« Ohne die Antwort abzuwarten, steckte der Totengott dem Mütterchen ein saftiges Blatt in ihren Mund, der ungefähr nur noch zwei Zähne aufwies. Die Alte kniff ihn in die Wange und grinste so sehr, dass ihre Schlammkruste zu reißen begann:

»Ich danke euch ihr beiden, dass ihr mich rausgezogen habt. Ich kann euch leiden, obwohl ihr Götter seid und ich von dir gehört habe«, sie sah Seth an, »dass du Blut trinkst!«

»Mach dir nix draus, aber ich trinke nur frisches Blut!«

»Na, na! Und dich, Söhnchen, mag ich besonders. Du bist ein feiner Kerl.«

Sie saugte an dem Blatt. »Mein Name ist übrigens Nixnütz und ich habe auch einen Sohn. Ich bin auf dem Weg, ihn zu besuchen.

Ich habe ihm schon Kekse für ihn und seine Angetraute geschickt.«

»Oh, hättest du noch welche?«, Terester kaute gelangweilt an seinem Blatt.

»Also ihr Jungspunde, ich habe ein Baby gehört, es hat gelacht, also nehme ich an, dass es ihm gut ging. Es war auf einem fliegenden Teppich und der flog Richtung Wüste.«

»Dann lass uns in die Richtung gehen!«, meinte der Totengott. Die Blutgöttin nickte.

»Ich danke dir, du alte Weise. Ich hoffe, ich muss dich nicht so schnell in den Nonex stoßen.«

»Ach, was soll s? Aber reiche mir doch noch meinen Korb und wärest du so lieb, mir meinen Gehstock aus dem Morast zu fischen?«

Terester konnte den Stab nicht finden und machte Nixnütz flugs einen neuen aus dem Ast des toten Baumes, mit dem er die Alte gerettet hatte.

»Ich danke euch sehr, ich wünsche euch Glück und denkt an die Senf-Wurzel!«

Sie wankte in Richtung des Baumes Tamtam.

Da drehte sie sich noch einmal um und griff in ihren Korb unter die Blümchen: »Komm her Söhnchen! Ich habe etwas für dich.«

Terester kam zögernd auf sie zu.

»Verstehst du etwas von Musik?«

»Es geht so! Manchmal singt meine Schlange, Lechu, ein tragisches Schlangenlied.«

Sie streckte ihm eine Panflöte hin und er griff zu.

»Das ist die magische Flöte, Shun-Shyen, ihr Lied hat heilende Kräfte und bringt vieles zurück, was verloren schien. Behandele sie gut!«

»Ich verspreche es!«

Seth und Terester gingen entgegengesetzt.

»Komische Alte, meinst du, ich hätte sie aussaugen sollen?«, meinte die Blutgöttin beim Weggehen.

»Ach ne, sie hat uns doch geholfen und sie sah nicht schmackhaft aus.«
»Haste recht! Ich vermisse Zuzus Flügel!«, stöhnte sie.
»Kannst du sie nicht mit Doljeste[8] rufen?«
»Leider nicht, sie ist zu, zu weit!«

Die drei kleinen Drachen, der orangene Corry, der grüne Yani und der blaue Hardener, waren nun immer allein im Vulkan. Bald aber hatten sie alle Klippschliefer erschreckt, ein oder zwei Pfeilschwanzkrebse und die halben Heißwasserfische verspeist. Yani begann zu stöhnen: »Hach! Hmm!«
Keiner reagierte, Hardener bohrte mit einer Kralle in seinen Zähnen und Corry popelte mit seiner Drachenschwanzspitze in seiner Nase: »Hatschi!«, machte er und Hardener lachte.

---

[8] sehr starke telepathische Gabe, mit der man sich mitteilen, aber auch Schmerz und Glück verursachen kann

Yani versucht es lauter: »Hach! Hm!«

»Was is n?«, fragte Corry und popelte wieder:

»Hatschi!«

»Ha, ha, ha, ha!«, machte sein blauer Bruder.

»Mir is so langweilig! Und mir fehlt der rote Mann.«

»Echt? Der hat doch immer nur geschrien.«

»Mir fehlt das Geschrei, es ist so langweilig ohne ihn.«

»Dann lasst uns was spielen!«

»Auja, ja, ja!«, freute sich Hardener. »Und was?«

»Wir spielen: `Ich sehe was, was du nicht siehst!´«

Also flogen die drei Drachen auf den Äther, denn von ihm aus hatte man eine wundervolle Aussicht. Der Vulkan machte: »Puff! Puff!«

Yani begann: »Ich sehe was, was du nicht siehst und das ist matschig!«

Nun musste man dazu wissen, dass er in Richtung des Sumpfes schaute, wo ja alles matschig war.

»Die alte Vettel mit dem Korb?«

»Nein!«

Hardener war wirklich ein helles Köpfchen: »Die zwei Ködel, die zu Fuß den Nonex-Sumpf durchqueren wollen?«

»Jaaaa! Du bist echt der Besteste!«

»Natürlich, das kommt, weil ich blau bin. Wenn du einmal blau sein wirst, bist du auch der Besteste!«

»Aber ich werd nicht mehr blau!«

»Na, eben!«

»Lasst uns doch mal nach den Dödelingen im Sumpf sehen!«, schlug Corry vor.

»Auja, ja, ja!«, stimmte Yani zu. »Der Letzte ist ein Glühwürm!«

»Will kein Glühwürm sein!«, schnauzte Hardener und hob ab.

»Die Blauen sind die Letztesten!«

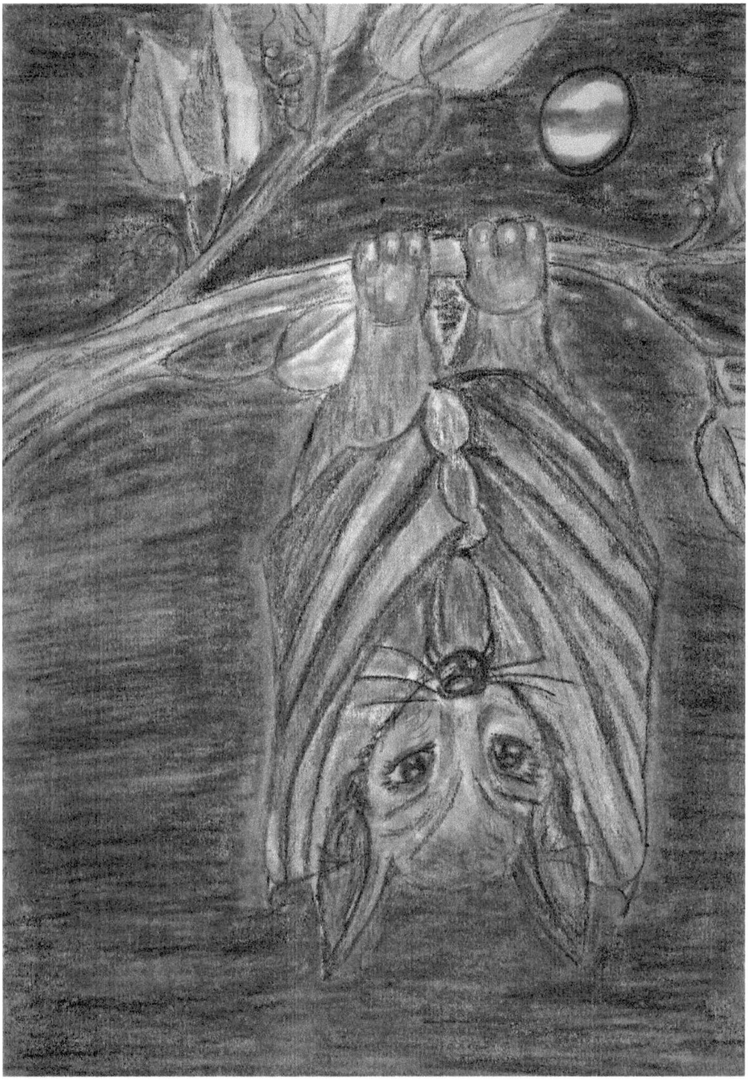

18 - Rummel

Atemlos starrte ich den Spiegel an. Wie konnte so etwas möglich sein? Und wenn das, was die Oberfläche zeigte die Wahrheit war, passierte sie jetzt im Moment oder war es die Vergangenheit? Aus dem Spiegel schaute mich mein Vater an.

»Papa!«, stieß ich hervor. Er zuckte, jedoch war er leider nicht in einem normalen Zustand und man sah, dass sie ihn geschlagen hatten. Er war auf einen roten Stuhl gefesselt, die Wand hinter ihm sah wie nasser Felsen aus.

Vielleicht befand er sich in einem Keller.

Da trat jemand zu ihm, es war der halslose Igor, aus Dons Clan. Der Don stand daneben und nickte.

Igor schlug zu, der Stuhl fiel um.

Mein Vater lachte: »Mehr hast du nicht drauf?«

»Doch! Mach dir keine Sorgen, Paul! Er hat noch viel mehr drauf«, warf der Clan-Chef ein. »Ich fänd es aber echt dufte, wenn du nicht weiter unsere Zeit verschwendest. Ich hab Termine.«

Der Don sah auf seine goldene Uhr. Igor richtete meinen Vater samt Sitzmöbel wieder auf.

»Wo ist mein Zeug? Und was hast du mit Pedro gemacht?«, wollte der Big-Boss wissen.

»Sag mir, wo mein Sohn ist! Wo versteckst du ihn?«, schrie mein Vater.

»Du, Paul, hast keine Forderungen zu stellen!«, zischte der Don. »Du bist mein! Du bist Fleisch auf einem Knochen. Ich habe dich gekauft, wie ich ein Spanferkel kaufen würde und wenn es mir passt, dann grill ich dich. Oder ich lasse dich auf dem Stuhl sitzen und einfach verhungern. Ich lasse dich jammern und betteln und dann warte ich bis das Jammern und Betteln aufhört. Igor!«

Der Riese kam, er hatte eine Zange in der Hand, irgendetwas glühte vor ihm. Der Don riss meinem Vater das Hemd auf, dass die Knöpfe flogen und dann brüllte mein Dad wie am Spieß. Der Don wartete und rauchte Zigarre:

»Und nun sing! Sonst kann das nächste ganz schön ins Auge

gehen.«

»Ich hab Pedro umgebracht!«, gab mein Vater mit erstickter Stimme zu. Er ließ den Kopf hängen und atmete schwer: »Er war es, der dich gelinkt hat, er hat ein Drittel von dem Zeug behalten und mich erpresst. Er hat gesagt, ich solle das Maul halten und mitspielen, sonst käme er im Hotel vorbei und wollte meinen Sohn einmal besser kennen lernen. Da bin ich einfach durchgedreht.«

»Wo ist die Leiche? Wo ist mein Stoff?«

»Die Leiche ist im Straßengraben, nahe dem Rastplatz, wo wir uns getroffen haben. Und das Zeug... das ist...im Ersatzreifen«, er bibberte und heulte. »Don...ich...bitte tu Fly nichts! Bitte! Ich war... durcheinander. Ich hab s im Ersatzreifen zwischen Felge und Gummi.«

Auch mir kamen Tränen: »Papa!«

Der Don bekam einen roten Kopf: »Du Vollidiot willst mir sagen, du hast meinen Stoff in dem Mietwagen versteckt, der unabgeschlossen auf dem verschissenen Rastplatz steht. Willst du das sagen?«

»Bitte verzeih mir! Lass nur Jean-Luc gehen!

Er hat nix damit zu tun. Ich war ein Scheißvater.
Mich kannst du meinetwegen töten!«

Der athletische Mann in dem Maßanzug drehte sich um und drückte dem Gefangenen die Zigarre an der Wange aus. Er schrie und in diesem Moment versetzte der Pate ihm einen Tritt, dass der Stuhl wieder kippte.

»Ich warne dich Paul, du hast mich sehr enttäuscht und das war erst der Vorgeschmack. Ich werde mit dir ein Exempel statuieren. Ich denke mir etwas ganz Feines aus.
Und Paul«, der Don wandte sich ab, »ich habe deinen Sohn nicht und ich würde an deiner Stelle beten, dass das so bleibt, denn sonst müsste ich mich seiner höchstpersönlich annehmen.«

Das Bild im Spiegel erlosch, als puste man ein Streichholz aus. Ich saß im düsteren Verschlag, ich strich mit meinem Finger über die Oberfläche, die jetzt wieder den Zigeunerjungen zeigte, der aus mir geworden war.

»Papa, wo bist du?«

Ich wollte ihn befreien, ich hatte richtig Adrenalin. Doch er konnte überall sein und ich würde Hilfe brauchen. Ich wollte

ihn retten und ich wollte nach Hause. Doch irgendwann stand ich auf, ich nahm den Spiegel in dem altertümlichen Kleid mit und schlüpfte zu Phoebe ins Bett. Ich kuschelte mich nahe an sie und hörte ihren regelmäßigen Atem. Später bemächtigte sich meiner ein unruhiger Schlaf und der wurde leider viel zu früh beendet.
Jorik ging durch die Gänge und hämmerte gegen die Türen. Wir brachen mit Kisten und Kasten, mit Zelten und den Zirkuswagen auf. Davor setzten wir die Autos und vor einen alten Planwagen mit Kram spannten wir die insgesamt vier Pferde. Sladi und ich fuhren mit ihm und Phoebe legte sich hinten hinein auf eine Art Seesack:
»Ich bin müde!«, verkündete sie.
Martha kam auch mit. Zu meiner Überraschung fuhr sie einen silbernen Jeep. Jorik fuhr einen Kleinwagen mit Anhängerkupplung und einem winzigen Wohnwagen hintendran. Tur, seine Schwester Nichi und Oro blieben auf dem Hof, um nach dem Rechten zu sehen.
Der Rappe, Shaydan und die gecheckte Stute, Shedyl trappten brav an, hinter ihnen liefen eine schwarz-weiße

Stute, mit Namen Nytzka und ein junger Wallach mit Namen Thorn, dessen Fell rötlich in der Morgensonne schimmerte.

Nytzka und Thorn waren noch jung und konnten nicht allzu viele Kunststücke, weil sie sich gerne ablenken ließen.

»Was is?«, Sladi reichte mir die angerauchte Kippe.

Ich nahm sie und zog. »Haste jetzt Schiss wegen der Show? Ziehst du den Schwanz ein?«

»Das ist es nicht!«, versicherte ich.

»Sag es mir, Welpe! Ich bin dein Trainer und du musst mir praktisch alles sagen.«

»Also, ich hab nen Spiegel gefunden und ich..., also da hab ich...«

»Und da hast du reingeguckt«, Sladi lachte, »da hätte ich mich auch erschrocken.«

Ich sah davon ab, ihm zu erklären, dass ich genau so aussah wie er.

Ich zog nochmal, schmiss die Kippe in den Graben und sagte: »Ich hab meinen Vater gesehen!«

Mein Sitznachbar verzog das Gesicht und verschluckte sich am Qualm. Dann gab er mir eine auf den Hinterkopf:

»Ich hab dir gesagt, es wird nicht gekifft.«

»Ich hab nicht gekifft. Wie auch? Mein Vater war im Spiegel und er wurde gefoltert von diesem Don und seinen Leuten.«

»Ich dachte, er sei tot«, Sladi schnalzte den Pferden.

»Sagen wir einmal so: Er ist nicht weit davon entfernt. Aber ich weiß nicht, wo er ist.

Es sah aus wie irgend so ein Gewölbe.«

»Nun, das kann schon sein, die Insel Xan-Xan war früher das Reich von Schnaps-Schmugglern. Sie ist porös und ausgehöhlt wie ein Schweizerkäse. Der Don ist unter den Wirtsleuten sicher bekannt. Du kannst dich einmal umhören oder aber du fragst Martha mit ihrer Kugel.«

»Ernsthaft?«

»Ernsthaft, Welpe!«

Das Rummelgelände war außerhalb, aber nicht weit von der Stadt. Der Abend war heraufgezogen, denn der Weg mit den Wagen hatte sich auf den engen Straßen mehr als schwierig gestaltet und wir mussten fast den ganzen Tag rangieren bis sie hier standen. Der Himmel war mittlerweile dunkelblau mit weißen Tupfen, so wie es nur zu jener fortgeschrittenen Stunde sein konnte. Die Luft hatte abgekühlt und ich atmete tief, dankbar, dass die unerbittliche Sonne schlief.

»Hey, ihr zwei Hübschen!«, rief Jorik mir und Phoebe zu,

besorgt uns doch mal, ein oder zwei Six-Pack.

Ich hab Brand.«

Er warf mir fünf Münzen zu. Drei konnte ich fangen, zwei musste ich aufheben. Ich salutierte und schlenderte in die andere Richtung. Phoebe und ich gingen Hand in Hand und auch wenn alles total Kacke lief und ich dauernd an meinen Vater denken musste, war ich ganz kurz glücklich.

»Wirst du wieder diese Brennscheiße abziehen?«

»Ja!«, kicherte sie.

»Wirst du aufpassen?«

»Nein!«

Jorik entfernte den Kronkorken mit einem Feuerzeug. Er gab mir eine Flasche und ich reichte sie an Phoebe weiter. Ich nahm einen Schluck. Das Bier schmeckte am Anfang süßlich-süffig und im Abgang herb. Vor allem aber war es kalt. Ich seufzte. Ich hätte es beinahe hier aushalten können. Ich spähte in die Runde. Jorik und Broof bauten mit Sladi ein Fahrgeschäft auf. Ich vermutete, es würde so eine Art Berg-und-Tal-Bahn werden.

»Komm mal, Welpe!«, rief mich Sladi mit dem Schraubenzieher in der Hand.

»Ich komm gleich«, rief ich, ich hatte einen Schluckauf, »ich muss mal pissen!«

Das war tatsächlich nicht gelogen und ich wandte mich Richtung Toiletten. Auf dem Weg dorthin kam ich an dem runden Zirkuszelt vorbei. Dort stand ein Schild mit Aufschrift: Reitershow Eintritt 5 Dori. Als ich aus dem Klohäuschen trat, fiel mein Blick links auf die abgedeckten Zirkuswagen. Ich konnte nicht anders. Etwas zog mich dort hin.

Die Plane des ersten war etwas heruntergerutscht.

Ich roch das Löwenwesen und meine Wolfsinstinkte meldeten Gefahr. Trotzdem trat ich ans Gitter:

»Sartyros?«

»Junger Wolf!« Ich spürte seinen ruhigen Atem hinter den Stäben.

»Warum bist du zurückgekehrt?

Wo doch die Tür offen war?«

»Weil ich nichts anderes kenne, junger Wolf.«

Das Untier schnaubte und mit einem Mal spürte ich im hintersten Winkel meines neu erworbenen Ichs Verständnis und das gab mir einen Stich.

»Sowohl die Ook-Ahn, als auch wir Wesen des Zwielichts wählen gerne das kleinere Übel. Aber wenn du den Splint noch einmal herausziehen könntest, wäre ich dir dankbar, denn es ist eine herrliche Nacht zum Fliegen.« Ich nickte.

»Das will ich tun!« Ich hörte, wie Sartyros schwere Flügel über den Boden schleiften und ein Geräusch als klappe man einen Sonnenschirm auf.

Ich wandte mich zu Imris Wagen, das hohe Gras kitzelte meine Waden. »Imri?« Sie antwortete nicht. Ich zog den

Bolzen aus dem Klappschloss und öffnete quietschend die Tür. Ich trat ein. Der Wagen war leer.

Doch da war eine Präsens und eine Macht, die mich zwang mich zu knien.

»Du bist freiwillig gekommen? Brauchst du einen Kick?«

Die Macht war sehr stark, sie hielt mich fest. Ich spürte, wie sich ein Schatten von der Decke löste und hinter mir auf dem Boden Platz nahm.

»Ich brauche deine Hilfe!«

»Weil ich euch Ook-Ahn so oft helfe?«

»Imri, bitte! Ich habe meinen Vater gesehen und er ist in großer Gefahr.«

»Das bist du auch, junger Wolf!
Und zwar genau im Moment!«

»Imri, ich flehe dich an! Du bekommst mein Blut, du bekommst alles, aber...hilf mir ihn zu retten!
Allmächtige, sei gnädig!«

Sie machte ein komisches Geräusch, als ob sie ruckartig ausatme. Vielleicht war sie überrascht.

Ihre Stimme war in meinem Kopf:

»Du bittest mich um Gnade, Dak-Jin? Dreh dich um!«

Ich gehorchte. Sie hatte wunderschöne goldene Augen, sie hielten mich gefangen. »Wo hast du ihn gesehen?«

»Er ist mir im Spiegel erschienen. Er ist beim Don, diesem Mafiosi und der foltert ihn und will ihn umbringen.«

»Zeig mir die Bilder!«

Ich kam neben ihr zu liegen, sie machte mit ihrem Geierring einen Schnitt, diesmal unterhalb meines rechten Ohres und dann spürte ich wie sie trank. Ich fiel sofort in höchste Verzückung, überall durchliefen warme Wellen meinen Körper hinauf und hinunter.

Die Dunkelheit der Welt löste sich in tanzenden, knallbunten Farbblasen auf.

»Denk an ihn!«, hörte ich die Priesterin von überall her.

Man konnte es nicht wirklich mehr als Denken bezeichnen, es war eher ein zäher Vorläufer dessen, was wir Gedanken nennen würden. Ich rief mir das Gesicht meines Dads in Erinnerung. Sein Abbild blieb immer wieder in den Blasen in meinem Kopf stecken und irgendwann hatte ich ihn gänzlich vergessen. Der Moment war das Einzige, was zählte.

Da flüsterte sie: »Ich spüre ihn, er ist nicht weit! Doch wo er genau ist, kann ich nicht sagen. Doch eines weiß ich, die Tyche[9] wird dir helfen ihn zu finden. Denn manchmal müssen wir das Schicksal nicht suchen, denn es findet uns. Ihn zu retten ist für einen Jungen unmöglich. Für einen jungen Wolf, der die Fähigkeit hat, niemand zu sein, da sehe ich eine gewisse Chance.«

Ihre Worte zogen an mir vorbei wie Blätter im Wind. Die Extase flaute ab und mein Körper gierte nach mehr. Ich umarmte sie, sie roch etwas nach Moschus. Ich fühlte den Wolf in mir, der unruhig wurde, der vor Verlangen winselte. So drückte ich die Wunde gegen ihre wunderschönen Lippen und sie tat mir den Gefallen.

»Du bist so hartnäckig. Du könntest es tatsächlich schaffen.«

---

[9] ist ursprünglich die Göttin des Schicksals, in Kathangoo nennt man die Vorhersehung selbst so.

Einunddreißigste Legende

Ticki wartete lange Zeit. Er wusste nicht mehr worauf oder dass er eigentlich der Gott der List war.

Er wusste, er vermisste jemanden oder etwas und dass er sich einsam fühlte.

Das Tapioka-Kraut im Tee hatte ihn lull und lall gemacht und die Wirkung ließ nur langsam nach.

Seine Ticki-Vögel waren ohne Führung und zischten in Schwärmen rund um den Baum Tamtam und hoch und runter, als seien sie Moskitos.

Ticki aß ein paar Dattelkekse und wunderte sich, wo die wohl her wären. Da klopfte es unten am Stamm. Der Gott eilte die Eingangstüre zu öffnen. Ein altes Mütterchen stand davor und hielt den Kopf schief, zudem war es über und über mit Schlamm bespritzt.

»Sohn!«

»Mama?«

»Dein Star, Salidor, hat mir von deiner wunderschönen Verlobten berichtet und da habe ich mich sofort auf den Weg gemacht, sie kennenzulernen.«

»Nun, Verlobte?«

Ticki war verwirrt, doch Fetzen der Erinnerung bahnten sich ihren Weg in seinen Kopf.

»Synthis!«

Die wunderschöne Synthis mit ihren blonden Locken, dem Porzellanteint und dem verschmitzten Grinsen. Er wollte sich ihrer bemächtigen.

Die Frage war: Hatte er das geschafft?

Die Antwort war. Keine Ahnung!

Aber er hatte ernsthaft Kopfweh und er griff sich an die Stirn. Die Alte langte in ihren Korb mit den Blauen Blümchen. Sie reichte ihrem Sohn ein grünes Stückchen, das wie Gurke aussah.

»Bitterkaktus hilft!«

Er nahm es in den Mund und zog die Wangen nach innen: »Bäh!«

»Wo ist denn nun die Kleene?«

»Also sie ist ausgeflogen, um sich ihr Brautkleid aus feinsten Schwanenfedern anpassen zu lassen«, log Ticki. Seine Mutter merkte das wohl.

»Mit wem ist sie denn geflogen?«

»Sie hatte einen Teppich und flog Richtung Sambal um dort am Kandissee das Kleid von den Agriden, den Näherinnen der Götter, anpassen zu lassen.«

»Nun«, sagte Nixnütz tückisch, »jetzt, wo das Baby da ist, muss das Kleid ja nicht mehr so weit sein.«

»Bei Eradi, sie hat das Kind schon!« Ticki erschrak, er glaubte in seinem benebelten Kopf, er habe Synthis genommen und sie habe irgendwie bereits sein Kind geboren.

»Hast du eine Badewanne?«, fragte Nixnütz.

»Nein, Mama, aber ich habe eine Regenwolke unter einer Astgabel eingeschlossen .Wenn man diese eine getragene Weise spielt, dann weint sie. Leider habe ich die Melodie vergessen.«

»Mach du schon einmal nen Tee!
Ich glaube, ich kenne das Lied!«

19- Beichte

Diesmal war ich tief in Imris Geist eingedrungen und wir waren die unselige Verbindung von Beute und Raubtier eingegangen.

Von fernher hörte ich eine Glocke, die dumpf und hohl in langsamem Rhythmus läutete.

Sie erfüllte das Gemäuer. Denn ich befand mich in einer Höhle. Ich roch einen kalten Fluss. Ich erkannte diesen Ort, als jenen, wo ich mein altes Ich getroffen und mit den Seelenfängern geredet hatte, wieder.

Und tatsächlich hörte ich mich selbst rufen.

Es klang gedämpft, wie hinter Glas.

Vor mir breitete sich Nebel aus, rechts neben mir rauschte das dunkle Wasser. Im Dunst bewegten sich Gestalten und ich ahnte, wer das war.

Dann sah ich den Anführer, wie er langsam, im Rhythmus der Glockenschläge auf mich zukam. Er hielt den

Galgenstrick vor sich und die Schlinge pendelte in Kniehöhe hin und her: »Niemand... wird den Berg... bezwingen!

Niemand...wird das Morgen...bringen!«

Ich trat tapfer auf sie zu. Eigentlich aber spürte ich, wie meine Knie weich waren.

Die Seelenfänger waren nun alle aus dem Nebel getreten. Es waren ihrer sieben. Der Vordermann mit seiner hellen Kapuze starrte stur zu Boden und blieb stehen. Hinter ihm zu seiner Rechten und seiner Linken standen jeweils drei Männer versetzt hintereinander, so dass sie eine Art Dreieck bildeten.

Ich kniete mich hin, denn ich erinnerte mich daran, dass der Typ das letzte Mal Demut gefordert hatte.

»Niemand...wird euch...Heimat geben!

Erweckt...den Berg...zu neuem...Leben!«

Ich legte mir den Strick um den Hals, denn so schien es zu laufen.

»Was willst du?«

»Ich bin ein Sünder!«

»Das kann ich sehen«, sprach er mit dunkler Stimme, »aber

Ich kenne dich nicht. Für wen willst du bitten?«

»Ich bitte für meinen Vater, für Phoebe, ich bitte für Martha, für Sladi und für Jorik.«

Er nickte. Ich konnte seinen Atem sehen, ich fror plötzlich.

»Bittest du auch für dich selbst?«

»Nein«, ich schüttelte den Kopf und mit einem Mal wurde mir klar, dass ich nie wieder in meine alte Welt zurück könnte, »mein Leben ist verwirkt. Ihr könnt mich mitnehmen, aber gewährt mir noch einen Aufschub.«

»Wieso sollte ich das tun?«, fragte der Seelenfänger streng.

»Ich will noch meinen Vater retten!«

Ich ließ den Kopf hängen.

Er zögerte. Schließlich nahm er mir die Schlinge ab. Die hinter ihm fingen, wie auf ein geheimes Zeichen hin, an zu murmeln und wollten weitergehen.

»Ich kann dich nicht mitnehmen, denn ich sehe dich nicht. Dein Name steht nicht im Buch der Sünden. Geh getrost in diese Richtung! Du kommst an eine Tür. Öffne sie! Dahinter wartet ein Geschenk für dich, Shoot!« Die anderen raunten: »Das eine Lied, es...wird erklingen,...die Stadt zu neuem Leben bringen.«

Er ging einfach an mir vorbei und ich blieb noch kurz am Boden. Ich hörte mein altes Ich betteln. Nur wusste ich nicht woher.

»Lass mich raus! Lass mich bitte raus!«

Als die Seelenfänger weiter weg schienen, sprang ich auf und rannte in die Richtung, wo ihr Anführer hingezeigt hatte. Tatsächlich kam ich an eine halbrunde, massive Pforte. Sie wirkte nur angelehnt. Ich zog daran, doch es wollte mir nicht gelingen, sie zu öffnen.

Da dachte ich an den Werwolf, an seine Muskeln und sein wildes, kochendes Blut. So versuchte ich es erneut.

»Na, also!«

Hier war ein düsteres Gewölbe. Ich konnte nichts sehen.

»Sa li ster!«, flüsterte ich, wie Sladi es vorgemacht hatte. Ich hob den Daumen und eine orangene Flamme leuchtete darüber. Hier war alles irgendwie verkohlt und voller Scherben. Verbrannte Regalteile lagen herum.

»Bitte, lass mich doch heraus!«

»Ich helf dir ja! Wo bist du?«

»Na, hier! Na, hier!«

Ich wendete mich dem Rufer zu. Es kam vom Boden her. Ich leuchtete mit meinem Daumen. Da war ein großes, angekohltes Marmeladenglas und darin zappelte ein winzig kleiner Fly. Er klopfte und war ganz aufgeregt.

»Mach auf!«, befahl er.

»Moment Mal! Wenn ich dich hier heraus lasse. Dann versprichst du mir erstmal, dass du nie wieder so ein riesengroßes Arschloch sein wirst, wie du es einst warst.«

»Lass mich raus!«, verlangte er wütend.

»Ich warte!«, erklärte ich cool.

Der Winzling brach zusammen: »Sicher, ich verspreche dir alles, ich bin schon ewig hier drin!«

»Nicht nur versprechen, auch halten!«

»Ja!«

Ich schraubte das Glas auf. Der Deckel hatte Löcher, als habe man ein Insekt beobachten wollen und mit einem Mal

ging alles so schnell. Mein altes Ich stand in Lebensgröße neben mir und schaute mich aus blauen Augen an.
Dann war er plötzlich in mir drin und im selben Moment wachte ich neben Imri im Zirkuswagen auf.

Am Himmel erschien erstes Morgenrot. Ich fasste mir an den Hals, wo sie getrunken hatte. Die Priesterin schlief und ich ließ sie. Ich konnte kaum gehen. Der Rausch hatte seinen Preis gefordert. Schnell legte ich das Schlagschloss um die Ecke und suchte den Bolzen. Ich steckte ihn mit zitternden Fingern hinein. Obwohl ich kaum annahm, dass ein Stück Eisen wie dieses eine wie Imri würde abhalten können, zu fliehen.

Ich taumelte Richtung Fahrgeschäft. Meine Knie waren weich wie Pudding, ich kam nicht leicht voran. Ich erkannte, dass die Berg-und-Tal-Bahn fertig aufgebaut worden war. Ich kippte nach vorne und hatte kurz Brechreiz.
Gott sei Dank verging er. Ich berappelte mich und als ich aufrecht stand, erkannte ich zwei Schemen, die sich aus dem Schatten der Stufen des Fahrgeschäftes lösten.

Der eine kam ziemlich schnell auf mich zu.

Der andere brauchte länger.

Der Schnellere war Sladi. Er war wutentbrannt.

»Mensch Scheiße, Du!«, brüllte er. Ich torkelte auf ihn zu und wollte ihm alles erklären.

Er schallerte mir eine mit der flachen Hand auf die Wange. Es klatschte und ich drehte mich, da gab er mir noch eine auf die andere Seite. Ich fiel auf die Knie und spuckte ein bisschen. Da war Jorik da. Ich hörte Joriks beruhigende Stimme: »Lass gut sein, Sladi! Er ist nicht dein Bruder oder so.«

»Ach, nicht?«, tobte er. »Meine kleine Schwester heult sich die Augen aus dem Kopf und ich…ich hab gedacht…«

»Was hast du gedacht?«, hakte Jorik nach.

Sladi trampelte unruhig vor mir hin und her. Ich drehte mich um und legte mich ins Gras. Ich schmeckte Blut auf der Lippe. Rotes Sonnenlicht fiel durch meine geschlossenen Lider.

Mein Wolfsbruder war nicht so ohne und hatte ordentlich zugelangt.

»Sagt er, er will pissen gehen und taucht die ganze Nacht nicht mehr auf. Und morgens ist er voll wie zehn Russen. Super Neuschnee! Weißt du, was ich alles investiert hab. Er kann froh sein, dass er nicht mein Bruder ist.

Meine Schwester heult und er...«

Nun wurde der Faun sauer, er schrie nicht, aber sagte sehr nachdrücklich und bestimmt: »Jetzt machst du aber mal nen Punkt! Was hast du denn investiert? Schläge? Schimpfwörter? Und was hast du denn gedacht, dass er abgehauen ist? Hast du dir am Ende Sorgen gemacht?«

Ich hörte Sladi knurren.

»Spuck s aus!«, setzte Jorik einen drauf.

»Ja«, sprach der Zigeuner leise.

»Ich höre dich nicht!«

»Ja, ich habe mir Sorgen gemacht. Ich dachte, er sei abgehauen oder in Schwierigkeiten. Oder beides!

Und nun ist er besoffen und heute Abend ist Vorstellung.«

Ich öffnete die Augen, Lichter tanzten vor meinem Gesichtsfeld. Ich sah alles verschwommen. Da war der Umriss einer anderen Visage, die beugte sich über mich. Es war Broof, der ehemalige Sklave. Er berührte mich am Hals.

»Er ist nicht besoffen. Du hättest ihn nicht schlagen sollen.«

»Aha, hätte ich nicht! Du hast mir gar nichts zu sagen! Du bist nur ein Ook-Ahn!«

»Ach? Bin ich das? Dieser Ook-Ahn sagt dir, dass das Imri war und wir wollten, dass er sie trinken lässt. Außerdem bin ich derjenige, der weiß, dass niemand auf dieser Welt, Imri widersteht. Sie ist zu mächtig. Er hat getan, was wir von ihm wollten und ist ihrem Ruf gefolgt und du schlägst ihn. Ganz toll gemacht!«

»Ich kenne Imri ganz genau, besser als du dir vorstellen kannst und du hast bei mir gar nichts zu melden«, schnauzte Sladi.

Einen Augenblick später lag er neben mir und winselte vor Schmerz. Er griff sich an den Kopf und krümmte sich. Ich versuchte mich aufzurichten und streckte die Hand nach ihm aus.

»Ich kenne Imri«, erklärte Broof und das hier ist Doljeste, das hat sie mir beigebracht und ich war fleißig.

Hab ich dir jetzt etwas zu sagen?«

»Ja! Ja!«, schrie Sladi willenlos.

Ich berührte ihn und saß vor ihm. Ich sah Broof bittend an, während Sladi keuchte.

»Verdammt hör auf!«, kam es über meine blutigen Lippen.

Broof zog die Brauen hoch: »Einen noch! Und wer kennt die Priesterin besser?«

Der Zigeuner krümmte sich noch einmal und stöhnte.

Da schien die Pein abzuebben und er schrie:

»Na, ich, kenne sie besser!« Er machte eine Pause und richtete sich auf. Er war dabei sich zu verwandeln und wuchs. Überall bedeckte ihn Fell.

Broof stutzte.

»Sie ist meine Mutter!«, röhrte er.

Zweiunddreißigste Legende

Synthis und das Baby Hoenir flogen immer noch in Richtung Rotes Felsmassiv.

Es wurde langsam dunkel und die Erdmutter breitete ein dunkles Tuch aus tausenden glimmender Sterne über das Land.

Flick gähnte, Hoenir schlief und die Göttin saß im Schneidersitz, schaute zu den blinkenden Himmelskörpern und sie ertappte sich bei einem klitzekleinen Gedanken an den gebräunten Ticki mit dem verschmitzten Grinsen. Sie stöhnte auf.

»Herrin?«

»Ja!«

»Sind wir bald mal da? Ich spüre jeden Knoten im Leib!«

»Da vorne ist doch der große, rote Felsen. Sieht aus wie das Haupt eines roten Tukans.«

»Wenn du das meinst, Herrin. Wehe der Herr Bruder ist nicht zugegen!«

»Wie wehe? Wer hat denn hier Ansprüche zu stellen?«, meinte Synthis betont affektiert.

»Nun, nein! Ich meinte...Hatschi! Bin etwas verschnupft...wie weh würde mir ums Dekor, könnte ich den werten Bruder nicht begrüßen.«

Flick durchflog ein weißes Wolkenband und er sah etwas Licht in einer Höhle, da wusste er, dass sich dort der Bruder aufhalten musste.

Hoch über Kakteen und rotem Sand ragte eine runde Felszunge ins Nirgendwo. Sie war wie eine natürliche Terrasse, hinter welcher der Höhleneingang lag. Flick landete leise, Synthis nahm das schlafende Baby auf den Arm und betrat die Wohnstätte Tarturos. Alles lag so ruhig und so dunkel, nur die Fackeln knisterten. Da wurde der taffen Göttin tatsächlich mulmig.

»Hallo?«, rief sie halbherzig.

»Halloooo!«, rief auch Flick, doch keine Antwort.

Die Wohnung war so wunderschön in den roten Sand gemeißelt. Es gab keine Ecken, nur Rundbögen, die in den einen oder anderen Raum führten.

Sie waren direkt in den Stein getrieben. In einer besonders gemütlichen, kleinen Kammer stand ein Tisch. Auch er war aus Gestein. Auf ihm befand sich allerlei Essen, Obst und Brot und sogar eine Karaffe. Daneben brannte ein Leuchter mit drei Kerzen. Hier gab es auch eine Bank mit Lehne, die gänzlich mit einem weißen Fell überzogen war.

Alles in allem war das sehr einladend und die Göttin der Eifersucht trat näher. Sie streckte die Hand nach den Weintrauben aus und nahm sich eine. Als sie diese prüfend in den Mund gesteckt hatte, erhob sich ein Gebrüll.

»Wer wagt es, meine Ruhe zu stören?«

Synthis fuhr herum: »Bruderherz!«

Tarturo war rot wie der Felsen selbst, nur seine Haare wirkten etwas dunkler. Seine Augen waren Schlitze und ihm entgleisten die Gesichtszüge.

Er hatte sich vor der vermeintlichen Einbrecherin aufgebaut und seinen Stock in der Hand. Den wollte er jedoch nicht nur zum Schlagen nutzen, denn es war sein Zauberstab.

Er ließ ihn sinken.

»Schwester!« Synthis kam auf ihn zu, herzte ihn und wuschelte ihm mit der freien Hand durch die Haare.

»Du hast ein Baby?«

»Nein!«

»Aber du hast eines im Arm.«

»Nun, das hab ich in den Nonex-Sümpfen gefunden, die Xinidae wollten es sich einverleiben. Doch nun zu dir und zu der Frage: Hast du Milch da?«

Der Gott der Qual schaute abfällig auf Flick, der von der langen Reise etwas angeschmutzt war.

»Was ist das für ein Lappen?«

Flick machte ein entrüstetes Geräusch.

»Das ist mein getreuer Teppich, Flick.

Er begleitet mich auf meiner Reise.«

Tarturo führte seine Schwester zu der Bank und machte eine ausladende Bewegung. Dennoch spürte man, dass Widerwille dabei mitschwang.

»Ich habe keine Milch, doch ich habe einen Zauberstab.« Tarturo klopfte in einer schnellen Folge auf den Gesteinsboden, in etwa fünfmal langsam, dann wieder schnell. Er murmelte etwas, da hatte er plötzlich einen Becher in der Hand. Synthis strich ihr Kleid glatt und nahm Platz. Sie spürte wohl, dass ihr Bruder sie nicht hier haben wollte. Er stellte den Becher vor ihr ab und Flick zog sich beleidigt vor einen Kamin, der elegante Formen aufwies, zurück.

Gerade als Synthis sich in Gegenwart ihres verstockten Bruders unwohl zu fühlen begann, erwachte das Baby. Hoenir riss die kleinen

Äuglein auf und sah sich um. Als sein Blick auf Tarturo fiel, verzog er die Mundwinkel und begann aus Leibeskräften zu brüllen. Die Göttin tunkte ihren Finger in die warme Milch und führte ihn dem Schreihals in den Mund. Er saugte. Doch das ging immer nur einen Augenblick lang gut und das Geschrei begann erneut.

»Oje, Oje!«, stieß die Göttin hervor.

Tarturo wirkte unentspannt. Das, was er sagte, konnte niemand verstehen.

Hoenirs Gebrüll drang durch das Höhlensystem und wurde durch das Gestein und die Hohlräume darin, verstärkt, als säße er selbst in einem gigantischen Megaphon.

Das hörten auch die drei Drachen, die auf dem Weg zu den Wanderern waren.

»Oh Brüder, hört! Eine Heulboje!«, stellte Corry fest.

20- In Flagranti

Der Morgen war weit weg, so weit, als wäre er nun schon nicht mehr wahr.

Sladi hatte geheult und Broof sah Jorik entsetzt an.

Der Zigeuner war sehr hart zu mir gewesen. Aber zusammen mit ihm konnte ich ausprobieren, wie heilsam Verzeihen war und ich verzieh ihm. Ich nahm ihn in den Arm und seine heißen Tränen fielen auf meine Schulter.

»Ich habe das nicht gewollt, Welpe!«, schniefte er.

»Es ist schon gut!« Ich half ihm aufstehen. »Ich glaube, ich habe mal jemanden gebraucht, der mir die Grenzen zeigt«, gab ich zu.

»Ich hätte es nicht so gedurft, nicht auf die harte Tour. Aber ich habe Angst um Phoebe und ich bin unsicher - manchmal jedenfalls«, erklärte er.

»Wir sind alle nur Menschen!«

Er lachte und verschluckte sich am Rauch seiner Kippe.

»Sie ist also deine Mutter?«

Er nickte und sah auf seine Stiefelspitze.

»Warst du denn damals in Kathangoo?«, wollte ich wissen.

»Nein, wir waren bei Martha. Sie hat uns von ihr erzählt und uns das Hexen gelehrt. Sie lehrte uns, das zu sehen, was auf der anderen Seite ist und machte uns stark. Doch tief drinnen, da war immer so eine Leere - ganz tief.«

Er zeigte auf seine Brust.

»Ich kenn das!«

Er ließ mich ziehen.

»Weißt du, ich liebe Phoebe!«

»Klar!«, antwortete ich.

»Niemand soll ihr wehtun. Doch ich merkte, dass seltsame Dinge vorgingen und komische Gestalten gingen in der Schenke ein und aus. Dann brach der Vulkan aus, Oro kam, Nichi und Tur. Sie brachten Imri mit. Martha sagte, dieses verbrannte Ding sei meine Mutter und wir müssten sie aufpäppeln, um mit ihr Kathangoo neu zu errichten.«

»Hasst du sie?«

Er sah mich mit seinen dunklen Augen an. Er hatte einen kleinen Schnurrbart und einen Drei-Tage-Bart im Gesicht.

»Alder, ich hab Angst vor ihr!« Er nahm mich bei der Schulter und schüttelte mich ein wenig.

»Sie hat kaum von den anderen getrunken. Sie wollte Broof, aber sie ist wie eine Droge und er wollte das nicht mehr. Tut es eigentlich weh, wenn sie das macht?«

»Ja! Nein! Es ist einfach nur das Geilste!«

»Phoebe macht es auch. Sie benutzt sie. Imri trank durch sie, als sie damals zu schwach war. Ich wollte das nicht, deshalb die Nummer an dem See.«

»Hilfst du mir meinen Dad zu befreien? Er ist beim Don.«

»Lass uns die Pferdenummer heute Abend noch durchziehen, danach brechen wir auf.«

Wir waren an den Wohnwagen und an meinem Schlafzelt angelangt. Ich schlug ein.

»Du Sladi, wenn wir schon keine Blutsbrüder sein können, können wir doch Wolfsbrüder sein.«

»Geht klar, Welpe!«

Wir schliefen bis mittags, aßen und gingen zu den Pferden. Abends war der große Auftritt.

Ich war sehr aufgeregt, das kleine Volksfest war voller Menschen. Im Zelt tummelten sich vor allem Touristen, die ihr Geld unter die Leute warfen. Es gab aber auch jede Menge zwielichtiger Typen, die es fangen wollten.

Um uns wuselten so viele Leute herum, ich war mega aufgeregt.

»Sag mal ist das normal, ich kotz mir gleich mein eigenes Herz vor die Füße?«

»Ja«, lachte Sladi, »das ist normal!«

Er tätschelte Shaydan, der genauso nervös wie ich wirkte.

Die Vorstellung ging aber ziemlich glatt. Der Zigeuner und ich galoppierten im Stehen. Über uns war Phoebe am Trapez. Sladi jonglierte mit brennenden Stäben und dann machte er einen Salto rückwärts, um an dem linken Trapez zu hängen zu kommen. Während er wieder herab sprang entzündete er Phoebes Kleid und sie brannte. Ich aber wechselte nur aufs andere Pferd.

Shaydan stieg, Phoebe verschwand.
Als sich die Leute von dem Schock erholt hatten, stand Sladi mit der Peitsche in der Manege und sie saß putzmunter auf Shedyl. Tosender Applaus!

Wir machten eine Pause.
Mir war so schummerig.
»Gut gemacht, Welpe! Sehr gut!«
»Irgendwie is mir nicht so gut!«
Phoebes Rock qualmte noch: »Ach, Quatsch«, sagte sie und wuschelte mir durch die Locken, »das ist nur die Aufregung!«
Dann stutzte sie kurz. »Hast du dir die Haare gefärbt?«
»Ne!«
»Wird sicher nur das Licht sein!«

Als ich durch den Vorhangschlitz auf das Publikum spähte, hatte ich kurz das Gefühl, ich hätte den Don mit seinem Hut und seinen Handlanger, diesen riesigen Typ, gesehen.

Doch die Leute rannten mit Getränken und Popcorn durcheinander und ich verlor den hellen Hut aus den Augen.

Auch die zweite Runde ging zunächst ganz gut. Sladi und ich ritten nebeneinander, stehend auf den Pferden, wir warfen uns die Minifackeln zu und einmal schleuderten wir sie absichtlich zu hoch und Phoebe fing sie kopfüber am Trapez hängend.

In diesem Moment spürte ich einen übermächtigen Blick und ich wendete mich in die Richtung, aus der er kam.

Da saß der Don und grinste und klatschte gekünstelt. Ich registrierte, dass er weiße Handschuhe zu einem hellen Anzug trug. Beinahe trat ich fehl, denn ich musste gerade mit dem linken Fuß wieder auf Shedyls Rücken zurück, damit ich und Sladi uns trennen könnten. Die Nummer war fast zu Ende. Eigentlich sollte der Zigeuner vom Pferd herunterkommen und Phoebe fangen. Plötzlich jedoch setzte das Unwohlsein wieder ein. Ich bekam Kopfweh, dass mir beinahe der Schädel platzte, ich sah nur noch verschwommen und hatte Schmerzen in den Gelenken.

»Sladi!«, rief ich. Er wendete sich nur für den Bruchteil einer Sekunde mir zu, denn er musste jetzt springen.

»Was passiert?«

Mein Pferd spürte meinen Zustand und ging nicht mehr in der Spur. Shedyl stieg und ich hielt mich an der Mähne fest.

Da sah ich meine Hand und sie war hell, so hell wie früher. Der Schmerz ebbte ab und ich sah klarer. Die Zuschauer schrien vor Überraschung und hielten sich die Hände vor den Mund. Der Don war aufgesprungen, warf das Popcorn hin und begann über die Balustrade zu klettern.

Sladi hatte Phoebe gefangen, allerdings waren die Pferde außer Kontrolle. Ich sah wie Bosco eine Waffe zog.

Als er sie hochriss, gab es eine Panik unter den Zuschauern.

»Du hast dich verwandelt. Du bist Fly!«, klärte mich mein Partner auf. Ich wollte zu Phoebe und von Shedyl springen. Aber Bosco hatte nichts Besseres zu tun als zweimal in die Luft zu schießen. Die Masse kreischte. Die Hölle brach los.

Ich sah noch, wie Sladi seine Schwester mitzog und fliehen wollte. Da richtete Bosco die Waffe auf mich:

»Na, Endlich!«

Die Kugel löste sich, Shedyl buckelte, alles war zu spät. Ich sah im Fallen wie Phoebe von Shaydans Hufen niedergetrampelt wurde.

»Nein!«

»Ich bin bei dir«, sagte Fly in meinem Traum.

»Ich will dich nicht! Du bist ein Arschloch!«

»Wie nennt er mich?«, hörte ich jemand sagen.

»Oh, Bosco, du Idiot! Er schläft noch. Er hat eins auf die Rübe gekriegt!«

»Wir können nach Hause gehen«, meinte Fly.

»Ich will zu Phoebe! Ich weiß nicht mehr, wo zuhause ist! Ich will nicht Fly sein!«

Da weckte mich ein Eimer Wasser und im ersten Moment dachte ich, es sei Jorik gewesen. Ich wünschte mir nichts mehr. Da machte ich die Augen auf und sah genau in das grinsende Gesicht des Don.

»Hey, willkommen zurück!«, zischte er zynisch.

Mein Vater lag auf dem Boden, er hatte einen Sack über dem Kopf, aber ich erkannte ihn am Hemd, das ganz blutig war.

»Na, das war ja mal ne coole Nummer!«, gab der Don zu und fasste sich an den Hut. »Wie hast du das mit deinem Gesicht gemacht? Was bist du? Bist du nun Zigeuner oder bist du ein Weißbrot?«

Er lachte und stippte die Asche auf den Boden - direkt neben meinen Dad.

»Ich bin niemand.«

»Werd nicht frech!«, warnte mich Bosco, der neben mir saß. Die Arschlöcher hatten mir die Hände hinter den Rücken an einen Stuhl, auf dem ich auch hockte, gefesselt.

»Wo ist meine Freundin?« Der Don zuckte die Achseln, dass sein Hemd Falten schlug.

»Es gab nen ziemlichen Tumult. Dein Kollege hat geheult.
Ich glaub, sieht schlecht für sie aus.
Aber leider mussten wir vor dem Finale los.«

Er pustete mir den Rauch der Zigarre ins Gesicht und plötzlich war mir alles schnuppe.

Ich fühlte einen Schmerz in meinem Inneren, den ich noch nie gefühlt hatte und der war heiß. Alles war mir egal, wenn Phoebe tot war – sogar mein Scheißvater war mir egal.

Ich trat mit den Füßen und riss an den Fesseln.

»Dann bring es doch jetzt zu Ende, du mieser Schmalspur-Mafiosi! Was willst du denn noch von mir?« Ich spuckte.

Bosco entsicherte die Waffe. Ich spürte das kalte Metall an der Schläfe. Ich lachte nur.

»Soll ich?«, fragte Bosco.

»Tu s doch!«, schrie ich.

Ich ließ den Kopf hängen.

»Nein!«, sprach der Clan-Chef leise. »Ich behalte ihn vielleicht und mache ihn zu einem von uns.«

Er hob mein Kinn an. »Und so ein hübscher Schlingel! Vielleicht bin ich deiner ja irgendwann überdrüssig.«

Er sah seinem Handlanger ins bärtige, verschwitzte Gesicht.

»Boss?« Er nahm die Mündung weg.

Ich sah ihm fest in die Augen, sie waren braun und hatten ein gewisses Glitzern im Abgang.

»Du weißt nicht, was ich mitgemacht habe«, von meinen Haaren lief noch immer Wasser, in meinen Augen waren Tränen.

»Erzähl es mir, ich bin gespannt!«

»Du wirst es nicht glauben!«

»Versuch es!«

»Also ich bin vor euch geflohen und wurde getroffen. Ich wusste, ich schaffe es nicht mehr...da dachte ich, sie würden mir helfen. Aber sie verhexten mich, sie sperrten mich ein, ich musste malochen bis zum Umfallen und bekam nur Schläge aber nichts zu essen...«

Der Don nickte: »Ich habe es gesehen!«

»Und dann«, alles sprudelte aus mir heraus, ich wollte es erzählen. Es war mir wurschd, ob ich sterben musste, wenn ich dann bei Phoebe sein konnte. Und vorher wollte ich die Story loswerden.

»Dann kam die Blut-Priesterin. Sie war verbrannt, weil sie in den Vulkan gefallen war. Sie trank von mir und das war himmlisch.«

»Alles klar!«

Igor fummelte sich mit einem kleinen Messer an den Fingernägeln. Er gluckste: »Boss, der Kleene is ja total auf Droge!«

»Ja, ich weiß! Aber komisch ist es schon. Ich behalt ihn glaub ich trotzdem.«

Igor trat meinen Vater, dass er einen unterdrückten Laut von sich gab.

»Und was ist mit dem? Ich will heute noch fertig werden.«

»Wann du fertig bist, sag ich dir! Klaro?«

»Ja, ja!«

»Tu mir mal einen Gefallen!« Der Don wandte sich an mich.

»Nein!«

»Verrat mir, wo die Alte das Gold hat!«

Bosco hielt mir wieder die Waffe an die Schläfe.

»Nein!«

»Nun, zu mir sagt man nicht Nein, meinte der Don.«
Er hatte immer noch mein Kinn in seiner Hand und drückte etwas fester zu.
»Igor!«
Der Riese bückte sich. Auch mein Vater hatte die Hände auf den Rücken gefesselt. Er nahm ihm den Sack vom Kopf und ich sah, dass sie ihn ganz schön zugerichtet hatten. Sein linkes Auge war blau sein Gesicht war rot und geschwollen und es lief ihm Blut aus dem Mund. Seine Augen blickten verwirrt in der Gegend herum und schienen mich nicht richtig zu erkennen.
Igor ging auf ihn zu und hatte sein kleines Messer in der Hand. Er spielte ein bisschen damit vor dem Gesicht meines Vaters und sein Blick hing daran.
»Nein!«, jammerte er. »Nein!«
»So sagt man Nein zu mir, Junge!« Igor schnitt ihm die Fesseln auf und nahm eine seiner Hände. Ich bemerkte

wohl, dass an ihr der Daumennagel fehlte und an seiner Stelle Schorf und geschwollenes Fleisch war.

»Na, Paul? Wie geht's? Welcher Nagel darf es denn diesmal sein?«, fragte der schleimige Bosco, der mit eine Zange hinzukam.

Mein Vater sah ihn mit glasigen Augen an. »Nein!«

»Ich nehm mal diesen.« Er nahm seinen Ringfinger.

»Oh, wo ist denn dein Ehering, Paul? Hat deine Alte dich verlassen, weil du vielleicht ein dreckiger Drogenschieber bist?«

Er setzte die Zange an. Igor hielt ihn fest und bedrohte ihn zusätzlich mit der Klinge an der Schlagader.

Mein Vater begann wie ein Mädchen zu kreischen und ich machte die Augen zu.

Der Don hob die Hand. Es musste ihm einer abgehen, so mächtig wie er war. »Mach die Augen auf!«

Ich tat es und sah in seine braunen Pupillen. Ich fühlte seine Lust. Gegen meinen Willen liefen mir Tränen über die Wange: »Du kannst das beenden! Ich wusste, es ist dir nicht schnurz. Aber mach dir nichts draus, das ist es keinem. Wo ist das Gold versteckt?«

Bosco machte weiter und mir wurde schlecht. Aber ich spürte noch etwas anderes - den Wolf. Denn es war Nacht geworden und in diesem Scheißkeller gab es eine Scharte hinter uns in der Wand. Da war er der Mond.

Mir reichte ein kleiner Zipfel seines Lichtes und ich würde diesem Scheißmafiaboss zeigen, was Macht war.

Das Monster in mir, es wollte heraus. Ich ließ meine Wut zu, ich ließ die Unbändigkeit zu und ich fühlte, wie ich wuchs. Haare kamen und wurden zu Fell, Krallen wuchsen und wurden zu Dolchen.

Verblüfft machte der Don ein Geräusch, als ich mich als Ungetüm aufrichtete, die Fesseln waren nichts. Sie zerrissen wie Bindfäden. Ich gab dem Don eine mit, dass er in hohem Bogen gegen die Mauer fiel. Seine braunen Augen starrten, seine Lippen zitterten. Sein heller Hut lag in der Ecke. Bosco versuchte zu fliehen, aber ich kratzte ihn mit zwei Krallen über der Brust. Die Schnitte waren tief und er

beäugte ungläubig, wie sich der Stoff seines Hemdes mit Blut vollsaugte. Ich heulte, dass das ganze Gewölbe von einem auf und abschwellenden Ton zitterte.
Igor war nicht nur unglaublich stark für einen Ook-Ahn, sondern auch unglaublich dumm. Denn obwohl er bemerken musste, dass ich nur noch aus Muskeln, Zähnen und Krallen bestand, griff er mich tatsächlich an. Er sprang auf mich und piekte mir mit einem winzigen Messer in die Seite.
Es war nicht mehr als ein Mückenstich.
Ich nahm seinen haarlosen Kopf in meine Pranke und bog ihn so zurück, dass ich endlich seinen Hals sah, dann zerriss ich seine Kehle. Ein Schwall Blut kam mir entgegen und es schmeckte widerlich bitter. Kein Wunder, dass Imri manches Blut vor anderem bevorzugte. Der Gangster wurde schlapp und ich warf ihn wie einen Müllsack zu Boden. Ein Heulen bahnte sich an und ich konnte es nicht unterdrücken:
»Wuuhuuhuuuu! Wuuuhuuuu!«
Ich widmete mich meinem Vater, zerstörte den Stuhl, an den er immer noch mit einem Handgelenk gebunden gewesen war und nahm ihn auf den Arm. Er war in eine Art

Schockstarre gefallen und hielt sich seinen malträtierten Finger. Da ich aber noch ganz und gar der Wolf war und er keiner meiner Art, konnte ich noch nicht mit ihm sprechen. Ich sprach mit jemand anderem, allerdings auf eine besondere Weise und in Gedanken: »Veni! Veni! Flick hörst du mich?«

Ich wartete und trat auf dem Weg nach draußen eine Holztür ein. Jemand stellte sich mir entgegen und bevor ich ihn richtig wahrnahm, hatte meine Pranke ihn schon zerfetzt.

Da traf mich Flicks Antwort, wie ein Sonnenstrahl einen trifft. Nur ich konnte sie spüren, nur ich verstand.

»Ich bin auf dem Weg, Herr! Ich habe dich gehört!«

»Beeile dich, mein Freund!«

Nun tat sich ein Problem auf, wir waren scheinbar im Keller eines belebten Restaurants gewesen und die Tür ins Freie führte über einen Hof mit zechenden Ook-Ahn.

Was sollte ich tun?

Mir fielen Imris Worte ein: »Ich schenke dir zwei Dinge. Erstens: Du kannst den Wolf kontrollieren.« Das versuchte ich jetzt. Ich fuhr meine Emotion sehr herunter.
Ich atmete langsam. Doch einmal stieg der Schmerz über Phoebes Verlust in mir hoch, ich begann zu keuchen und die Rückverwandlung verzögerte sich. Ich setzte meinen Vater in einem Torbogen ab und er beobachtete mit offenem Mund, wie ich wieder ein Mensch wurde.
Ich sah über den Hof. Wir würden da hindurch müssen. Die Menschen plapperten und lachten. Es gab eine kleine Bühne. Zwei Einheimische spielten Folklore und über ihnen war ein Netz aus brennenden Lampions.
Ich rief mir wieder Imris Worte ins Gedächtnis:
»Zweitens: Du bist niemand, wenn du das willst!«

Ich war wieder Fly, sah meinen Dad an und hielt mir den Finger an den Mund. Mir schoss ein Zauberspruch durch den Kopf: »Exite!« Ich wiederholte: »Exite!«
Ich führte den Arm meines Vaters um meine Schulter und stützte ihn. »Kannst du laufen?«

Er nickte: »Was...?«

Ich zeigte ihm den Zeigefinger am Mund: »Später!«

Wir gingen mitten durch die Ook-Ahn und zwischen den Bänken hindurch und mitten durch die Feierlichkeiten. Ich wusste nicht, wie das Niemand-Sein sich gestaltete, ob man wirklich verschwand oder nur nicht auffiel. Ich dachte jedoch, dass es eher Letzteres war. Mein Vater ließ den Kopf hängen, als hätte er einen im Tee und ich führte ihn über den mediterranen Innenhof zu einer breiten Treppe. Alles hier schimmerte in einem Hauch von rosa Terrakottaton. Wir folgten der Treppe auf eine große Terrasse. Einige Leute rauchten dort und lehnten sich an ein Geländer, um ein Feuerwerk, das sich über den nahen Baumwipfeln auftat, zu betrachten.

Auf der Terrasse gab es einen Aufbau mit geöffneten Türen, die scheinbar zu einer Bar führten. Ich ging auf die andere Seite des Gebäudes, dorthin, wo niemand war, weil man das Feuerwerk von hier nicht sehen konnte.

Ich hatte mich geirrt, da weilte doch jemand - ein knutschendes Pärchen, das sich bei der Hand nahm und das

Weite gesucht hatte. Als ich auftauchte, stutzten sie und gingen. Sie hatte lange Haare und als sie vorbeihuschte, traf mich ein zarter Honiggeruch und ich dachte unvermittelt an meine Phoebe.

»Wo bist du, Herr?«, wollte Flick über unsere besondere Verbindung wissen, welche nur die Leute kennen, die es mit der Logik nicht ganz so genau nehmen.

Ich sendete ihm in meinem Kopf die Bilder, die ich sah. Gleich darauf näherte sich über uns der Schatten eines großen Raubvogels. Oder war das nur seine Tarnung in der realen Welt?

Natürlich war es das. Flick landete: »Ich freue mich euch zu sehen!«

Ich hievte meinen Dad auf seinen Rücken.

»Und ich erst!«

»Nach Hause!«

Dreiunddreißigste Legende

»Es ist so eine Sache mit der Rivalität. Wenn die Kacke am Dampfen ist, kann man sie durchaus auch einmal vergessen.«

Zuzu und Salidor flogen auf gleicher Höhe. Beide erschraken, als Hoenirs Geschrei zu ihnen drang.

»Das Baby!«, trillerte der Star.

»Ja!«, antwortete die Fledermaus. Doch ihr Radar verriet ihr, dass es nicht mehr weit sein konnte.

»Wir sind bald da!«

»Ich hab Hunger! Ich hätte ein paar Kekse der Alten für mich behalten sollen.«

»Nachher is man immer schlauer.«

Zuzu ließ sich in einem Gleitflug etwas absinken und der Vogel folgte ihr. Da kam ihnen etwas Großes entgegen. Es war Sysco, der Nachtreiter auf seinem zahmen Taurin.

»Seid gegrüßt, ihr Reisenden! Wohin des Weges? Wisst ihr was das für ein Höllenlärm ist?«

Der Taurin schüttelte seinen mächtigen, blauen Kopf und ließ seine kleinen Ohren hängen.

»Es ist das schreiende Baby meiner Herrin und sie möchte es zurück.«

»Nun, ich hoffe sehr für sie, dass sie schlechte Ohren hat«, erwiderte Sysco und war verschwunden.

Die drei kleinen Drachen unterdessen, fanden Terester und Seth-Kathengi in einem Teil des Sumpfes, in welchem feuchte Moose von den Bäumen hingen und das Wasser in den Tümpeln große Blasen warf, die immer wieder platzten. Hardener landete: »Ich rieche was, was du nicht

riechst und das ist stinkipuh!«
»Ach ne, die Wichte schon wieder«, sagte die sehr matschige und etwas genervte Seth. Ihre schönen feurigen Haare waren klebrig und feucht vom Modder und ihr Magen knurrte.
Da drang das Geheule zu ihr: »Mein Baby!«
»Spring auf! Wir fliegen euch hin.«
Seth flog auf Hardener und der Totengott nahm auf Corrys Rücken Platz. Yani war etwas müde. Er flog aber dennoch voran, weil er die feinsten Ohren hatte. Wenn es notwendig wurde, weil die anderen zu weit hinter ihm zurück blieben, so blies er eine kleine Flamme, um den Weg zu zeigen in die Nacht.
So überflog der kleine Trupp unter einem samtblauen Sternenzelt die Wüstenei.
Dennoch kamen Zuzu und Salidor vor ihnen bei Tarturos Residenz im Roten Fels an.
Dort war der Lärm besonders laut und die Fledermaus wünschte sich schwerhörig zu sein.

Beherzt betrat sie die Wohnstätte, wie zuvor Synthis, über einen balkonähnlichen Felsausläufer. Sie fand die Gesellschaft in einem Raum mit Kamin. Obwohl eine wunderschöne Frau versuchte Hoenir mit Ziegenmilch zu füttern, schrie der aus Leibeskräften.

»Wie kommt ihr zu dem Kind meiner Herrin?«, schimpfte die große Fledermaus und zeigte ihre Eckzähne.

»Na, ich darf doch sehr bitten! Ich habe ihn im Nonex-Sumpf vor den Xinidae gerettet. Aber na schön, nimm ihn doch, du Nachtfalter!«

»Also, ich darf auch bitten, nicht so mit meiner Schwester zu reden«, ereiferte sich der Gott der Qual.

Zuzu nahm Hoenir an sich und sie kuschelte mit ihrem weichen Fell an seiner Nase:

»Ich bin es doch!«

Da machte er seine sehr blauen Augen auf und hielt einen Moment inne. Er schien Zuzu zu erkennen. Alle atmeten auf.

Auch der goldene Star war angekommen. Er flatterte direkt zu Synthis und klagte sie an:

»Das was du mit meinem Herrn getan hast, ist wahrlich unterste Schiene!«

»Wie meinst du?«

»Du raubtest ihm erst das Gedächtnis und dann das Herz!«, schnatterte der Vogel.

»Iiiich?«

»Synthis!«, maßregelte sie ihr Bruder.

»Ja! Ne!«, die Angesprochene.

In diesem Moment fing Hoenir wieder an zu weinen.

»Er hat Hunger und er will diese Milch nicht. Ich bring dich schnell zur Mama!«

»Die Mama ist schon hier!«, sagte Seth, die mit Terester und den drei Drachen mitten im Raum stand.

»Gib ihn mir bitte, Zuzu! Meine Brüste bringen mich um!« Die Blutgöttin ließ sich neben Flick nieder, um am Kamin zu stillen.

Tarturo sprang auf: »Ja, ist das denn hier eine Versammlung? Nicht nur, dass du hier auftauchst«, er wies auf Terester, der schüchtern Löcher in die Luft starrte.

»Auch ihr drei«, er ging auf die drei kleinen Drachen zu, »ihr seid daran schuld, dass mein Vulkan explodiert ist und ich hier im Exil leben muss.«

Hardener und Corry wichen vor dem wütenden Tarturo zurück, aber Yani ging auf ihn zu und umarmte ihn.

»Ich hab dich vermisst, Roter Mann! Hast du mich auch vermisst?«

»Hm«, der Gott der Qual wurde verlegen, »ja, schon!«, flüsterte er und machte sich klein, um Yani zu umarmen.

»Tut uns leid, dass alles zerdümmert wurde«, meinte Hardener und kam auf Tarturo zu.

»Aber Zuzu hat gesagt, wir sollen den Äther verstopfen, da konnte er nicht mehr puffen« ergänzte Corry und machte ein paar Schritte.

»Zuzu, ist das wahr?«, fragte Tarturo streng.

»Ja!«, die Fledermaus sah an sich herunter.

»Ich musste Terester doch Rauchzeichen geben.«

Tarturo zog die Stirn in Falten: »Ach egal!«

Er herzte alle drei Drachen und er stellte fest, dass er glücklich war, weil er sie wieder hatte.

»Wisst ihr was? Wo wir schon einmal zusammen sind, lasst uns ein wenig feiern!«

Er nahm seinen Zauberstab und hexte für jeden etwas Leckeres.

21 - Zuhause

»Ein Ding ist unumstößlich: Zuhause ist für jeden etwas völlig anderes und ab und zu ändert sich das, was man darunter versteht innerhalb weniger Tage.«

Flick jedenfalls brachte mich und meinen Vater dorthin, wo er sich zuhause fühlte, also zur Schenke im Wald.

Jorik, Sladi und Martha waren ja nicht da, aber Nichi, Tur und Broofs Tochter, Hush empfingen uns zunächst etwas unfreundlich: »Was wollt ihr?«

Der Miu-Miu erkannte mich nicht in meiner normalen Gestalt als Fly.

»Ich bin es doch, Tur! Ich bin Shoot! Der Zauber ist aufgelöst. Ich sehe wieder wie früher aus. Aber wir wurden angegriffen.«

Mein Vater war sehr verwirrt: »Träume ich? Was ist denn eigentlich los?«

»Das ist wirklich eine lange Geschichte, Dad!«

Ich schickte ihn mit der Miu-Miu-Frau, damit er seine Wunden versorgen ließe. Schnell berichtete ich Tur von den Ereignissen mit dem Don im Zirkuszelt und in seinem Restaurant.

»Ich weiß nicht, was mit Phoebe ist«, schloss ich und stützte müde den Kopf in die Hände.

»Mach dir keine Sorgen«, er legte mir tröstend die Pranke auf die Schulter, »deine Phoebe ist zäher, als du glaubst!«

Ich stöhnte, er reichte mir einen Becher Honigwein.

Plötzlich stand Oro in der Tür: »Wir haben keine Zeit mehr zu verlieren! Wir müssen nach Kathangoo bevor der Tarnzauber ganz und gar verschwunden ist. Allerdings nehme ich an, dass die anderen nach diesen Ereignissen auf dem Rückweg sind. Sicher treffen sie bald ein.«

Ich war sehr müde, ich ging in Phoebes Kammer und nahm Flick mit.

»Gib mir ein, zwei Stunden!«, hatte ich Oro gebeten.

»Geht klar, Kleiner!«

Ich ließ mich aufs Bett fallen und roch an Phoebes Kissen:

»Honig und Blüten!«

Ob ihr meine neue, alte Gestalt gefallen würde. Ich strich mir durch die Haare, vorne war eine Strähne, die etwas länger war und von der ich wusste, dass sie heller als der Rest schimmerte.

Wieder dachte ich intensiv an Phoebe, ich erinnerte mich an ihre dunklen Augen, an die Locken mit dem Rot-Stich und vor allem erinnerte ich mich an ihr Lachen. In meinem Hals war ein Kloß und ich wusste, wenn der höher stieg, dann würde ich heulen. Vorher schlief ich allerdings ein.

Imri rief mich: »Wo bist du, Shoot?«

»Ich bin hier, Herrin!«, antwortete ich zu meiner eigenen Überraschung.

»Ich kann nicht von dir trinken, ich bin an einer Grenze angelangt und ich verwandele mich. Bring mich in die Heimat! Und kümmere dich um Phoebe, ich weiß, ich konnte ihr nie eine Mutter sein, es liegt nicht in meiner Natur. Aber du, junger Wolf, du sollst deinen Platz an ihrer Seite finden. Willst du das?«

»So du es zulässt, mit Freuden!«

»Es sei! So bring mich zurück, auf dass ich wieder auferstehen kann. Ich verlasse mich auf dich!«

»Aber wie soll ich den Eingang finden?«

»Benutze die Flöte Shun-Shyen, sie bringt Verlorenes zurück. Der Faun soll helfen und ich schicke Sartyros zu eurem Schutz.«

»Ja, Herrin! Ich will es tun!«

»Dann lass mich nun ruhen!«

Ich wachte mit Phoebes Honiggeruch in der Nase auf. Im Halbschlaf rollte ich mich auf die Seite und traf auf einen Körper. Doch sie konnte es leider nicht sein. Ich wünschte es mir jedoch so sehr, dass ich kaum traute, die Augen aufzumachen. »Shoot!«, hörte ich ihre Stimme. Ich überwand mich. Sie war es doch. »Wir sind zurück!«

»Phoebe? Ich dachte...du wärst.« Ich fuhr hoch.

»Ich weiß, was du dachtest. Aber ich bin ein Phoenix, Shoot. Selbst wenn ich sterbe, werde ich aus der Asche heraus im Feuer wiedergeboren. Oder soll ich dich Fly nennen?«

»Fly gibt es nicht mehr. Er lebt in meiner Erinnerung. Ich bin Shoot und ich liebe dich!«

»Ich«, flüsterte sie, »liebe dich auch!«

Sie gab mir einen Kuss.

»Mir ist jetzt erst klar geworden, dass ich auf dich gewartet habe – Tag und Nacht! Immer hat mir etwas gefehlt und ich wusste nie, dass du es warst«, gab ich zu.

Sie war so schön. Ich war so glücklich.

»Willst du mit mir nach Kathangoo gehen?«, fragte sie nach einer Weile.

»Ja! Lass uns aufbrechen!«

Wir flogen auf Flick und Sladi verwandelte sich in den Wolf.

Ich hatte den anderen erklärt, was Imri mir verraten hatte, als wir zu ihrem Wagen kamen, lag da ein riesiger Kokon.

»Es ist so weit«, verkündete Martha, »wenn wir noch lange zögern, wird es zu spät und dann wird Kathangoo für immer verloren sein.«

Tur, Broof, Martha und Jorik nahmen die Pferde. Nur Nichi blieb bei ihren Kindern und meinem Vater in der Schenke.

Ich landete mit Flick auf einem Felsen über dem

Wasserfall. Ich wartete, ich wusste nicht auf was, doch ich wusste, dass ich warten sollte.

»Was tun wir, Shoot?«, fragte meine Freundin.

Obwohl der Wasserfall unter uns schäumte und brodelte, machte ich das Ruhezeichen. Wir verharrten eine Zeit lang und starrten in die sich mittlerweile lichtende Nacht.

Als der Horizont sich rosa wie Zuckerwatte färbte, entdeckte ich eine Gestalt, die am Felssims entlang hinter den Wasserfall kletterte. Eines wusste ich: Ein Mensch war das nicht. Ich erkannte Sladi, der in seiner Wolfsgestalt den See durchpflügte und von links lief Jorik auf einem Pfad. Ich wusste sofort, dass er es war. Erstens roch meine Wolfsnase die Ziege, zweitens zog er ganz zart das linke Bein nach.

»Flick kannst du uns da runter bringen?« Ich zeigte auf das Felssims, hinter welchem die Kreatur verschwunden war.

»Selbstverständlich, Herr!«

Ich folgte dem Wesen ins Innere: »Exite! Exite!«, murmelte ich den Verschwinde-Zauber.

»Bleib auf Flick sitzen und warte auf mich!«

»Das find ich scheiße!«

»Bitte! Nur das eine Mal!«

»Na, gut!«

Ich folgte Jorik und fand mich auf dem inneren runden Felsvorsprung, von dem ein Weg ins Unbekannte abzweigte. Ich fragte mich im Vorbeigehen, wer die Felszeichnungen über den Untergang der unterirdischen Stadt angefertigt hatte.

Dann hörte ich ein Stimmengewirr und ich drückte mich platt an die Wand und schielte um die Ecke. Die Kreatur, die letztes Mal die Überschwemmung verursacht hatte, war da. Sie stand nah vor dem Faun.

»Will alleine bleiben! Geh fort, Gehörnter!« Er brüllte, denn er war ein Löwenmann. Alles an ihm jedoch schien verwildert und ungepflegt. Er setzte zum Sprung auf Jorik an.

»Tu das nicht! Ich will dir helfen!«

Der Faun setzte die Flöte an den Mund, doch es war zu spät. Der Miu-Miu warf ihn um und kratzte ihm mit seinen Krallen über Brust und Hals, dann flüchtete er.

Ich rannte zu Jorik: »Bitte stirb nicht!«

Ich sah Blut auf dem Boden.

»Ich habe nicht vor, zu sterben, ich ruhe mich nur etwas aus«, keuchte er. »Du aber musst das Lied spielen. Kannst du das?«

»Ich weiß nicht!« Ich weinte. Ich spürte, dass er schwach war. Er hielt mir die Flöte hin: »Du musst es spie…len. Mach dich unsichtbar, geh tief hinein und spiel es. Es heilt alles!«

Dem Faun versagte die Stimme, ich nahm die Flöte und gleich darauf schloss er die Augen. Ich hörte Schritte und entschloss mich, nicht zu warten. Ich eilte hinter der Kreatur her. »Exite! Exite!«, rief ich den Verschwinde-Zauber und ich spürte, wie ich zum Niemand wurde.

»Wo ist diese Scheißkatze? Wo?« An einer Gabelung schnupperte ich und ich roch den Miu-Miu links.

Da flog eine der Solar-Pummeln vor mir her.

Ich witterte ihn und sah ihn kurz darauf. Er machte sich an einer Wand zu schaffen. Über ihm befand sich ein Loch im Gestein und das Insekt flog genau hinein und war fort.

Ich hörte Wasser rauschen. War hinter der Wand ein Fluss?

Ich erinnerte mich, was ich dem Faun versprochen hatte und setzte die Flöte an die Lippen.

Plötzlich kullerte loses Gestein über den Weg und hinter mir kamen Leute. Sie waren schnell. Ihre Schritte verhallten. Sie sahen mich nicht.

Es waren Tur und Broof, sie trugen etwas auf ihren Schultern. Es sah wie ein riesiger Schmetterlingskokon aus. Er war schwarz. Sie legten ihn vor meine Füße. Broof trug eine Fackel, aber er stapfte direkt an mir vorbei, ohne mich auch nur im Geringsten wahrzunehmen. Furchtlos trat er dem Löwen-Mann entgegen.

»Zurück!«, schrie dieser entschlossen. Und er legte sich in die Brust und fauchte nach Raubkatzenart.

»Nicht näher! Ich kann hier al…les ein…stürzen las…sen!

Willst...du...leben?«, raunte er.

»Du fragst mich dieselbe Frage, wie vor Jahren und ich gebe dir dieselbe Antwort. Ja! Aber ich habe keine Angst mehr vor dir. Ich bin kein Kind mehr, Ego!«

Broof ging weiter auf den Miu-Miu zu. Der ehemalige Sklave leuchtete seinem verwahrlosten Herrn ins Gesicht und dieser wich der Helligkeit aus. »Ego? Ego!«, murmelte er.

»Komm!«, Broof streckte ihm die Hand hin.

»Kann dich töten!«

»Ich weiß, das konntest du immer.
Aber du hast es nie getan.«

Der verwilderte Miu-Miu trat aus dem Schatten.

Tur war nähergekommen: »Papa!«

Ego tappte wie jemand, der lange geschlafen hat, auf ihn zu.

Sein Sohn öffnete die Arme. »Ich dachte, du seist tot!«

Da fiel mir Joriks Lied wieder ein und ich spielte es, spielte diese getragene Melodie mal langsam und mal schneller, mal lauter und mal leise. Da passierte etwas Unvorstellbares:

Durchgänge öffneten sich, die Höhle selbst schien sich zu weiten und sie wurde heller, weil leuchtende Moose und Farne, die Felswände in Windeseile besiedelten.
Phosphoreszierende Insekten flogen durch die Luft, ich erkannte den schwarzen Nonex-Fluss und an seinem Ufer erstreckten sich kleine Wohnhöhlen mit seltsamen Baumgebilden, die beinahe nur aus Wurzeln und glimmenden Schmarotzerpflanzen bestanden.
Wir standen wie angewurzelt mit offenem Mund.
Mit einem Mal öffnete sich der Kokon. Ich konnte nicht aufhören, das Lied zu spielen.
Lange Nägel zerteilten das Spinngewebe und eine neue Imri schlüpfte hinaus. Sie hatte eine goldene Hautfarbe, doch die Schlangen-Tattoos waren ihr geblieben. Auf ihrem Rücken hatte sie mächtige Flügel, die sie nun entfaltete.
Mit ein paar Flügelschlägen stieg sie hoch zur Decke und sie würdigte mich eines Blickes.
Ich setzte die Flöte ab, der Bann war gebrochen.
Sie konnte mich sehen, denn sie sah mich nicht mit den Augen.

»Willkommen! Ich danke dir Shoot, dass du das Lied gespielt hast. Das neue Kathangoo ist bereitet!«

Sie drehte sich in der Luft von mir weg, um durch den Durchgang zu fliegen.

»Ich stelle dir nur eine Frage, Shoot: Willst du bleiben?«

Ihr Lachen perlte wie Wassertropfen von der Wand.

Titel aus dem Dreamc@cherverlag:

„Im Wald, da sind die Schlangen" ISBN:978398223100 Taschenbuch 10,45 Euro, Ebook 2,69 Euro - mit Kindle Unlimeted kostenlos), Autorin Tina Krauss

Dies ist der zweite Teil der „Im Wald-Trilogie". Während der erste Teil, „Im Wald, da sind die Schweine" noch bei Twentysix-Verlag verfügbar ist, wird er aber bald zum Dreamc@cherverlag heimkehren. In den „Im Wald-Büchern" geht es um den zwölfjährigen Lutz und die gleichaltrige Nini, die sich verlieben. Lutz hat ein trauriges Geheimnis: Sein alkoholkranker Vater verprügelt ihn ständig. Doch es gibt eine magische Wendung, als die Kinder in den Wald abhauen und dort mit unerklärlichen Ereignissen und einem Hüterschwein, namens Eddie, und den Prophezeiungen der „Blauen Blume" konfrontiert werden.

In „Im Wald, da sind die Schlangen" sind Lutz und Nini zwar noch zusammen, aber es läuft nicht so prickelnd. Mario taucht aus Ninis Vergangenheit auf und macht ihr schöne Augen. Während Lutz nur über seinen Stiefvater grübelt und Angst vor dessen Rückkehr aus dem Gefängnis hat. Hinzugekommen ist noch ein dritter Strang, in ihm wird zurückgeblendet ins Jahr 1631. Die Autorin hat ihrem Buch einen wahren Hintergrund zugrunde gelegt und zwar die Verbrennung zweier angeblicher Hexen. Die eine war Maria veneficia (die Giftmischerin), die andere war die Welsche Jodoca (welsch steht für ausländisch). Jodoca soll für den Waldgott Hönir ein Ritual vollführen, bei dem diesem

ein Waldstück im Saarbrücker Wald geweiht werden soll. Allerdings geht das Vorhaben schief und der Gott hängt fest. Durch diesen Frevel kommt der Dämon Tschinchini, der Jodoca fortan nach der Seele trachtet, in die Welt. Jodoca will ihre Freundin um jeden Preis vor dem Feuer retten.

Wird es ihr gelingen? Lest selbst!

https:// jugendbuecher-tina-krauss.jimdo.com

2. Buchtipp: Eden - Mutterlandtrilogie 1

Er hat keinen Namen und keinen Geburtstag. Sie nennen ihn Christo. Er hat noch keine Schule von innen gesehen und wird ständig verprügelt. Christo lebt auf einer gruseligen Farm, die man „Eden“ nennt. Aber manche flüstern,

es sei „Mutterland“, denn dort hat eine brutale Frau das Sagen, die die Kinder Mutter nennen müssen. Doch Christo träumt, das macht ihn besonders. In seinen Träumen sieht er seine richtige Mutter und sie schreit: „Renn!“ Ja, Christo weiß nicht viel, doch er weiß, er muss schnell sein.

„Rache sei süß, sagt man…in Wirklichkeit ist es

nur die Vorahnung...Nein, Rache ist ein notwendiges Übel, ein Versprechen, das man demjenigen gibt, den man im Spiegel sieht!"

Unglaubliche Spannung in einer Zwischenwelt

von Syndikat, Sekte und Menschenhandel!

Dreamc@cherverlag, Jugendroman ab 14 J.

ISBN:978-3-9822231-2-4

Buchtipp 3: Ex-Lex Mutterlandtrilogie 2

Nachdem Eden brannte, führt Christo seine Ex-Lex, was gesetzlos bedeutet, in eine neue Freiheit. Hierbei lebt die kleine Schar als Vagabunden im Wald.

Callisto kann aber nach der schlimmen Zeit in der Villa Prima nur noch daran denken die anderen Gefangenen aus den Händen des Don zu befreien. Hierbei wagt sie einen Alleingang und wird gefangen. Der Don übergibt sie einem anderen Clan-Führer, den man Khan nennt und der in seiner Residenz ein grausames Regiment führt.

Nun steht Christo vor seiner schwierigsten Prüfung, hierbei muss er nicht nur an seine körperlichen und psychischen Grenzen gehen, sondern am Ende auch seinen eigenen Stolz überwinden.

»Zeit und Raum gibt es nicht im Traum. Eventuell existieren sie gar nicht. Es sind nur wackelige Balken, an denen sich das trübe Gemüt gerne festhält, um nicht ins Bodenlose zu sinken. Die Wahrheit allerdings ist irgendwo dahinter, jenseits von Uhren und Tageslicht, dort, wo nur die Mutigsten hingelangen. Die, die sich am Ende doch trauen zu denken.«

Nun, da der Mond am Himmel stand, kam ich heraus, wie eines dieser kleinen Nachttiere und ich erklomm den Berg. Was beschwerlicher war, als der Abstieg, bei dem ich so mit Adrenalin vollgepumpt gewesen bin, dass ich nicht Herr meiner Sinne war. Ich hatte mein Messer dabei, aber meinen Stolz abgelegt, so wie das zerfledderte Hemd, was ich stellvertretend für mein Leben einfach bei den Glocken niedergelegt hatte.

Ich hoffte nicht auf Gnade, diese Hoffnung hatte ich verwirkt, als ich Khan, dem mächtigsten Typen hier, das Gesicht mit seiner eigenen Gabel zerfleischt hatte. Ein wenig grinsen musste ich schon, wenn ich daran dachte, dass er so auch nach meinem Ableben ein Souvenir an mich behielt.

Als ich die Lampen am Eingang der Villa sah, holte ich tief Luft.

Dann stolperte ich einfach weiter. Es gab einen Riesentumult. So glückliche Gesichter hatte ich in meinem Leben bei so

abgefuckten Söldnern nie gesehen. In Gedanken hatten sie schon die Belohnung für solch einen fetten Fang vor Augen. Vielleicht war es bei einigen auch nur das Zurückerlangen persönlicher Rechte.

Es war mir egal.

Taschenbuch Ex-Lex 8,99 Euro ISBN: 978-3-9822231-48

E-Book 2,41Euro, bei Kindle Unlimeted kostenlos

"Gehe nicht in den Wald!", sagen die Alten und um diejenigen, die dort ihr Unwesen treiben, nicht zu erzürnen, nennen sie nicht ihre Namen, sondern machen nur ein Kreuz vor dem Kehlkopf. "Und vor allem: Gehe nicht allein! Denn sie brauchen Kinder, um sie ihrer Gottheit zu opfern!"

"Alles Ammenmärchen!", denkt der erst zehnjährige Neish. Er und sein gleichaltriger Freund brechen die Regeln des Stammes und spielen in eben diesem Wald das Spiel "Tatoka", was so viel bedeutet, wie: "Mach das nach, du Schisser!" Und sagen wir einmal so: Unvorhersehbare Dinge geschehen und halten die Kinder auf, bis es dunkel wird.
Nun, soll der junge Neish seinen Ungehorsam sehr bereuen, denn sie sind schon auf dem Weg, ihn zu holen. Und eines sollte man wissen: Wer den Daers in die Hände gerät, der bezahlt einen hohen Preis.

Im Kathan-Goo-Kult geht es um Neish, der durch seine eigene Unachtsamkeit von Mensch-Tier-Wesen entführt wird, die der Blutgöttin Seth-Kathengi dienen.

Daraufhin muss er eine Zeit lang in ihrem unterirdischen Reich als Sklave dienen. Allerdings findet die Hohepriesterin, Imri, Gefallen an seinem Blut, da es magisch ist und sie lehrt ihn eine hohe Kunst, genannt Doljeste.
Aufgebaut ist das Buch in eine Hauptgeschichte, unterbrochen von einer Legende, die die Entstehung des Kultes erklärt.
Ausnahmsweise Fantasy, ab 15 Jahren- nicht ganz ohne!!! Bei Amazon 9.62 Euro, kindle unlimeted 0Euro, EBook 2.99Euro

Erste Legende

In den Tagen, als das Chaos die Erde gebar, wie eine Wölfin ihren Welpen, da teilte sich Licht von Schatten. Es gab Wesen, die älter waren, als das Chaos selbst und sie existierten ohne Zeit und Raum, die nannte man Götter.
Sie kannten damals keine Emotionen und hatten keine Körper, wie wir es kennen.
Doch diese jungen Götter beobachteten gern und als sie dem Chaos nicht mehr zusehen konnten, weil es sich klärte, da traten einige auf die Seite des Lichtes, andere aber - die wilderen und wüsteren - verweilten lieber im Schatten. Zu ihnen gehörte Tarturo, denn er war der Gott der Qual.
Eine, die ins Licht trat, war die Sonnengöttin Lia, sie strahlte hell.
Obwohl die Götter so unterschiedlich waren, hatten sie eine Sache gemeinsam, sie langweilten sich schnell und um sich zu unterhalten schufen sie empfindliche Wesen, schwach in Gemüt und Körper - das waren die Menschen. Sie nannten sie Ook-Ahn.
Mit ihrer Geburt begann ein Wettstreit.

Während Lia und ihre Verbündeten die Aufgabe hatten, die Menschen auf einen hellen Pfad zu führen, oblag es Tarturo und Seinesgleichen das Gute in ihnen zu vernichten und wenn es nicht anders gehen sollte, so viele wie möglich auf den Pfad des Todes zu schicken.
Eine jedoch, Eradi, entschied sich nicht für hell oder dunkel. So wandelte sie bis heute zwischen den Welten und sorgt für den Ausgleich und die Gerechtigkeit.
Aus ihr wurde die Erdmutter.

Das Wispern hatte aufgehört, ich hörte nur die Nachtgeräusche und das Gurgeln des Flusses auf der anderen Seite erahnte ich blitzende Augen, die sich öffneten als seien es Poren in der Haut der Dunkelheit.
Die Nacht war kalt und ich fror auf dem Stamm, mein ganzer Körper war ein einziger Schmerz.
Sollte ich es versuchen? Was hätte Mutter gesagt, wenn sie noch da wäre, was Hara?
Nur mühsam gehorchten mir meine Gliedmaßen und ich kroch langsam und tastend über die Rinde.
Von unten waberten Nebel von oben schien der volle Mond und am andern Ufer leuchteten Fackeln.
Das musste Sadoch, der Stammesführer, sein. Vielleicht würde er ein Auge zudrücken über meinen Ungehorsam - sicherlich sogar. Immerhin war ich der Sohn seines besten Freundes und auch wenn der jetzt in Mangoon, der Ewigkeit, war, gab es da immer noch ein Band zwischen beiden Männern. Vielleicht hatten sie sich einmal versprochen, auf die Familie des anderen zu achten, wenn einer von ihnen nicht wiederkäme. Vermutlich hatten sie einen Pakt und ein Pakt musste nicht unbedingt mit

dem Mann sterben, der ihn abgeschlossen hatte. In Sadochs Gesicht las ich immer Bedauern, jedes verdammte Mal, wenn er mich ansah.

Ich war schon ziemlich weit gekrochen und es trennten mich nur noch einige Meter vom anderen Ufer, da verschwanden die Lichter wieder. Mit ihnen starben auch die Tierstimmen und ich hatte plötzlich eine Gänsehaut im Nacken.

»Sieh nur Mama, sieh! Ich kann es doch!«

Ich hatte keine Wahl, obwohl ich nicht wusste, was mich auf der anderen Seite erwartete, sprang ich und hatte endlich wieder festen Boden unter den Füßen.

Ich sank auf die Knie und hätte heulen können. Ungläubig betastete ich das feuchte Gras und atmete aus. Doch die Haare in meinem Nacken waren noch aufgerichtet und wenn ich eines aus den vielen Gruselgeschichten, die die Alten am Feuer zum Besten gaben, gelernt hatte, dann, dass ich mich beeilen sollte.

»Nehmt euch in Acht! Geht nicht zu tief in den Wald!«, ein Raunen erfasste die Jungen und die Kleinen zuckten zusammen. »Vor allem... geht nicht allein, denn die...«, sie machte das Kreuz vor der Kehle, »sind da draußen und sie brauchen junges Blut.«

Der volle Mond lächelte mild und schickte gnädig ein paar Strahlen.

»Ich muss hier weg!«, dachte ich bei mir. »Wo bleibt Sadoch?«

Eine Wolke trat vor den Mond und es wurde kalt. Mein Nacken kribbelte, mein Puls blubberte in meinem Ohr und ich wusste, die Angst war zurück.

Obwohl meine Knie sehr weich waren, rappelte ich mich auf und taumelte in die Richtung, wo ich den Weg vermutete. Nur, dass da keiner war.

»Sadoch?«, rief ich erst leise, dann lauter, »Sadoch, bitte

ich tue es nie wieder! Versprochen!«
Plötzlich Fackellicht. Da schienen sie zu sein.
Willenlos und zu Tode erschöpft folgte ich den Flammen auf dem engen Pfad.
»Sadoch? Are?«, ich heulte mittlerweile und wusste nicht mehr, wie weit ich gegangen war. Irgendwie hatte ich auch den zweiten Schuh verloren. Ich merkte es nur daran, dass ich unter meinen Füßen, den feuchten Matsch des Urwalds fühlte. Ich roch den Zerfall. Ich heulte immer mehr und begann seltsame Schatten zu sehen. Die rechts und links meinen Weg begleiteten.
Da war das Licht verschwunden und ich fiel auf die Knie.
»Was hatte ich getan? Sadoch, warum bestrafst du mich so sehr? Es ist nur ein Streich gewesen, nichts Großes.«
Die Stimme meiner Mutter kam mir in den Sinn: »Um richtig gut zu sein, musst du deinen Atem beruhigen!«
»Ich bin ruhig, Mama!«
»Das reicht nicht! Spann die Sehne - so. Atme ein - atme aus! Augen zu - auf- und Schuss!«
Ich fasste ihren Vodoo-Anhänger an, den Talisman mit Federn und dem kleinen Säckchen. Ich senkte den Kopf:
»Oh Sonnengöttin, Lia, wenn du mich hörst, zieh mich auf die Seite des Lichtes! Rette mich!«
Da vorne waren die Lichter wieder, sie flackerten auf und ab. Noch einmal wollte ich es versuchen und rappelte mich auf. Ich wankte in die Richtung, in der ich sie sah. Mittlerweile wusste ich nicht mehr, ob sie mich überhaupt auf die richtige Spur führen würden. Allerdings fiel mir nichts Besseres ein und so ging ich weiter.
Die Flammen erloschen und wurden auf der linken Seite neu geboren. Es ging schnell, wie in einem Atemzug und ich wunderte mich, was das für ein Trugbild war. Als ich mich zu den Fackeln drehte, knallte ich mit etwas zusammen und eine Kugel rollte mir

vor die Füße. Ich konnte sie nicht richtig sehen, aber es roch irgendwie widerlich.
Aus einem Impuls heraus hob ich die Kugel auf. Ich tastete, sie war nicht ganz rund und an manchen Stellen hart, an anderen seltsam schmierig. Ich konnte nichts erkennen.
Da fiel ein Mondstrahl auf meine Position und ich erschrak bis ins Mark. Es war ein Schädel.
Noch bevor diese Information mein Gehirn erreichte, bewegten sich meine Füße. Die Erschöpfung war verschwunden. Adrenalin pulsierte in mir, es überschwemmte mich und kam mir zu den Ohren raus.
»Scheiße!« Ich hastete durch Dornen und schlitterte durch den Matsch, ich strauchelte ein paar Mal und kullerte eine Anhöhe hinunter. Als ich mich verwirrt umsah, fand ich mich auf einem recht breiten, belaubten Weg. Vor mir erhob sich ein altes Steintor mit vielen erschreckenden Abbildungen in seinem Gemäuer. Hier konnte man alles ganz gut erkennen, denn der Urwald war zurück gedrängt worden.
Von Menschenhand?
Ich hatte das deutliche Gefühl, dass mich jemand beobachtete, es schnürte mir die Kehle ab.
Hinter mir näherten sich Schatten und ich kam auf die Füße und begann abermals zu laufen.
»Es gibt einen uralten Tempel mitten im verbotenen Wald, niemand weiß, wo er liegt. Dort hausen die…, es sind keine Menschen mehr. Sie dienen einer bösen Gottheit und ihr opfern sie Kinder, unvorsichtige Kinder.«
Hara machte das Kreuz vor der Kehle.
»Ist der Wald deshalb verboten, Hara?«
»Ich denke, wenn viele schlimme Dinge auf einem Stück Land geschehen, dann nimmt dieser Platz das Grauen in sich auf und manchmal ist das für manche Leute sehr anziehend. Denn dieses

Grauen bereitet uns ein Kribbeln und eine Gänsehaut. Aber hüte dich, es gibt Dinge zwischen Himmel und Erde, die wir nicht verstehen! Wer den Kathangoo-Tempel entdeckt und in ihren Kreis einkehrt, für den ist der Tod noch das Harmloseste. Er bezahlt in jedem Fall einen hohen Preis.«

Hinter mir näherten sich Gestalten, sie waren groß, aber ich glaubte nicht mehr daran, dass es Sadoch wäre.

Nur zu gerne hätte ich mich ihm vor die Füße geworfen und um Gnade gebeten für einen Jungen ohne Eltern. Aber diese Option hatte ich nun leider verwirkt. Diesmal hätte ich gehorcht und das war nicht nur so ein Spruch.

Ich und einige andere Kinder des Dorfes schlugen oft alle Warnungen in den Wind, nun sah ich, wohin das führte.

Die Gestalten bewegten sich geschmeidig und in der Formation jagender Raubtiere. Also ging ich durch das Tor.

Ich schlich über den runden Platz, in den es mündete. Er war von einer böckelnden Mauer eingegrenzt und links stand ein niedriges, zerfallenes Gebäude. Rechts jedoch stiegen Treppen zu einem imposanten Bauwerk auf, das reich verziert und von Steinskulpturen bewacht war.

Geradeaus im Norden ragten hohe, dunkle Urwaldbäume in den Nachthimmel und es gab scheinbar einen Ausgang. Vielleicht könnte ich es schaffen, dorthin zu gelangen.

»Wenn du das willst, kannst du alles schaffen, dein Vater war ein großer Krieger!«

»Und du Mama, was bist du?«

»Nun erstens bin ich deine Mama und zweitens bin ich ein bisschen anders.« Sie hatte gelacht.

Ich hatte das Gefühl, ich könnte ihr Lachen immer noch hören oder lachte jemand anders.

Ich war mitten auf den Platz gerannt. Das Rondell wurde von vielen Säulen, vielleicht sieben oder acht, eingegrenzt. Sie waren

mit Schriftzeichen versehen. Zwischen zweien musste ich durchlaufen, um in den Wald zu gelangen.
Vor dem rechten Steinpfahl lag ein Körper auf dem Boden, unter ihm waren dunkle Stellen im Sand Als der Vollmond hell schien, erkannte ich das Unfassbare. Es war Are, er lag auf dem Bauch, um ihn herum war Blut - viel Blut. Ich starrte ihn an und war bald bei ihm. Ich streckte die Hand aus, schaffte es aber nicht, ihn zu berühren. Tränen liefen über meine Brust. Das war nicht wahr, durfte nicht wahr sein.
Hinter mir kamen die Verfolger näher und ich erkannte sie nun deutlicher. Es waren zwei Männer und eine Frau. Alle in einer seltsamen Kluft aus Tierfellen und Leder. Einer der Männer war sehr groß, der andere kleiner und stämmiger. Ihre Gesichter waren schwarz und weiß bemalt.
Ich warf einen letzten Blick auf meinen toten Freund und wollte flüchten, da knallte ich mit Wucht gegen etwas Hartes: »Guten Abend!«, sagte der Mann, gegen dessen Lederkluft ich geprallt war, mit einer düsteren Stimme.
Er lachte. Ich erkannte sein Gesicht, es war schmutzig und an der Kinnpartie sehr haarig, aber nicht schwarz-weiß wie das der anderen.
Um seine Schulter lag ein dichtes Wolfsfell und seine Haare waren wild und hellbraun. Er schlug mich mit einem Ding. Ich glaubte, es sei der Griff seiner Machete. Ich fiel auf den Rücken und sah in die toten Augen meines Freundes.
Die anderen waren nah, denn ich hörte sie glucksen.

»Das war keine gute Idee im Dunkeln herzukommen. Hat dir niemand von uns erzählt?« Er kniete sich über mich und fasste meinen Hals. Ich schüttelte den Kopf.

»Du sollst mich nicht anlügen!«, brüllte er. Wieder Lachen.

»Wir sind die Daers und ich stelle dir nun eine Frage. Du wirst eine langfristige Entscheidung treffen, verstehst du?« Ich wusste nicht, ob ich verneinen oder nicken sollte und tat beides.